ESCAPE 逃

郭潜力 / 著

人民东方出版传媒

东方出版社

目 录 contents

朵朵木

朵朵木姓朵，这看上去有些怪异，好在中国百家姓里确有此说，才不至闹出类似东洋人"龟田小队长"式的误会来，但朵姓后面那个多出来的谐音字，和天干地支搭配的"木"，又实实在在构成了南方一座城市里的一句颇含贬义的方言俚语，通常是指比较笨的意思。当然，还远不是那种真笨蛋和真傻瓜。

朵朵木本名叫朵油，排行老三，兄弟姐妹依次为柴、米、油、盐，只有最小的妹妹跑了题，叫朵红。朵朵木火候没到就半生不熟掉进了人间，先在保温箱里过了一下，后来就去了垃圾桶，再后来又回到了母亲的怀抱，因而他一直生得磕磕绊绊身单力薄，风一大就有跟着比谁跑得快的危险。这很让他的父母揪心，如果刮的是西北风，朵朵木放学回来就会比往常多花一倍的时间，如果是东南风，似乎下课铃还没响完他就已经到家了。好在朵朵木兄弟姐妹众多，命也就不显得金贵，多他不多少他不少，父母盼的只是穷人的孩子早当家。问题是朵朵木不光弱不禁风，学习也不好，不见他上房揭瓦调皮捣蛋，叫班主任或学生家长堵上门来兴师问罪，也没见他认认真真看书写作业，就喜欢一个人蜷着发呆，像个上了年纪的小老头，叫上三遍吃饭也回不过神来。遇上做饭炒菜少了佐料，他倒是一个随时可供差遣的"通讯员"，可偏偏他脑子里装的又全是糨糊，钱握在手里，在棚户区的草街陋巷里练"跳起投篮"，钱什么时候被投出去了也浑然不觉，直到菜烧煳了才见他空手而归。对一家人望眼欲穿的等待他视而不见，径直回到自己的窝棚里又去自顾发呆了。父母看他屡屡漫不经心的眼神和孤僻的模样，只能叹口气，摇头叫他朵朵木了。如果朵朵木只是埋头看书才神魂颠倒丢三落四，那他们是很乐意叫他一声书呆子的，哪怕成了近视眼的"四眼鸡"，也比叫"朵朵木"强百倍千倍啊。可惜他就是个朵朵木！

朵朵木朗朗上口，当事人也不吭不哈似半推半就，先是家里人叫，后来左邻右舍也朵朵木、朵朵木地叫，传进校园同学老师也喊得爽口，时间久了朵朵木里原有的意思渐渐淡去，成了任何人任何一个名字的泛指，谁也不再奇怪。朵朵木一直以来就讨厌自己的名字，尤其讨厌刨根问底探求含义的追问，因为这要费去他不少口舌将柴米油盐都连带叨上一遍才能使人明白，而人家一旦明白却有了与柴米油盐相反的看法：寡淡无味，狗屁不通。所以，有了"朵朵木"后他倒也觉得简单了，无需再废话连连，咬文嚼字，而且语调昂扬节奏明快，颇为悦耳。他默认了这一称谓，谁叫都有反应，尤其在心情不错时还会眯上眼睛，像听一首童谣一样，无限欣赏地陶醉在那三个字组合的音阶里。只有在遇上斗嘴打架对方再叫他"朵朵木"时，他才会醍醐灌顶重拾起其中三昧。这种时候他就把朵朵木三个字看得比什么都重了，回击的语气相当严厉：戳你娘卖逼！一场恶斗便由此而生。

初中开学第一天，朵朵木父亲颇为心疼地把一大把刨皮子（零钱）捧到他手上，"学杂费啊！"朵朵木单手接着，表情干冷也不搭腔。父亲嘴角抽动了一下。在他看来朵朵木虽然有了"小学文化程度"，也只够混恰（吃）混喝的水平，如果再有"初中文化程度"，就有了一路连升的可能，否则就只能步他哥哥姐姐的后尘，早早辍学去当临时工了。好像他们朵家生来就有做临时工的理想，一个比一个猴急。对朵朵木，他们只能逼着他把书读下去，因为与哥哥姐姐相比，他肩不能扛手不能提，恐怕连养活自己都成问题，何况他们也从未死心朵家能祖坟冒青烟蹦出一个有出息的崽来，一改几代人毫无体面的巷里人生，跳出七口人狭窄拥挤的平房，住上预制板的楼房。父亲这种殷殷之情时常被朵朵木那面无表情的麻木弄得心烦意乱，这回见他又随意把钱团在了手上，便连撸带拍一掌掴在了他的后脑勺上，试图将他唤醒过来与他相向而思。朵朵木却脚底踉跄，像飘忽在瞬间起步的公交车上，顺势冲出去好几步，好在房间狭小，墙壁很快撑住了他，否则真不知道他会跑到哪里去。父亲摇摇头，重重叹了口气。母亲过来替他把钱塞进了荷包深处，还十分谨慎地抚平了已成飞檐的搭盖。直到朵朵木瘦小的身躯快趋出巷子口时，父母还在那儿翘首遥望。"不要发神经啊！"父亲的高声叮嘱表达了一百个不放心的焦虑。

朵朵木死死按着口袋，迎着瞬间而起的狂风，迈着进二退一的狐步，跨进了本在同一院里小学升进初中的学校。房子还是那些房子，同学还是那些同学，老师还是那些老师，"朵朵木""朵朵木"还是那样语焉不详地召唤，这使他觉得一点新意也没有。

排队交学杂费时，女同学孟革革拿着一张五元大钞旁若无人地插到了朵朵木前面，他很自然地退让了一步，一副与世无争的样子。只是孟革革身后的军用挎包上探出的一截闪亮的钢笔帽像磁铁一样吸住了他，脚步不由自主就靠了过去。那是孟革革在小学时就经常炫耀的她父亲被伟大领袖接见时的纪念金笔，特制的。朵朵木不假思索地将金笔抽了出来。正当他兴奋得喉头发紧不停咽口水时，体育老师冲了过来，二话不说就把他拉出队伍推进了墙角，浑身上下跟摸骨似的狠捏了一遍。朵朵木一只手在身后藏着掖着，一只手举过头顶，身体被掐得叽叽歪歪。小猩猩般的模样吸引了所有人的目光，个个都咧嘴笑出了牙花。朵朵木刚一分神，体育老师又突然把他头朝下提了起来，两只脚踝钻心的痛。他哎呦哎呦半天后，口水就倒挂出来。体育老师扔开他，一边摇头，一边打扫完卫生似的把两只手掌拍得噼啪作响，头一扭，目光又在队伍里梭巡，猛一定，目标又对准了下一个。

这突如其来的"选拔"对朵朵木刺激很大，倒不是他做贼心虚害怕东窗事发，也不是体育老师的蛮横无礼架势凶残，而是他被倒提时的那种血往上涌，眼眶发胀，看什么都跟饿狼似的感觉，有种生吞活剥的冲动。尽管那时他手里还死死握着罪证用不上力气，全凭一颗锅盖头死撑硬顶着全身的重量，可平时那些正经八百的一切全都颠倒过来之后的新奇使他无暇旁顾。体育老师肮脏的回力球鞋近在咫尺，阵阵恶臭令他避之不及。标志他身份的绒球裤，也因几十年如一日舍不得更换而走了原型，膝头和前裆像三堆高高隆起的山岗，将两腿之间罗圈得足足可以塞过一只篮球。从这敞亮的空间望去，另一个正在倒影中吸引他目光的是讲台底下两条明晃晃的白腿，和白腿尽头一块黑乎乎的——"古老肉"（他一时不知该如何称谓，便第一时间想到了自己爱吃的一道菜名），那是正沾着水盒子收缴学杂费的女班主任老师的白腿。课桌挡住了她一贯道貌岸然的上半身，这下半截里泄漏出来的神秘一角就格外具有诱惑力了。朵朵木的涎水就是在这个时候涌出来的，那一块黑乎乎的阴影牵走了他全部神经，使他瞬间忘却了偷窃后的恐惧。

孟革革发现金笔丢失之后的疯狂，令朵朵木终于知道了什么是闯祸。校长、班主任、保卫科的人马蜂拥而至，个个脸上都挂着事情相当严重的表情。朵朵木不敢怠慢，把金笔又偷偷放回了孟革革的课桌里。没想到失而复得后的孟革革更是不依不饶，双手叉腰越发起劲地张牙舞爪。全班同学牢记谁接茬谁倒霉的经验，事不关己地左右环顾，一概无辜的装憨。孟革革骂了几圈没遇见对手，很是气急败坏，两只凤眼定定地在她怀疑的人身上狂扫，时间一长，一屋子的人都心

他被倒提时的那种血往上涌，眼眶发胀，看什么都跟饿狼似的感觉，有种生吞活剥的冲动。

里发毛有了做贼后的心虚。当她终于发现坐在身后的朵朵木比所有心虚之人更显异样时,嘴里那"长了三只手的贼、不要脸、臭流氓"的余音仍在教室上空俯冲。朵朵木被盯得没了定力,哪还敢迎面对视。孟革革眯起凤眼,似心照不宣地问:"你躲什么?"朵朵木赶紧直了眼睛,孟革革阴阳怪气地说你就坐在后面怎么可能不知道?朵朵木进退失据,瞳孔又散了光。孟革革哼了一声,凤眼一竖又霍然拉高了调门:该不会就是你朵朵木干的吧!教室里顿时安静得可以听见呼吸声,所有目光再次聚焦朵朵木。朵朵木浑身发紧越发不自然了。孟革革终于像逮了真贼似的呵斥起来:原以为你只是个"朵朵木",想不到还是个三只手的朵朵木啊!教室里哄堂大笑。朵朵木狗急跳墙,冷不丁蹿起来扇了孟革革一巴掌。出乎他意料的是,这一掌同样起到了蛊惑人心拨乱反正的效果,居然有了几声喝彩。

一贯有"小公主"、"小千金"之称的孟革革,自然无法承受这一打击,她只瞪大眼睛愣了几秒钟就飞身过来,随着一声近似发疯的尖叫"打倒朵朵木!"朵朵木脸蛋上就留下了四道由浅及深的指甲印。政治老师拿着讲义进来时,班长还没喊出起立,孟革革就抢先宣布了"没完!"然后就呜呜恸哭了起来,嘴里不停地嘟哝:"你敢打我,你敢打我,我爸都没打过我。"课没法上了,班主任叫来了学校的吉普车,亲自把她送回家去了,留下朵朵木在"打倒孔老二"的宣讲中罚站了整整一节课,成了活生生的形象教具。受辱后,他又被赶回来的班主任气汹汹地推进了办公室,里面一男一女两个端坐的民警令他刚一照面小腿就失去了控制,任凭班主任怎样拉拉扯扯叫他站好!站好!两条小腿就是抖个不停。男民警唬着脸先交待了一番"坦白从宽,抗拒从严"的政策,然后便拉开架势开始了讯问。女民警摊开专用稿纸,虽然很年轻却很威仪地唰唰做起了笔录。朵朵木两只小腿不知啥时又拧成了麻花,双手捂裆一脸痛苦。他几次想往厕所跑都被呵叱住了。眼看已无招架之功,他用嚎啕表达了放弃抵抗的绝望,尿水也喷涌而出，裤管上的渍迹像闪电战之后的地盘迅速扩大。朵朵木在嗯嗯啊啊的哽咽声中显然尿得痛快淋漓。

这一招竟把两个民警给唬住了，一时手足无措地呆在那里。围观的老师中有人看不过去，说金笔又没丢，一个孩子，至于嘛。女民警掏出手帕来抖了抖，朵朵木以为是要给他擦眼泪，脚步向前挪动了一下，女民警的手帕却捂在了自家的鼻子上。朵朵木脖子一扬又开始了哭声嘹亮，还伴以剧烈的作呕声和打摆子似的抽搐。男民警见围观的人越来越多，便伸出手来查看了一下朵朵木脸上那几道破了相的血口子，然后在他肩头上暧昧地拍了拍，头一摆，女民警就起身收拾了一下，随他去了。

他们前脚刚走朵朵木的哭声就止住了，两条腿岔出了圆规最大的距离，湿透的裤子，让他十分难受，嘴里不由就冒出一句：娘卖逼。班主任立刻在他鸡胸脯上猛击了一掌，"还敢骂人！"朵朵木一屁股坐在地上。班主任弯腰把他拎起来，"当众小便，你也不害臊！"朵朵木揉着摔痛的屁股，表情尽显夸张。窗户上冒出了小脸蛋和大板牙，他赶紧站直了。班主任从厕所洗完拖把回来手还没擦就命令他写检查。朵朵木犟嘴，说那孟革革打我怎么算？"她是在与坏人坏事作斗争。""那、那我还帮她扫过一回地呢？""坏人就应该受到惩罚。"朵朵木一时语塞，恨恨地搅起了自己的衣角。

班主任走到自己办公桌前让朵朵木"过来。"见他裹足不前，便又猛拍桌子道："你打孟革革就是干坏事，干坏事就是坏人！懂不懂？要深刻检查，还要当面向孟革革认错！"

朵朵木翻了个白眼，"我又不是坏人"，很不情愿地挪到了办公桌前，坐下后一支圆珠笔就插进了嘴里。在班主任严厉的注视下，他吞吞吐吐拔出笔来万分艰难地在白纸上写下了"检查"二字，随即就盯着班主任在办公桌上不停敲打的手指头一动不动了。那指头雪白、细腻，柔软中又极富弹性，起起落落敲出的是队鼓的节奏，颇有要立刻进行的动感，跟催命鬼似的。朵朵木很想一口将它咬进嘴里，让它服帖安静下来。吞那指头应该比含一根硬邦邦的圆珠笔强吧？再瞄班主任那双眼睛，尽管此刻瞪得有些骇人，其实还是蛮好看的，总觉有一汪水影在里面，不发火时有股骚狐狸味。想到骚，朵朵木突然有些发热，脑海里就有了那块过目不忘的"古老肉"了，腾云驾雾信马由缰收不住思绪，身子不由自主就往桌底下弯去。

"干什么？坐直了，好好写检查！"班主任以为他又要磨洋工，站起身来警告他："今天写不好不许回家！"

撩起的碎花裙掠过了朵朵木的脸颊，他仿佛嗅到了那"古老肉"的香气，脸上荡漾出一抹只有他自己才会心的沉醉。

熬到快放学时，下课回来的老师们都汇集在朵朵木的周围，把他当成了一天无聊的排遣，争相摸他脑后上那块有别常人的鸡蛋大的反骨。有人未卜先知打赌说长这种反骨的人肯定会有两个以上的旋顶，于是引来无数只求证的大手，再然后又有顺口溜出来：一顶穷、二顶横、三顶打架不要命、四顶往河里蹦，这小子不好惹，是个反潮流的主。朵朵木梳理着被他们弄成了鸡窝状的头发，咧开嘴巴乐了。因为孟革革的爸爸就是反潮流当上大官的，早先只是个爱写诗的工人，诗没写出名堂，造反却让他成名成家扬名立万了。所以朵朵木觉得这是在夸奖他。体育老师下课归来，朵朵木扔掉笔就迎上前去，大声说：老师，我很想学倒立！体育老师难得一见有这么主动好学的好孩子，立刻就把他往墙根里带。班主任见同僚们都没了正形，也不好再端师道尊严的架子，便交待了一声以后别再干蠢事了，就扇呼着裙子下班而去。朵朵木失去了目标，对倒立就有些不乐意了，体育老师却热情洋溢地给他讲起了动作要领。当朵朵木乏味得想要逃跑时，体育老师已经老鹰抓小鸡似的把他倒提了起来。朵朵木骨瘦如柴的胳膊一点力气也没有，全身的重量再次压在了脑瓜顶上，疼得嗷嗷直叫。体育老师被他手忙脚乱地端了好几脚，尿湿的裤子也蹭了一脸，很快就失去了耐性。他丢开朵朵木，支着两只弄脏的手说："你他妈的就头还行，可以去撞墙啦！"

〔二〕

朵朵木所处的这座城市，湍急的江水居中而过，由于经常号称百年不遇或几十年一遇地发大水，两岸堤坝早已垒过了密密麻麻棚户区的头顶，像条随时都可能坍塌下来的悬河。

作为这座城市的风云人物，孟革革的父亲就是在这里用高音喇叭朗诵领袖语录、诗篇，将最后一拨反对派赶下河的，从而确立了他独树一帜至高无上的地位。每当领袖的最新"指示"、"讲话"发表的当天、翌日或周年纪念日里，他总会将红旗插在轮胎垛成的旗座上，狗刨状的蛙泳中做着武装泅渡的领头人。那时候"横渡""畅游"成了向领袖学习、致敬、表达忠心的最壮怀激烈的方式，大江两岸只要一响起威风锣鼓，人们就知道发生了天下大事，就会兴致勃勃扶老携幼涌上大堤，聆听工人诗人从十几个高音喇叭里扩张出来的慷慨激昂、坚决捍卫、誓死革命的誓言。最后一幕通常就是诗人瘦条的身躯从横跨的大桥上凌空跃起，并不舒展甚至还有些猥琐的落水动作总能引来长时间的欢声雷动。英雄般的壮举，遂使他家喻户晓妇孺皆知。江水承载着他，一帆风顺勇往直前，最终成了省里的革命委员会副主任。

这样的经历与地位，令朵朵木的父亲带着他前去登门道歉时就显得有些前途未卜、战战兢兢了。

父亲之所以敢去冒险，完全是出自撞大运的心理，因为他曾与孟副主任同在一个工厂里待过，陡然生出了一份"工友"过的柔情。这有照片为证。父亲举着一张当年工厂表彰先进生产者时的合影照，美滋滋地向全家炫耀。他称里面一个眉清目秀的年轻人为"小孟"，就是如今恰嘎（厉害）的不得了的孟主任。"小孟那时瘦弱，文静，还有些腼腆，有点像朵朵木现在这个样子。"朵朵木听父亲说得亲切，便伸出舌头死劲舔自己的嘴巴。父亲绞尽脑汁回忆来回忆去，其他印象都不深刻，就只记得他会写诗。那年评先进生产者，人家都是加班加点赶工干出来的，只有他是给大家写诗鼓劲鼓出来的，据说起到了以一当十的激发作用。不过"工人诗人"的名气是在他造反当了大官以后才有的，在什么都不是以前，写诗写得很辛苦，吹灯拔蜡经常把自己弄得像个神经病，"也有点像朵朵木现在这个神头样子，厂长书记都敢不放在眼里。"朵朵木略略直笑，笑过之后就问：要是到他家时他正在写诗发神经怎么办？这一问，父亲也卡了壳，美好的回忆戛然而止。

朵朵木是抱着走亲戚的心情上路的，他甚至还设想由于有了父辈这种"工友"关系，他和孟革革就属同一血统了，父一辈子一辈，又都同一战壕了自然成了天然的同盟军，而同盟军难道不应该是天底下最最要好的朋友吗？朵朵木掐痛了指头，戳他西（不得了），怎么这么多同一性啊！他要是再想和孟革革不好都没理由了。想到以后他将会和趾高气扬的孟革革成为平起平坐的朋友，脸上就有了无比兴奋的光泽，顿时脚底生风走得飞快。听说孟革革家住的还是一个过去资本家的小洋楼，这更让他心生向往，难怪孟革革身上会有一种与众不同的味道，原来是资本家小姐的味道啊。不过朵朵木略感困惑的是，资本家不是要批倒批臭吗？当大官的为什么还要去住资本家的小洋楼呢？管他呢，反正用他爸的话说，孟革革是大家闺秀，而大家闺秀就应该是这种小洋楼里出来的。

快到目的地时，父亲的脚步突然迟缓下来，神情也不如昨晚那样自信了，佝了背弓了腰，东张西望中像个缩头缩脑的乌龟。

孟家的小洋楼果真让朵朵木大开眼界，阔大的客厅要放在他们家至少能搭建出两层高的阁楼来，气派的书架像纪念碑一样沉重，砖头似的领袖著作，主人的革命诗集，整齐威严的一字排开。尤其让朵朵木打鸡血的是，在这个家里竟然也有板报式的语录墙，红底黄漆"工人阶级领导一切"几个大字对着大门熠熠生辉。朵朵木置身其前倍感振奋。他爹是工人阶级，显然应该包括在这"领导一切"里面。按他爹的说法，这家主人的技术级别应该比他还低两到三个层次，这"领导一切"自然还应包括七级工领导五级工，师傅带徒弟。朵朵木这样想着就有些忘乎所以了，博古架上那些造型各异栩栩如生的领袖塑像让他心痒难熬，金铜铝瓷外加石膏还有会发萤光的，每一件都显得那么金贵，他禁不住要伸手去拿了。

正当他蠢蠢欲动的时候，"小孟叔叔"腆着肚子从楼上下来了，朵朵木刚抬起头来就吃了一惊，那魁伟的身材，四方的大脸和凛然的眼神，还有十足的官味，都与父亲描绘的相差了十万八千里。这令他顿感措手不及。尽管"小孟叔叔"并没有他所担心的那样正在发神经写诗，可这非同一般的气势也一样让他怕得要死。他紧紧抓住了父亲的手。可父亲也没比他好过多少，笑得比哭还难看。一大一小就这么傻站在门边，像一对农村逃难来的还未得到认可的穷亲戚，卑躬屈膝地看着早已今非昔比的主人。

"小孟叔叔"对"老朵"不愠不火不冷不热，也没什么话说，只管自己一个人背着手走来走去。这在朵朵木看来似乎正在酝酿火山爆发的那一刻，父亲手心里的汗水让他觉得失去了依靠，脚步不由自主地往门边移去，有了快速逃离的欲望。父亲手快，一把揪住了他，眼一鼓做了个要打他的架势。朵朵木本能地往下一蹲，双手护住了脑袋。"我又不是故意的，是她先打我的嘛！"他大喊大叫生怕别人不知道。"行啦。""小孟叔叔"抬手制止了正要下手的父亲，声音不大但极具杀伤力。他瞥了瞥眼睛，咕哝了一句"我看你们是活得不耐烦了！"便丢下他们径直回楼上去了。朵朵木父亲张着大嘴，手臂悬在

  他瞥了瞥眼睛，咕哝了一句"我看你们是活得不耐烦了！"便丢下他们
径直回楼上去了。

空中半天也没放下来，要不是保姆钻出来，及时拉开房门摆出一副逐客的架势，朵家父子都不知该怎样滚出这家大门了。

出门后朵朵木的父亲就不停地擦额头上的汗水，一脸的沮丧。朵朵木双手捂着吊挎在胸前的书包走得飞快，模样像个贼似的。父亲看着生气，加快几步追上了他，提着他的衣领说你也知道害怕了？"谁怕了，"朵朵木眼睛乜斜脚步挣扎，"人家好像根本就不认识你！"父亲被他刺得恼羞成怒，又把一只大手高高扬了起来。"鳖崽仔，"他骂道，"你以为这是我们棚户区，可以没规没矩哇！人家是主任，主任你晓不晓得？主任就是过去的省长，托大的官啊，鳖崽仔，真是'活得不耐烦了'！"他突然模仿起了孟主任的腔调，自己也很吃惊地哽住了。朵朵木瞟了瞟他，一脸麻木不仁地又泛出了那种漫不经心的眼神。父亲扇完他的后脑勺后，又气急败坏地揪起了他的耳朵，"你再这样搞下去一齐都要给你害死！"他喋喋不休地嚷。朵朵木为了缓冲父亲揪耳朵的力量，双手抱住了他的胳膊，两条小腿弯曲着尽量跑到前头。父亲揪扯了一阵，又叽里咕噜地抱怨：一点面子也不给，那个大沙发也不让坐坐，怎么说也同过事喽——哼，这种人，迟早会爬得高——他四下张望了一下，止住了"跌得惨"的下文，把朵朵木揪得像圆规画线，围着他转了一大圈后，才与他面对面地问："他的白头发是不是比我还多？"朵朵木记恨他把自己骗来"走亲戚"，艰难地仰起头来瞥了一眼他干燥枯萎的老杂毛，非常不满地说："乱雀（说），人家是托大的官！"父亲肩膀一垮手就松开了，还原了底层人的模样。

孟革革从一辆像展了机翼的美国顺风轿车里钻出来，老远就冲朵朵木喝了一声："朵朵木！好你个朵朵木！你还敢上我家来！"朵朵木的父亲愣了愣，赶紧点头哈腰迎了上去，"是革革吧，朵油来给你赔礼来了。"孟革革眼睛一翻哼了一声："谁要他赔礼，我才不稀罕呢。"朵朵木父亲老脸谀笑，想伸手去摸她的脑袋，孟革革头一偏，躲开了，他好心没好报，烧香惹鬼叫，只好干搓自己的手掌，有些讪讪地说:"革革,我和你爸爸还在一个厂里共过事呢——""少胡说八道!"孟革革眉毛一挑,手一扬,"哼,你是干什么的?"朵朵木见她这样对待自己的父亲,愤怒地冲他父亲嚷别理她,她是妖精!父亲转身就给了他一巴掌,然后又伸手来揪他的耳朵。朵朵木怕他逼着给小妖精道歉,杀猪似的百般挣扎,可还是犟不过父亲两只大手给按了个"坐飞机"。孟革革鼻子一哧,很解气地骂了一句"活该!"走进院里反手一摔,把门给关上了。

响声惊动了周围的人,一个干部模样的人走来,很严厉地问你们哪来的?找谁?朵朵木父亲的手指刚想停留在孟家小楼上,瞥见哨兵也跑了过来,赶紧在空中胡乱画了一圈画到了朵朵木的衣领上,用力一拽,朵朵木便身轻如燕地跟着他逃也似的离开了这片深宅大院。

〔 三 〕

朵朵木的哥哥朵柴,因为打架斗殴动了刀子,刚躲回家来就被赶来的民警给抓走了。那天晚上朵家闹哄哄像过大年似的,可静下来没多久,又开始了闹鬼。一连几天邻居都反映每当夜深人静的时候,就会看见一个人形的东西贴在他们家的屋檐下,壁虎一样,只是两腿叉开脚丫朝上,下面全叫破砖烂瓦垃圾堆给遮住了,很难辨清人头还是鬼脸。朵朵木父亲听了却不以为然,因为他心里很清楚,那是他们家朵朵木在发神经呢。朵朵木说自己参加了学校的体操队,练倒立就跟上学要先上好政治课一样,是基本功。他开始看得也很不顺眼,放着头朝上正正经经的人不当,偏要头朝下,有病呀。自打从孟家道歉回来后鳖崽子突然热衷起了倒立,而且一倒就是好半天,原来只是坐着发呆,现在可好,又改成倒着发痴了,行动也变得鬼鬼祟祟起来。他虽然不满，可觉得朵朵木没出去像他哥那样打架斗殴蹲班房就不错了，由他去吧，只是不好吓着邻居。他把朵朵木赶进家来睁一眼闭一眼地看着他头朝下继续走火入魔。朵朵木似乎并不领情，大冷天仍坚持要往门外跑，杵在自家屋檐下瞪着正对他家大门的胡同口发愣。邻居都觉得叫他"朵朵木"真是再贴切不过了，如此大脑短路神经分兮不叫"朵朵木"还能叫他什么呢？朵家不急别人急，朵朵木一出门人们就用怜惜的眼光看他，个个悲天悯人地打招呼："朵朵木，吃了吗？""朵朵木，上学啦？""朵朵木，回来了？""朵朵木，上我们家来玩呀？"

朵朵木依然我行我素，天一黑就跑到外面来练倒立，有时候还会去胡同口那杵上一会儿，碰上穿白褂的民警或戴红袖套的老太太，拔腿就往家跑，一脚屋里一脚屋外地扭着身子回头张望。如此紧张只有他自己心里明白是为了什么，因为他从威严无比的大官孟主任眼皮底下，盗走了他家那尊萤光熠熠的领袖塑像！在父亲为"活腻了"那句话而发呆的一瞬间里，他伸出了右手，左手也同时张开了书包，整个过程行云流水快得连他自己都有些意外。民警破门而入来抓他哥时，朵柴慌不择路，一头钻进了他的被窝，而他正躲在被窝里喜滋滋享受着萤光带来的新奇和神秘。这一惊吓非同小可，一泡尿嗤地蹿了出来。父亲对朵柴"出事"似乎早有准备，有破罐子破摔的镇定，对朵朵木却是揪心的牵挂，那句"活腻了"的话一直重压着他，连着几天每到吃饭时就会抑制不住打碎一个碗碟。在他看来，如果朵朵木不认清形势改邪归正，还敢去太岁头上动土，那"出事"就不再是朵柴那种一人做事一人当的事了，全家都得翻兜。他担惊受怕的模样终于给朵朵木带来了巨大的压力，朵柴被抓的当晚，他就开始做起了连环噩梦，门外一有风吹草动，就以为是孟革革的爸爸下令抄家来了，赶紧从床上跳起来趴到窗户上去张望。弟弟妹妹被踩踏得嗷嗷乱叫："爸，妈，朵朵木又发神经啦！"朵朵木挨过骂后依然静不下心来，又穿上衣服去屋外望风，父亲出来揪他耳朵时，他想到了倒立，指望用这一招来搪塞自己的慌乱。塑像不再能给他带来任何快感，相反，成了烫手的山竽。他把它塞在邻居家堆放杂物的过道底下，心想就是被搜出来也可以死不认账了。可转念再想，只有自己去过孟家，嫌疑总是最大的。最后他只好忍痛把塑像扔进一个早已淤塞不通的下水道里。

观察几天后，并没见孟革革有什么"打倒"举动，朵朵木这才放下心来。看来孟家并不像他们朵家这样事事精细，少一两样宝贝未必就能发现，发现了也未必会穷追不舍，有谁敢去他家偷东西呢？他觉得父亲这样小题大做、少见多怪实在是懦夫胆小鬼的行为，要不然就是别有用心，借以吓唬小孩来提高他老子威信的骗人之举。他钻进下水道里把丢掉的塑像又找了回来，很庆幸没把它扔得无影无踪。

平安无事后，朵朵木又开始思考该如何教训教训那个老虎屁股摸不得的小妖精了。他眼睛又盯上孟革革手中的那支金笔，一心一意要把它再搞到手。

那天孟革革像往常一样率一帮跟屁虫去朵朵木母亲开的小杂货店里买糖果。杂货店就在学校对门，朵朵木母亲早就暗暗把这小公主铭记在了心里，见了她比看见自己的亲闺女还亲，不把她两个小口袋撑得满满当当绝不撒手。孟革革平时得了便宜并不张扬，也满不在乎，可那天她是与同学打了赌去的，证实自己所言极是后，回到教室就得意地把糖果全部掏出来四处散发，还阴阳怪气地说这是门口那个老妈子白给的，吃啊，不吃白不吃！朵朵木气不打一处来，恨得把两只拳头握得像马后炮。下午斩草除根大扫除时，他佯装肚痛，蹲在一排冬青树里磨洋工，挨到没人再注意他后便以极快的速度潜回教室，从孟革革抽屉里翻出那支金笔塞进了自己的鞋帮里。然后回来继续装病，在冬青树里美美睡了一觉。结果与他设想的和上回如出一辙，孟革革照旧不依不饶大喊大叫，校方如临大敌，高音喇叭一遍一遍紧急通知，让所有准备回家的学生都先回到教室去，在原位上坐好，校门也迅速关闭了，各班班主任带着几个信得过的班干部开始逐一搜身，最后民警也来了，和保卫科的人一块锁定了几个嫌疑犯。哭成泪人儿的孟革革被校领导簇拥着，连哄带抬，并由专人陪同坐上了学校那辆破吉普，殷勤备至地送回家去了。

因为有上次"冤枉"垫底，搜身者大都对吃过一次苦头的朵朵木得过且过敷衍了事，朵朵木自己却不肯放过自己，书包第一个倒了个底朝天，干瘪的肚皮和数得出数的排骨也亮了出来，就差没扒下裤子，以至于班主任不得不命令他"住手，把衣服穿上！"这举动更增添了搜身者对他粗枝大叶马马虎虎的信心。虚张声势蒙混过关后，朵朵木意犹未尽还不肯回家，跑到教师办公室去看那些被民警审得哭哭啼啼的冤大头，也学着别人的模样把脸贴在玻璃窗上，透出一对啃西瓜皮的大板牙。

喧闹几天后，事情仍未有任何头绪。校长、班主任急得上蹿下跳，开始号召同学之间要勇于检举揭发，要敢于和坏人坏事作斗争。广播里一到课间休息时就长篇累牍地念校长讲话，分析"我校阶级斗争的新动向"。所有家长都收到了一封学校要求全力配合的公开信。朵朵木父亲那天正在饭后用小手指头剔牙，斜着眼睛看完了信后，就议论说还真有活腻的人哩。随后他瞄上了落款日期，把剔出的碎物一口咽回喉咙里问：为什么压了两天？朵朵木慢不经心地说忘了。父亲一脸狐疑地盯了他老半天，见他闷声不语呆头呆脑，就悻悻说谅你也不敢再干蠢事了，然后就把学校的信撕下一条卷起了烟丝。

学生们在下午上了两节课后，常被一个一个叫进办公室里去谈话。谈完后并不能马上回家，得回到教室去等候别人再统一放学。这一等通常要等到天黑以后。如此三番五次，家长们敌不过学校的旷日持久战，便开始循循善诱地启发孩子们的敌情观念，鼓励他们去大胆揭发踊跃检举，以便正点回家吃上正点晚饭。这样一来许多再去谈话的同学回来时就一脸神秘了，个个眼睛东躲西藏不敢与人正视。校园里很快有了匿名的告密者和署名的小叛徒，蛛丝马迹多得眼花缭乱。学校全部通吃，抓了一大批"小偷"和捡到东西不上缴的人，展览室里陈列了无数残缺不全的钢笔、圆珠笔和烂笔头，就是没有孟革革的大金笔。民警又被请进校园来给全校师生做"社情动态"通报，结合"我校"一些学生热衷于留"大背头"、穿"小脚裤"的现象，指出社会上的坏人坏事已传进了校园，同学们务必提高警惕，增强免疫力，拒绝资产阶级一切腐朽没落思想的侵蚀。然后就以查"黄色手抄本"的名义，让大家在操场上坐等，由老师组成的突袭队直奔教室将所有学生的书包又翻了个底朝天。事情就这样没完没了地发展着，据说要不是孟革革父亲亲自给校长打电话，叫学校立刻停止这种毫无意义的愚蠢行动，并尽快消除不良影响，事情肯定还要无休无止地进行下去。朵朵木开始时还觉得挺好玩，可后来事情向着阶级斗争的方向发展他就感到没意思了，尤其在学校组织参加了一次体育馆里声势浩大的镇压反革命分子公审大会以后，他终于明白"活腻"后会是个什么样子了。他想把金笔又像上回那样不声不响地放回去，可学校阶级斗争的弦绷得太紧，身边的小特务数都数不清，金笔再带进校园几乎已经不可能了。朵朵木急得直练倒立，心想怎么连个改邪归正的机会也不给了呢？

事情终于不了了之以后，朵朵木又得了健忘症，把金笔和塑像一块捧出来向弟弟妹妹炫耀，开出的条件是必须死守秘密。为此三个人专门举行了一个发誓赌咒"死伢（爹）死娘"的仪式。咒出这句话时，朵朵木稍微犹豫了一下。这句颇为恶毒的咒语，用在这三个人身上似乎有些不大合适，都是一家子，死了谁的爹妈都不划算。只是事关重大，这么庄重的时刻也不好朝令夕改形同儿戏，朵朵木得过且过也就将就过去了，也不知道他爸妈现在是否正在抓耳挠腮打喷嚏。

弟弟妹妹闷在被筒里像看闪电似的划拉几眼后很不过瘾，趁朵朵木上学后顺藤摸瓜又将宝物翻了出来，先拿金笔在一块粗糙的废纸板上涂鸦，没水后也就没了兴致，随便弃之一旁，又举着塑像你争我夺钻进被窝里看荧光，打打闹闹中把时间忘得一干二净。父亲下班回来正好目睹了两个正撅在外面的小屁股，和画得花里胡哨的废纸板。他刚要去掀被子看究竟，听见脚底嘎嚓一响，低头一看，一支钢笔叫他踩扁了。他赶忙拾起来，"×××接见纪念"几个字差点没让他眼珠子掉出来。他掀开被子后又发现了那尊白晃晃的塑像，顿时五雷轰顶露出了扁桃腺。吓傻的弟弟手忙脚乱中自作聪明，抬手就把塑像顺着敞开的窗户扔出去了，父亲噢的一声叫唤，急急追到门外，地上塑像早已西瓜开瓢四分五裂。

一连几个晚上朵朵木家里都黑灯瞎火阒寂无声。父母早早就关了大门，窗帘也拉得像防空洞里一样，灯头上还罩了一圈遮光的报纸。踩扁的金笔和已粘合起来的塑像惨不忍睹地躺在饭桌上，两对魂不守舍的眼睛一刻也没有离开过它们。朵朵木和弟弟妹妹蜷缩在床上大气不出地倾听着室外父母的动静，姐姐在搭建的一间转不过身来的闺房里事不关己地哼小曲，惹得父亲几次咆哮"哭丧啊！"只稍停了片刻那小曲又重新开始，这让父亲愈发暴躁。这天晚上他把朵朵木的臀部打高了一寸。清晨朵朵木想赖床不起，被父亲揪着耳朵给踹出门去了。朵朵木反手抱着屁股一步一咧嘴地撅进了校园。第二个晚上母亲用一块干净的大红布将赃物擦了又擦，嘴里不断念叨着怎么办呢？怎么办呢？朵朵木父亲被她喊喊雀雀得面部乌青，吸了无数支炮筒子，咳咳咳咳地把已钻进被窝里的朵朵木提出来又暴打了一顿。朵朵木自知有错事关重大，紧咬牙关，死不做声。这样一来更令他父亲怒不可遏，以为这鳖崽子又臭又硬冥顽不化，下手越发重了。母亲用身子抵挡，当爹的打不到儿子便一掌拍在了自家的屁股上，呼呼的嗓音低沉得像被困在动物园里的狮子。"翻兜！"他把问题的严重性又提高了一大步：打碎领袖塑像就是现行反革命，朵朵木又偷又打，绝对可以掉脑袋啦！想起姓孟的说他"活腻"的话，急火攻心差点就背过气去。他一直以为天下大乱，可那都是些夺权和打倒的"政治"，而"政治"在他这个寻常百姓家里只是一个无法形成方言的"词儿"，是舌头卷进喉咙里去的"普通话"，既生疏又遥远。现在他真真切切地感到了那东西其实离他家很近很具体，躲都躲不开。无妄之灾似乎正滴滴答答以分秒计时地向他们家袭来，眨眼间就能吞噬掉这家中的一切。朵朵木母亲被老伴危言耸听的话吓得闪开了身子，朵朵木又开始承受父亲第二轮更加疯狂的拳脚相加。这一天上学朵朵木不光要抱屁股，还得一瘸一拐了。第三天晚上几个民警和治安队员来挨家挨户查马桶，说是粪桶车里发现了印有领袖头像的报纸。朵朵木父亲受了惊吓，人家前脚走他后脚就操起家伙把朵朵木又痛打了一顿。伤筋动骨一百天，朵朵木小腿骨折，这个学期他再也不用去上学了。

朵朵木上不成学，朵朵木父亲的烦恼却一天也没减少，还与日俱增，嘴唇上的水泡雨后春笋般地往外冒，最后和龙旦紫一起结成了厚厚的痂，积劳成疾一头栽在了家门口。一大一小一老一少，就这么天天躺着，在床上互相遥望，谁也没有话说了。

父亲稍好一点后，就挣扎着起来，在自己房间内刨开了一个大坑，把残破的金笔、黏合的塑像用红布裹了一层又一层还加上蜡纸深埋了进去，再铺上精心调配的水泥，尽量与周围的颜色和谐一致。地面一干他又立刻调整家具摆设，移来了两只大木箱，还在上面堆满了坛坛罐罐。父亲在做这一切时，朵朵木始终都面无表情两眼发呆，谁也猜不透他心里在想什么。父亲喘一口粗气后，就决定下学期给他转学，转得越远越好。

朵朵木最后一次出现在老学校里，正赶上放假前的一次冬泳活动。名义上是冬泳，其实是在游泳馆里举行，水温和得如同澡堂子里一般，到处都是快活的尖叫声。朵朵木在路上一瘸一拐无精打采，到了水里就成了浪里白条，跳水、潜泳、打水仗，活脱脱变了一个人。

他看见旱鸭子孟革革，穿了件显然只有外国才有的那种骚不拉叽露着背胛的红泳衣，在一帮裹得严严实实的女同学里显得十分妖娆，就决定给她留下点纪念。

孟革革不会游泳，一直在浅水区里活动，体育老师为了鼓励她，给她套上了一个游泳圈，一点一点往深水区里带。朵朵木觉得机会来了，趁体育老师转身去教别人的时候，他一个猛子扎到了孟革革脚下，死劲一拽，孟革革便脱离了游泳圈，跟他一块沉入了水底。看她在水里拼命蹬腿隔空取物，嘴里气泡成了长串，朵朵木高兴得要死，拽着她翻起了跟头，沉到池底了仍不肯撒手。要不是孟革革胡蹬乱踹在他脑瓜顶上狠踩了一脚，害他噙地一下喝了一大口洗澡水，他还不知道要将这场复仇游戏进行到何时才算完毕。

他潜到池边才敢探出头来，见所有人都火急火燎往孟革革那儿冲去，吓得赶紧爬上岸瘸腿跑进换衣间里胡乱套上衣服就溜走了。一路上他不停揉搓着被孟革革踹痛的脑瓜，湿漉漉的身上，也像贴满了无数块伤湿止痛膏，冷风一吹，牙关嗒嗒作响，当晚体温就蹿到了四十度，把他给烧昏过去了。

〔四〕

转学后，朵朵木再也没有见过那个让他又恨又怕吃尽苦头的小妖精了，而且，他那一度失传的真名又在新学校里被人正经八百叫了起来，这使他突然感到自己长大了，脑子也聪明灵光了许多，学习成绩逐步好转，慢慢就有人考试抄他、下课找他抄作业了。可尽管如此，他依然没能改掉漫不经心的眼神和孤僻的模样，跟任何人都无法亲近。最要命的是他小偷小摸的念头也难以遏制地成长起来，在他的书包里最多一次竟装了三支钢笔、四五个圆规，有时甚至还有一两件完整套装的文具盒，就连老师上课用的彩色粉笔也纳入了囊中。屡屡得手令他欲罢不能却信心大增，看什么都跃跃欲试了。

偷来的东西他基本上在放学的路上就处理完毕，并没有把它们带回家的打算，父亲的乖戾总令他不寒而颤。只是欣赏完后就这样白白丢弃也实在可惜，有次他不得不把这些东西一古脑地甩给了一个走街串巷收破烂的人，没想到对方却付了他很多的钱，这使他意识到废物也能利用。他与收破烂的交上了朋友。可是时间久了收破烂的就悟出了这些东西的来历，变得不那么正经了。有一天，他们成交后收破烂的特意多给了他几毛钱，眨着眼睛问他想不想弄点大的？他问什么大的？收破烂的便很神秘地附在他耳朵上说，有家工厂到处都是成捆成捆的电线，那里面可全是铜的，弄出来可以卖更多的钱。朵朵木像被马蜂蜇了一下，跳到一边睁大眼睛说这不是偷了吗！收破烂的说那你现在不是偷吗？朵朵木不假思索地拿手一挥，"那不一样。"

"怎么不一样，偷这个和偷那个不都是偷吗？"收破烂的也糊涂了。

朵朵木根本就没那个概念，只是强词夺理地嚷："不一样就是不一样！"

"那你不想赚大钱了吗？"收破烂的仍然大惑不解。

朵朵木这回认真想了想，自言自语道："可我要那么多钱干什么呢？"

收破烂的愣住了。

被人看出了破绽朵朵木有些害怕，再遇上收破烂的就绕道走了。存货一多他终究沉不住气，选来选去在长江的另一边找到了新的交换渠道。水果摊贩们十分乐意与他成交，为了拢住他，还会搭槽头肉似的多给他一点甜头。朵朵木肚皮不大，并不在意能装进多少，他只是很喜欢这种交换的形式。因此在很多时候他都显得很吃亏，他甚至还会做出一些把吃不了的东西再还给他们的举动，小贩们挤眉弄眼差点没叫出"朵朵木啊！"可一旦哪天他手里没货时，小贩们就六亲不认了，还让他一边凉快去，别挡了他们的财路。这使朵朵木对他们印象不好起来，再有东西撑腰就很不客气了，多得的他会毫不吝惜地抛进路边的臭水沟里，小贩们越生气他抛得越起劲，嘴上还说着我扔我自己的东西关你们什么事！更有甚时，小贩们在给他称桃子、李子、板栗什么的时候，他两两计较中还要偷上一把，然后吵着闹着逼对方还得搭"槽头肉"，临走再拿上一颗塞进嘴里，说还没先尝尝呢。表现出一副精明过人绝不吃亏的架势。

　　因为初中生活在两所学校里度过，所以朵朵木觉得日子过得很快。最后一个学期刚开学他的哥哥朵柴就被判了有期徒刑，姐姐朵米也嫁给了一个转业兵离开了这座城市，他们的消失使父亲有一种"终于滚蛋了"的轻松，立刻就着手把他们睡觉的床铺给拆了，家里一下宽敞了许多。在朵朵木的印象中，哥哥姐姐一直以来就是父母身上的累赘，早就放任不管了。他们有他们自己的生活，虽然做的都是临时工，可穿得却像公子哥和阔小姐，家里只是他们偶尔回来睡上一晚的旅店。他们两人在棚户区里的名气大的可以用来吓唬爱哭爱闹的小孩子。朵柴外号叫"勾子"，打架斗殴"三进宫"，五根指头被人砍得只剩一根了还能玩单杠，还能冲锋陷阵势如破竹。姐姐朵米像个骚鸡婆，身上整天都是花露水味，月经带都晾上了房顶，像条招魂旗，不时引来无数望眼欲穿的眼睛。人们背地里都爱用朵朵木的日式发音把她往日本人那靠，称她"解开裤带子""未婚先有子"生了孩子也是"黄豆伢子"。终有一天朵米在公园里被人抓了"胡搞"的现行后，就名副其实成了"雀子"（女流氓）。父亲本来想多干几年工作，可被母亲催得只好提前病退让大儿子顶替，谁知朵柴一根指头算残疾，而且臭名远扬人家不要，朵米又无脸再在这里混下去，把自己嫁到外省去了。父亲鸡飞蛋打便想把病退证明还给人家，坚决要求重返工作岗位。碰了一鼻子灰后就成了游手好闲看什么都不顺眼的老鞭子，气大得天天都要端豆子找锅炒，闹得全家鸡犬不宁。朵朵木提心吊胆，生怕自己稍有闪失又会成为瘸子拐子大瞎子，整天缩着脖子大气不出。恰好这时学校要组织他们去农村与贫下中农"同吃、同住、同劳动"，乐得他屁颠屁颠赶紧去了。

学校用一个学期的时间把他们打发到农村去的理由是，响应伟大领袖的号召，"接受贫下中农再教育"，避免"四体不勤、五谷不分"，成为一个资产阶级的寄生虫。无产阶级革命事业的接班人应该"又红又专"、"百炼成钢"。学生们对这种锻钢方式报以热烈拥护，尤其对回来时的毕业考试是"开卷"感到"乌啦"，个个像盼过大年似的早早就打好了背包备足了日常生活用品，课本却一本也不愿带了。尽管学校也一再强调还必须自学，但广阔天地信马由缰的生活太诱人了，没有了考试压力的学生有谁还会顾忌它呢。有的人干脆就把课本给抛到天上去了，摆出一副彻底解脱的样子。朵朵木不同，在他看来城市乡村区别不大，到哪他都不会有朋友，只好以书为伴把"数理化"带得一应俱全。没想到这竟给他带来了意想不到的收获。农村初期的兴奋劲一过，很多人就百无聊赖地想看点书了，特别是带队的老师又一心想用农闲时的考试来治治这帮精力过剩到处惹是生非的孩子，许多人就临时抱佛脚地来求朵朵木了，他的书一度成了紧俏物资。可朵朵木讨厌这种不劳而获的行为，凭着有物物交换的经历，他一分钱一分货地做起了出租课本的生意，这样他便在学习赚钱两不误中得罪了一大批人，被人在寝室里用被子罩了脑袋，吃了一通闷拳。

朝夕相处中，除了朵朵木"吝啬"，他的倒立也一样引起过轰动。起先大家都认为他发神经，差点没把他那不为人知的外号给比喻出来。后来见他倒立的时间十分漫长，一副享受的样子，便开始模仿他。以至于每天晚上女老师来查房时，看到的都是些靠着墙壁大头朝下怪模怪样的孩子，半大的小鸡鸡也很不检点地耷拉出来，点名自然无法再进行下去。这意外给了那些想出去偷鸡摸狗的人一个难得的机会。朵朵木对他们兴师动众成群结伙去果园摘橘子、去农家屋檐勾腊肉以及掏鸡窝杀小狗的活动不屑一顾，尤其对他们月黑风高一身夜露地回来后，仍乐不思睡地叽叽喳喳争着炫耀感到鄙视。算起来这屋里的人都被他下过"毒手"，论资排辈他早该是他们的大师兄啦。

因为朵朵木不合群不狼狈为奸又小气得够呛，还爱发个诸如倒立一类的神经，便成了孤家寡人，大家聚在山洞里享受赃物带来的丰盛果实时自然也就不把他当回事了。朵朵木对此毫不介意，干完活回来就平静地待在宿舍里做倒立，沉浸在自己的世界中。他现在倒立的水平已炉火纯青，头倒立手倒立单手倒立，还能肩倒立，脖梗与肩膀形成一个直角支架，无须再用脑瓜着力，而且双手也解放出来，舒舒服服抱在胸前，靠着墙壁睡着了一般。他甚至还可以用这种姿势学"数理化"，沾着口水一页一页读得津津有味。这种倒立的读书方法很容易使他聚精会神，血液倒流时印象似乎也在传动，开启了脑海里每一个记忆的闸门，基本上是过目不忘了。

朵朵木感受最深的就是在倒立中产生的兴趣，基本上都能经久不衰地保持下来，有些还日臻强烈。这有他看到过的那块"古老肉"为证。直到现在那块黑乎乎的影像还时常浮现在眼前，令他着迷，想入非非，并无数次在清晨中把裤头顶出一个难看的包来。只可惜当时时间过于短暂，而且倒立也是在强迫中进行，自然无法达到现在这种融会贯通鞭辟入里的境界。

农村的体验还未过半，大家就玩得不想再玩了，而且天天面朝黄土背朝天、让蚂蟥叮让臭虫咬、轮流砍柴生火做饭也不是什么愉快的事，与坐在教室里开小差回家吃现成饭洗热水脚上床相比，至少是累得人死。农村生活似乎并不适合这些天天需要有路灯相伴、有水泥马路瞎逛、有汽车喇叭可听的孩子，大自然状的沉寂能把他们憋成十足的小野兽，整天横冲直撞破坏力大得足以让农民伯伯胆战心惊。在几个学生妄想用火攻来直接获取兔子肉却差点要把整座大山化为灰烬之后，农民伯伯们就再也不欢迎这些充满城市流氓气味的孩子了。

朵朵木他们回城是在灰溜溜的状态下进行的，不比来时那锣鼓喧天热闹非凡的仪仗了，校长亲自赶来赠送感谢的锦旗也没有人接，很多农村孩子自发地把他们住地包围起来，监视他们撤离前的一举一动。学生们自然也无心恋战，个个都归心如箭。校长从生产队告别回来时脸色十分阴郁，手里那张农民伯伯罗列的损失清单让所有人都大气不出噤若寒蝉。显然他们没个说法将很难离开这里。校长抽了两根对接的香烟后，就让大家扔了草席被卷，乔装成最后一次参观的模样，领着大家翻过了一个又一个山头绕出了村庄，上了一辆等候接应的解放牌卡车。车子开出十几里后，大家才敢山呼雀跃热烈鼓掌，庆贺这种逃跑方式的成功。校长从驾驶室里钻出来，迫不及待地让大家在半道上下车，列队看他乌黑发青的嘴脸。他勒令大家每个人回去都必须写份检查，然后就气咻咻地宣布，毕业考试统统"闭卷！"这一下大家面面相觑傻了眼，捶胸顿足叫苦不迭，更有人喊出"不回去了、不回去了"。接下来的路程大家全像死了爹妈，个个噘着嘴巴耷拉了脑袋在敞篷车里被逆风吹得泪流满面，唯有朵朵木几个极少数分子却唱起了革命歌曲。尤其是朵朵木，因有这突如其来的"闭卷考试"，顿觉自己如沐春风，一脸的幸灾乐祸。

事情远不是大家所猜想的那样，校长闭卷考试只是为了报复学生在农村惹是生非必须惩罚一下这样简单，这一年中国发生了很多大事，黄河洪峰，唐山地震，领袖去世，天安门广场的"四·五运动"，还有"四人帮"顷刻之间的土崩瓦解……无不印证了百姓私底下有关龙年"大凶"、"不吉"的预言。朵朵木年初就得到过一条母亲分配下来的红布带，护身符一样系在了腰眼上，他发现很多同学身上都有红色的东西，红头绳红裤衩红皮筋红袜子，看来迷信人人都有只不过心照不宣罢了。农村回来后没多久高考即将恢复的消息就传开了，朵朵木立刻就把红腰带扯了，他觉得发生点这样的事没什么不好，像"开卷"变"闭卷"，他纯粹捡了便宜，干吗还要用红色去避掉它呢。望着那些去了农村插队落户的大哥哥大姐姐又跑回来翻箱倒柜找书本，买资料上夜校读补习班，窝在路灯底下和尚念经一样直念到东方露出了鱼肚白，他对还会有更多的奇事发生深信不疑，并且直觉认为这些奇事只会给他带来好处。他把弟弟妹妹的红裤衩也一并给扒了。

朵朵木的初中毕业考试，就是在他预期的一反常态的"全市统一考试"中进行的，他进入了前三名，成了本校的第一，幸运地被捧到了天上。校长亲自给他戴上了大红花，敲锣打鼓地往他家里送去了石破天惊的大红喜报，还号召全校同学向他学习。这时候"重点高中"也及时出现，一所众人仰慕的重中之重的学校也向他发来了录取通知，顿时，有关他学习好是因为能倒着看书，倒着看书就能倒背如流的传闻开始发散。还有传他不光能倒着看书，还能倒着吃饭，并"亲眼所见"他还倒着撒过尿呢。一只手扶着鸡鸡一只手比比划划开根号，计算所谓的"尿道"，根号都开到了小数点后的十几位，射出的抛物线不高不低不左不右，从不会淋到自己。

近乎神话的传闻，令朵朵木成了会跳大绳的猴子，每天来他家登门看新鲜的人不少，其中不乏一些外校学生，有些竟然还是家长带来的。朵朵木父亲过去从没见过儿子有什么同学，如今一下子冒出了这么多小眼镜子，还要传什么经送什么宝，简直给乐坏了。特别是那些家长，把他也顺便当成了取宝对象，虔诚讨教差点没要了他的老命，立刻就去老伴店里把所有能吃的东西都拿回家来招待客人。朵朵木与他不同，看见来人就像撞见鬼子进了村，东躲西藏抱头鼠窜，最后干脆跳出后窗逃走了。

朵朵木躲过了初一躲不过十五，一些比较霸道的同学围追堵截，二话不说就把他拘禁在家中当倒立指导。朵朵木见他们跟自己开始时一样东倒西歪很不耐烦，便直接把他们领到了大街上，找到一处裙花飞舞玉腿翩跹的百货商店旁做了一个倒看下三路的示范。大家发现秘密后都睁大了眼睛，倒立着一动也不动了。朵朵木拍拍手由此得出结论：你们很快就能倒着看书啦。

暑气当头，朵朵木父亲却一直穿着那身只在过年时才肯拿出来充当门面的中山装，满头大汗地忙里忙外。他把朵朵木的大红喜报镶进了一个特制的金色画框里，替换了高悬在黑乎乎小房正中墙壁上的父母遗像，然后就在下面将小板凳摆成了能开群众大会的模样，作顾认真等着来人取经送宝。几天热闹很快就过去了，家里又恢复了往日的清冷，他一时无法再沉静下来，便背起手去巷子里蹿来蹿去主动搭讪。熟人见了问："老朵，家里没客人啦？"他立刻煞有介事地答："刚走、刚走，嗨，出来透透气。"有人羡慕地冲他竖拇指，夸他好结棍（厉害）哦，朵家就要出一个穿皮鞋的大学生啦。他乐呵呵地赶紧低三下四地给人家递烟卷，好像是在央求别人再多说几句好话，以便让他继续听下去。彻底没事后他又蹿到自己工作过的厂子里去了。朵朵木坏事不出门，好事传千里，昔日的同事们都知道了他儿子的先进事迹，纷纷向他表示祝贺，就连难得一见的厂长、书记都专门跑下楼来与他热情握手。老头感动得心潮起伏，幻想着要是朵朵木能在他想退回那本该死的退休证时就把这大名给出了该有多好啊。沾了一次儿子的光，他急切地想干点什么，见一个小青工在车床那笨手笨脚，便倚老卖老地跑过去做师傅，没想到精神不集中，一只手径直往高速旋转的刀具上去了，瞬间两根指头就齐刷刷离开了他。整个过程就好像是他专门来这儿找死的。小青工没了当月的安全奖，直打听"这老鞭子是谁——干吗偏找我呀！"

医院在朵朵木父亲身上取得了断植再接技术的成功，还被拍成了新闻纪录片，在所有电影院里当故事片的前奏曲。朵朵木父亲露了脸，像当了明星一样兴奋，私下冲家人嚷：值得，断得值得！虽然镜头大多只是他那两根变了形的手指头，但他依旧认为儿子给他带来了荣耀。朵朵木一来送饭他就极力把他滞留在身边，一边向医护人员吹嘘，一边絮絮叨叨讲一些好高骛远直让朵朵木起鸡皮疙瘩的废话。他现在怎么也看不够朵朵木了，那突出的反骨，漠然的眼神，孤僻的模样，都有了与过去完全不同的含义。他断定儿子是与众不同的，非等闲之辈，兴许就是那颗文曲星下凡呢。他们朵家有出头之日啦。

"这个'朵朵木'啊。"他在一次美妙的瞌睡中醒来之后，就兴冲冲地告诉朵朵木，出院后第一件事就是去派出所给他改名字，"朵油"难听，不气派，这样的名字怎么能够去上大学呢！言语中很为自己当年的草率而懊悔。至于该改个什么名字他让朵朵木自己拿主意，"你现在是大学生了"。他想当然地把朵朵木给提前录取了。朵朵木见暴躁的父亲第一次以这种平起平坐和风细雨的口吻和自己讲话，便觉头皮发麻很不自在，当即以"随便"还给了他。可当父亲拍着脑门说出一串"朵卫星"、"朵胜利""朵大福"、"朵大贵"来，用眼神询问他行不行时，他那刚涌出的一点柔情顷刻就灰飞烟灭了，进而不满地嘟哝道：只要不叫"剁三鲜"就行啦。

父亲带着失而复得的手指出院时，朵朵木的口袋里也装满了不锈钢的镊子剪子止血钳手术刀，走起路来哗哗直响。父亲对他身上能散发金属之声感到十分奇怪，几次用疑惑的目光打量他。朵朵木知道他不会再像过去那样，动辄就扯着嗓子把手抢过来，可那几眼还是让他感受到了寒意。他小心谨慎地一件一件把它们扔到了路边上。快到巷子口时，他才发现身后竟跟了一个拉板车收破烂的人，吓得赶紧与父亲分道扬镳，过家门而不入了。

〔五〕

朵朵木去重点高中报到那天，刚从床上睁开眼睛就看见了两张笑吟吟的老脸，听见了"朵家壮""朵家壮"的呼叫，以为没自己什么事又把眼睛给闭上了。父亲不得不再一次"朵家壮""朵家壮"地把他摇醒，朵朵木迷瞪了半天，仍然没觉得是在叫自己。母亲慈祥地摸他脑袋说你爸给你取新名字啦，叫朵、家、壮！朵朵木夹着眼屎瞥了一眼一旁得意洋洋的父亲，见他吊着纱布的手上捧着一套新衣新裤和仿制的橄榄绿书包，还有一双绿过了头的解放鞋，不由得笑了。母亲也扬起了一块红布包裹的草垫子问"好不好？"朵朵木看着像隔壁王大妈烧香拜佛磕头下跪用的那种草垫子，就说我又不拜佛。父亲笑了笑，说崽哎，你整天头朝下杵着你妈绑心哩，这东西是给你垫脑袋的。随后他又指着弟弟睡觉的那张床说，以后你就在那儿练，专门给你摆个台子，想怎么练就怎么练。弟弟朵盐正倚在门框上看得眼热，听见自己床没了赶紧问："那我困哪？！"父亲头也不回地答："你困饭厅里去。"朵盐提高嗓门道："我不干！我才不干呢！""你敢不干！"父亲怒目而视："你哥是要上大学的人，晓得啵。"朵盐很不服气，说那我也要上大学呢。父亲手指一戳，"你个木根里（笨蛋），鳖崽子！留级留得都快跟你妹一个班了，上个鬼大学！"朵盐被揭了短，头一偏斜着眼睛不吱声了。

朵朵木有了新衣穿高兴得一个跟斗粘到了墙壁上，新衣翻了个底朝天，露出了浅浅的黑肚脐。父亲看了摇头说糠精鬼瘦。于是他又做出了新的决定：从今天起全家要扎紧裤带，让朵家壮每星期吃上三个鸡蛋两回牛奶——"他喝牛奶我们喝什么？"妹妹朵红也插了进来。"喝西北风！"父亲老被两个蛤蟆头打横炮感到气愤，"你们就知道吃、吃，有本事也像你哥这样学习好呀！"朵盐见朵朵木占尽了便宜还在那像壁虎一样端着架子不下来，撇嘴道："朵朵木！"父亲耳尖，抬手就给了他一巴掌，"不兴再叫朵朵木！"他气急败坏地嚷，"老子的话你就是这个耳朵进那个耳朵出！从今天起家里人不兴叫，外面的人也不兴叫！"朵盐摸着后脑勺，无限委屈地说天天都是这种怪样子，不是朵朵木是什么？"你晓不晓得，"父亲咆哮起来，"你哥这是在思考问题！不这样倒着他能学习这么好？——明天开始，你也倒！"朵盐拔腿就往门外跑，边跑边喊："不倒，就不倒，朵朵木才倒！"

朵朵木又迎着一场风沙去学校报到了。扬尘令他不停地揉眼睛，揉着揉着就揉出了一个熟悉的身影。

孟革革骑着单车出现了，轻盈摇曳地飘进了这所重点中学。朵朵木站在校门口愣住了，难道自己又将和她成为同学了吗？真是冤家路窄。朵朵木躲在柱子后面观察着，直到孟革革消失在人群里后，才敢向新生分配的布告栏走去。"千万别在一个班啊！"他暗自祈祷，胸前那颗新纽扣很快就被他旋来旋去给旋下来了。

朵朵木踮着脚丫睁大眼睛在分配栏里一连找了几遍也没看见"孟革革"三个字，脖子都仰酸了也没有。于是就吐了一口长气，浑身轻松了下来。也许，孟革革只是来找人的吧。报完到找到自己的新班级坐下来后，朵朵木发现前后左右都是些像他这样弱不禁风的书呆子，看来以后不会再有人欺负他了。正想着，朵朵木看见孟革革走了进来，而且直接走到了他的身边一屁股坐了下来。朵朵木瞠目结舌赶紧把脸转到了一边。老天，她竟然也在这个班！而且，还跟自己坐了一条板凳！朵朵木暗自叫苦，几次都想拔腿跑掉，第一堂课是怎么上的他全然忘记了，身体僵直目不斜视，孟革革有什么动静长什么样了他一概不清不楚，老师教了什么更是一个字也没听进去，满脑子都是胡思乱想，下课铃一响就跟放了学一样，嗖地跑出了校门。万般无奈回来时，也是挨到了上课铃的最后一响才坐上了那个像埋了地雷的座位。

第一天朵朵木就逃学了。

孟革革也逃学，只不过她是以请假的名义，而且一请就请了一个星期。朵朵木早上来到学校颤颤巍巍走进教室，一看身边的座位是空的，立刻就有了重获自由的感觉。可当孟革革结束假期重新坐到这张桌前，他很快又回到紧箍咒里，大气不出地面对黑板，浑身僵硬地提防着身边随时可能发生的危险。

孟革革改了名字，叫孟红，难怪朵朵木在新生分配栏里没有找到她，不过这也使他产生了一丝错觉，因为一个月过去后，这个坐在他身边循规蹈矩的女人，一点也不像过去那个爱张牙舞爪动辄就要打倒别人的孟革革了，除了任课老师点名时她必须站起来答应的几回"到"以外（而且还是柔声细气），她再没说过更多的话，而且也没怎么离开过座位，课间休息和上课时一样，对她来说似乎只管坐着就是了。

尽管这有悖常理，朵朵木还是对孟革革保持了高度戒备，始终把身子歪进过道里，尽量拉大与她的间距。要不是一个任课老师管闲事，凶巴巴冲孟革革嚷了一句：孟红，你怎么把朵家壮给挤到过道里去了？他肯定要腰肌劳损未老先衰了。奇怪的是，受了委屈的孟革革竟然把头低下了，一副无法承受全班同学注视的样子，更无跳起来一甩袖子走人的迹象。这要在过去——简直不可想象。更使朵朵木诧异的是，这老师怎么也敢如此不给千金面子？孟革革可从来都是他们专宠的对象啊。事由他起，朵朵木感到了紧张，生怕孟革革吹毛求疵又会闹出什么兴师动众的举动来。他甚至还去找了那个老师，澄清那都是自己的原因，与孟红无关。结果，直到放学什么事情也没有发生，孟革革只是从车棚里推出她的女式自行车，很平静地走了。朵朵木踮着脚尖望着她远去的背影，更加重了对她判若两人的疑惑。全班同学都逐渐有了新朋友，每个周末都纷纷相约星期天的家访，以便友谊能向前更进一步，唯独孟革革还始终处在神情恍惚孤寂寡言之中。

这种沉闷低调的局面一直持续着。孟革革下了课就快速离开，上课也绝不提前，走起路来颔首低眉，丝毫不愿引起任何人的注意。请假也是家常便饭，以至于开学很久了同学中知道她名字的人并不多，都以为她是来这补习的插班生。这使朵朵木不得不开始相信她了，他甚至以为她该不会也成了朵朵木吧？学习好的人通常都会有点朵朵木的。在这所重点高中里，所有人看上去反应都要慢半拍，三分之二的人戴上了小瓶底，体育达标者寥寥。与他们相比，朵朵木觉得自己一点也不朵朵木了。

孟革革的变化引起了朵朵木强烈的好奇心，当他终于大起胆来正眼看她时，这才吃惊地发现孟革革的身体变化也一样巨大。原本由于瘦长而略显驼背的身段，变得浑圆饱满修长挺拔了，胸前有了女人的奶子，每当体育课要跑步热身绕场一周时，她都自知自明地用胳膊压在胸口底下，避免那对奶子像小鹿一样欢蹦乱跳。眼睛不再那么丹凤了，平直拉开了许多，在长长的睫毛中显得晶莹亮丽狐媚动人。那对虎牙还在，一如过去那样，把两边唇角支撑得丰润饱满，像憋着笑意一般。朵朵木观察后的看法是：孟革革真的女大十八变越变越好看了，有了腰身，有了翘翘的屁股，有了乌黑发亮的秀发。尤其是耳朵后面的那块嫩白红润的三角，总像含了朝露的花蕾，丝丝缕缕散发出沁人的芳香。朵朵木一上课就像患了鼻炎，不由自主要发出抽气的声响。

现在，孟革革的请假不再使朵朵木感到欢愉了，相反，没有了那股香味刺激他会六神无主浑身乏力。那些孟革革在课桌上信手涂鸦的文字，能使他不厌其烦地用上一整天的时间去辨认、揣摩，然后萎靡不振地趴在上面流口水，煎熬的感觉十分强烈。当一个自称孟红母亲的老妇女再次来校给她续假时，他就决定去孟革革家走一趟了。孟革革母亲来自农村，很早就瘫痪在床了（这一度是孟主任深受市民传诵不喜新厌旧的美德），可现在孟革革怎么会又有一个能行走自如的妈妈呢？改名竟然把妈也改掉了，他百思不解，看来孟革革身上藏了不少鲜为人知的秘密。

朵朵木不谙世事，对新更名的省委省政府的招牌犯了半天迷糊，还动手去掀招牌，想看看后面有没有"革命委员会"。一个竖起了豹子眼的哨兵提着大枪冲了过来，吓得他拔腿就跑，跑出老远后仍不死心地转回身来辨认，一切都熟门熟路呀。他从侧门混进了大院，很快就找到了那栋孟家小楼，只是小楼院门紧闭，无声无息。他伸长脖子踮着脚，又蹦又跳什么也看不见，只好缩在正在掉毛的梧桐树下远远守着，希望能一睹孟革革随时可能出现的身影。直到天黑秋风秋雨相继而来，飞扬的果毛刺得他几近失明也终无所获。第二天他又逃学来到这里守株待兔，挨到天黑后仍无结果。这显然有违于他的初衷，都走出大院了他又折回头来继续磨蹭了一会儿，然后就在孟家小院四周转悠。无意中他发现了一扇虚掩的木门。

华灯初上后小楼里依然漆黑一片，依然了无生息。朵朵木心脏怦怦直跳，放在木门上的手犹豫再三后用力一推，小门吱嘎一声裂开一条缝，与此同时他返身就跑，一口气跑出了几十米，挨了半天才敢回来察看。一切都平安无事后，他探头探脑地闪了进去，立刻被眼前跟他差不多高的茅草给惊呆了。小院已然废弃，到处都是枯死的树木破烂的花盆散落的支架，杂草把砖路小径挤压得沟沟坎坎凹凸不平，洁白的小洋楼上也让雨水和潮气浸染得乌黑发紫，有的地方还长满了青苔。一节铁皮的下水管道锈蚀折断，张着大嘴直冲天空。整个庭院破败不堪。朵朵木以为自己走错了地方，退出去重新辨认了一下，千真万确后又折了回来，终于在正面一间房的窗户上看见了昏暗的灯光。他的心又怦怦跳了起来，一点一点靠过去，两手刚扒上窗沿，立刻被青苔滑脱，差点摔了个大跟头。

孟革革正捧着课本守在一个看起来是卧床不起的老女人身边。那女人头上裹着一条农村老大妈用的那种毛巾，这显然就是孟革革早已瘫痪的母亲了。可她竟如此土气难看还是出乎朵朵木的意料，怎么看都与美丽高雅的孟革革相去甚远。黑暗中他紧锁着眉头，见孟革革突然站起来往外跑，朵朵木又沿着窗沿跟了过去，在另一间刚开灯的房间里同样躺了一个十分虚弱的老人，仰起脸来咳嗽时，他一眼就认出了曾是威严无比地呵斥过他"活腻了"的孟主任。只是他现在也一样变化巨大，黑白混杂的头发凌乱不堪地垂在额头上，沮丧和疲惫的神情使他看上去至少苍老了十几岁。他从孟革革手里接过药片后就去床头边拿刚倒好开水的杯子，手一抖杯子就摔了出去，孟革革伸手去接，却让开水烫得大叫了一声。这一声又差点让朵朵木从窗沿上掉下去。他看见孟革革的父亲把她的手含进了嘴里，孟革革站在一边抹眼泪，随后就扑进了父亲的怀抱，两人拥在一起很长时间。朵朵木冷得瑟瑟发抖，却看得心里热乎乎的。

孟革革去客厅里重新拿杯子时，他又跟着转移，把脸贴上了客厅的窗户。这是他与父亲登门道歉时唯一涉足过的地方，尽管当时只在大门那儿站了很短的时间，可孟家带给他的神圣威严高不可攀的震撼却一直在心底里回荡。眼下这半明不暗的房间里，那一切都已不复存在。会议室一样围成一圈的大沙发没有了，博古架上那些曾让他无比眼馋的塑像也没有了，领袖的著作失去了贵重书架的衬托，很随意地堆放在了墙角里，彰显主人身份的那些诗集更是杳去无踪。硕大的语录牌像回归了日晒雨淋的街道，斑驳陆离铅华去尽。从房间到庭院，散发出的都是朵朵木十分熟悉的那种棚户区巷子里的气味。他终于明白，孟革革家倒大霉啦。这一发现令他在回家的路上跑得耳畔生风。

回到家时，他看见父亲手拿一张皱巴巴的报纸，一扫往日由于自己与孟革革同校同窗还同了一张桌椅板凳的阴霾，在那兴高采烈。他堵住要急于说话的朵朵木，告诉他从今往后再也用不着怕那个嘎萨高（耍泼）小妖精啦！因为她父亲已被打倒，而且完全有可能要去蹲大狱了。想到那不可一世的孟主任竟然也会与他街头打架的大儿子同一个下场，嘴里便喷出了一股平衡之气。晚饭他特意准备了朵朵木爱吃的牛舌头、荷包鲤鱼，撤掉了平时专用的小酒杯，改用了饭碗，还笑眯眯地让朵朵木也喝点。朵朵木本来也很高兴，因为孟家的失势不仅报了他一箭之仇，更意味着他与孟革革之间的鸿沟被打破了，从今往后孟革革已不可能再像过去那样颐指气使高高在上了。可父亲的过分得意又多少有些乘人之危落井下石痛打落水狗的意思，这让他又有些看不顺眼了，觉得也太过分了。当父亲再一次强调他早说过的，姓孟的"爬得越高跌得越惨"时，就当面顶撞了他。

"这怎么是你说的呢？"他吞着菜团子嘟囔："所有报纸都说过，一有人打倒就'爬得越高摔得越惨'。"

父亲被他噎出了一个酒嗝，有些不悦，说你管它谁说的呢，反正姓孟的是切了货（完蛋了）。他又开始叭唧叭唧喝酒。"我早说过，"他放下大碗又来了，"这人啊都有命，姓孟的放着踏踏实实的工人不当，偏要去玩脑浆，那还不驮了搭子（死得快）？报应啊。"

朵朵木嘴巴不动了，直眉呆眼看他，"你什么时候说过呀？今天是第一次听见。"

父亲没理他，依旧情绪盎然。他往朵朵木碗里夹了一块牛舌头，让他多吃点，说以后那个小妖精要是再敢作兴作摸（假模假式），老子就让她尝尝咱工人阶级的拳头。

朵朵木把碗筷一放，歪头斜脑地问："那你当初怎么不让她尝尝呢？"

父亲愣住了，偏过头去瞪了一眼一旁笑眯眯的母亲道："嗨，这斗把个，还真是个朵朵木哎——吃饭！"

他朝正捂嘴窃笑的弟弟后脑勺上猛击了一掌。

〔六〕

自从朵朵木知道了孟革革的处境后，便动了怜香惜玉之心，再看孟革革时眼里就显得温情脉脉了，对她的一举一动都充满了关心。原先他的身子是倒向过道那边，现在不仅回正，而且还越过了中轴线，时时刻刻偏向了她那一边，只要一发现她钢笔没水了一类的应急事，他立刻就会把自己笔胆里的墨水全部兑给她。孟革革一请假，他就把课堂笔记工工整整地誊写一份，等她回来送给她。遇到测验、考试，他顾头不顾尾，做完一个摊出去一个，不管她抄与不抄都要耐心等上半天。每次做这些好人好事时他都不说话，闷着头显得一心一意。孟革革对他的殷勤主动总会莞尔一笑，轻轻说一声"谢谢你"。朵朵木听了"谢谢你"三个字，表面不以为然内心却心花怒放，想方设法要为去她做更多的好事。

因为被不断"谢谢"了，朵朵木就觉得自己有了不断的责任。学校大门那儿经常聚集着一些不三不四的社会青年和外校学生，敲诈勒索挑衅调戏，不一而足。孟革革被男同学私底下称作"冷美人"后，朵朵木就很为她的安全焦虑起来，放学后总要义务地跟在她后面暗暗护送一程。孟革革骑的是单车，他是"11号"两条腿，自然无法追上轮子。在这所重中之重的高中里汇集的都是些未来的"天之骄子"，骑自行车上学早已不是什么新鲜事，可朵朵木家里生活困难，自行车依旧是可望不可即的奢侈品，好在他并不十分看重。不过他现在开始急切了，为了保卫孟革革，无论如何都得拥有一辆自己的自行车。那小偷小摸的念头终于又在他脑海里闪现出来。

说干就干，当晚他就怀揣一把榔头，溜进了一个机关宿舍，很快便瞄上了一辆破旧不堪的自行车，榔头一敲，车锁轻而易举地弹开了。他推起车子就跑，却连车带人摔了个大跟头。他发现自己别说骑车，就连推车都无法做到，车子根本不听使唤，东倒西歪就不走直线。他万般无奈，索性将自行车扛上了肩膀。路上人来人往，不少人都好奇地瞥上一眼。终于有人拦住了他，问这车是你的吗？朵朵木膝盖发软，想扔掉车子逃走，一看对方人高马大运动健将一般，只好死了心硬着头皮说：是。"那为什么不骑呢？"他如实回答：还不会。那人是个热心肠，说这样啊，简单，我来教你吧。他坐在后座上两腿夹住轮子，让朵朵木爬到车杠上去。朵朵木歪着身子心有余悸，骑不出一米就往下掉。那人很耐心，拨开他说你得这样……他边说边自己骑上去了，围着朵朵木示范了两圈。然后就说你等着，我去买包烟来，回来好好教你。朵朵木在原地等了差不多有一个多小时也没见他把车子骑回来，这才反应过来自己遇见贼了，忍不住骂了一句："娘卖逼的，原来是个小偷！"

朵朵木偷不成车，只好改练起了长跑，每天早上都上气不接下气地捂着阑尾跑到学校，然后再用两节课的时间把气给喘平下来。正当他如火如荼还没练出耐力来时，那帮家伙就开始行动了。几个人打着唿哨流里流气地骑着车子，很没耐性地只尾随了孟革革一小段就迫不及待下手了，朵朵木刚跑了个开头，完全有充裕的时间和力气去进行一次漂亮的百米冲刺。只见他飞身插到，两手一横，"大"字形地挡在了一帮虎狼之徒前面。"不许调戏妇女！"由于他既预见又期盼着这一刻的到来，所以书包里早已备下了一把大菜刀。只是他抢起来时太过激动，反而脱了手送在了对方脚下。随着一阵讥笑和大兵压境似的包抄，他那弱不禁风的身子便发起抖来。很快，人家就用他的菜刀在他的后脑勺上拍了一下，他两眼一黑就不省人事了。而孟革革此时分明感到了身后的混乱，躲祸似的加快了脚踏的频率，飞也似的骑出了朵朵木昏迷前的视野里。

朵朵木在医院里缝了十几针，脑袋开了瓢。因惦念着孟革革，他只休息了一天，第二天就头裹绷带坚持赶到学校去了，可孟革革的座位却是空的，这让他大失所望。他在自己上锁的抽屉里翻来覆去地寻找，想看看有没有孟革革插进的诸如深表谢意的字条，结果什么也没有。伤心之余他断定她并不知情是自己的英勇献身才使她转危为安的。这么一想他又觉得自己很高大，当可划入无名英雄之列。可再一想，这么敌众我寡大义凛然的壮举竟没被她看见，终究还是件很遗憾的事。吃完晚饭后他还是忍不住跑到政府大院去了。他迫切希望孟革革能看一看自己头顶上那些还在渗血的绷带，以此表明自己的心际。

他看见几个气势汹汹的人走进了孟家小院，房门关得惊天动地。他插手徘徊了一阵，心想他们准是冲孟革革她爸爸去的，活该。他还是从心眼里恨她爸爸。没过多久，孟主任果真被那帮人推了出来，上了一辆北京吉普。孟革革出现在他们身后，像是发现了什么，一个劲地向朵朵木这边张望。朵朵木闪开后她便返身回到院里，把门关上了。朵朵木低头想了想，脖子一缩走了。

有高考做目标，学校给学生的压力急速加码，每天都有各式各样油印铅印的复习资料参考书籍，堆积如山。老师被重新"尊师"所振奋，"重教"重得异常生猛，常常是两节课连着上，把中间学生拉屎撒尿的时间都给挤占了。而学生对此均无异议，在"唯有读书高"的老调新唱中，他们看见的也只有高考这一座独木桥，自然谁也不甘心步入"万般皆下品"的窘境，因而他们学得任劳任怨争先恐后，眼睛离书本越来越近，身体离健康越来越远，最后几乎全要趴到桌子上去了。朵朵木也没能例外，戴上眼镜后成了十足的书呆子相，看得父亲呵呵直乐，又给他起了一个响亮的外号，越有外人在他喊得越激昂："书呆子，恰饭喽""书呆子，歇一歇撒，学傻喽"，这后一句显然与朵朵木相似，犯忌，于是又赶紧改口道："书呆子，别老这么书呆子啊！"父亲乐母亲愁，总抱怨这高考怎么这么费钱，学杂费书本费资料费补习费还有鸡蛋费牛奶费眼镜费——一样都不能少！父亲骂她目光短浅妇人之见，朵家壮上了大学就等于中了状元，中了状元就等于当了大官，当了大官那还不全捞回来啊！书中自有黄金屋，书中自有颜如玉，木根里（没脑子）。

第一年刚结束，学校就从假期开始将毕业班直接转入到了冲刺阶段，晚上也充分利用起来，自习、辅导、模拟高考测试，全天候地铺天盖地。朵朵木非常乐意晚自习，因为这样一来他就有充足理由避开父亲的盘问，溜到孟革革家去了。他现在对孟家小楼情有独钟，一放学就要往那跑，俨然回自己家一样，他已经可以轻车熟路地深入到那个神秘小楼的核心里去了。其实孟家小楼有好几处边门，估计是过去资本家给佣人保姆设定的专用通道，红漆剥落后显出了年久失修的糟木，有些只能是虚掩了，成了一堵纯粹的门面。朵朵木找到窍门后出入十分自如，人不知鬼不觉，进了一楼还想上二楼，上了二楼就赖着不走了。

他之所以敢在二楼扎下根来，是因为这里已然人去楼空的模样，到处都是垃圾和蜘蛛网，一件像样的东西也没有了，就连孟革革父亲那些发神经的诗集，也被随意散落在地板上，埋葬在灰尘里。空气中是蟑螂蛋老鼠屎和木质腐朽的混合气味。这说明孟家已经彻底遗弃了这里，不会再有人上来光顾了。朵朵木叉腰站在二楼就像站在了自己的领地，四五间房子只要他愿意就可以夜不归宿，在任何一间里偷窥、倒立、睡觉。第一个晚上他在黑暗中听到了嘎吱嘎吱啃噬木板的声音，吵得一点睡意也没有，不得不跳起来把耳朵四处张贴，寻找可疑的声源。后来他又看见几只老鼠在墙根下排队走过，其中一只竟离开队伍跑到他的臭脚丫前闻了闻，他一惊，心想这太不安全了，明天得弄条猫来。果真第二天他就把邻居家一只发了情的老母猫给偷来了，嗷嗷叫唤得老鼠倒是没有了，可也把他自己吓了个半死，从这个房间跑到那个房间，东躲西藏时刻做好要从二楼跳下去的准备。只是孟家人竟一夜无事。

这大大提高了朵朵木的胆量，更激发了他把这里当成自己"第二故乡"的信心。他修好了床架，用破烂堆出了一个舒适的床垫，清晨起来通风，下雨不忘关窗，只是不好去厕所排泄，抽水马桶的声音实在太过响亮，只得蹲在另一间房里，用孟革革他爸的诗集垫着，然后合起来捏住鼻子奋力一掷，墙外到处都是诗集盛开的大便。闲着无事时他也会借着月光欣赏一番孟革革他爸的大作，经常把自己笑得前仰后合驴打滚，又突然僵住捂着嘴巴四下谛听。当楼下那瘫痪病人一声长似一声的呻吟变成了漫漫长夜里的鬼哭狼嚎时，他吓得把书一扔，跑到墙角做起了倒立。

朵朵木喜欢啃着自带的红薯，站在二楼的窗户前观看前院的风景，看孟革革她爸如何萧然物外一本正经地打太极，如何低头沉思仰天长叹嘟嘟囔囔朗诵一些天一脚地一脚的豪言壮语，"……让我们站在时代的船头，放眼看／四海五洲，雷鸣电闪，风云变幻／亚洲的山林，非洲的丛莽，拉美的海岸／多少人呐喊，多少人斗争，多少人奋战／国家要独立，民族要解放，人民要革命／这历史的巨流，谁能阻挡，谁敢阻挡……"也有一些给自己打气的，像"扛起破旗一面，妄想阴谋复辟／蚍蜉撼树怎如厥，可笑自不量力／历史车轮向前，岂容小丑挡道／螳螂臂细挡大车，骨碎尸焚何奇"。每当院门一响，他便赶紧收声，蹲马步般地歪头侧听一会儿，然后就如惊弓之鸟抱头鼠窜地往家里跑，显然对来者不善充满了畏惧。朵朵木咯咯笑中，最关注的还是孟革革，看她推母亲出来晒太阳，看她用一件衣服遮住腥红的月经带晾在太阳底下，看她挥汗如雨地与杂草作斗争。那些四处茂盛的杂草十分顽强，几乎是一夜之间就从她铲过的地方重新窜出，以更疯狂地劲头向她家里蔓延。于是她又重新开始，那杂草又重新滋生，搏斗下来孟革革总是一脸茫然。

对她将月经带晾在衣服下的举动朵朵木发出了由衷的赞叹。这显然是一个极富教养的表现，是大家闺秀的风范，比起姐姐朵米诚心要将它高高飘扬在瓦房顶上，简直就是一个天上一个地下的区别。光从这一点，孟家这匹瘦死的骆驼就比他们朵家的马大。不过佩服归佩服，朵朵木还是很希望孟革革能在自己面前袒露无遗，不将那玩意高高扬起至少也应该在晚风里遗忘一次，以便让他有机会偷到手上。可孟革革总是准时准点从未耽搁地将它消失在庭院中，留给他一个凄凄长夜里幻想的憧憬。

　　住久了朵朵木也会忘记自己身处何地。有一回他看见孟革革从自行车上卸下一袋大米，十分吃力地扛上肩头摇摇欲坠地往屋里走，便飞身直下想去接上一把，到了一楼才记起自己是个闯入者，赶紧兔子般又蹦了回去。还有一次他看见孟革革出门买菜，她父亲照旧背着手在院里走来走去嘀嘀咕咕的发神经，便想溜下楼去参观一下。刚转了半圈就听见院里传来嗵嗵的敲门声，孟革革父亲已张皇失措地跑进屋来了，吓得他慌不择路闪进了大衣橱里，自己的心跳声都能震痛耳膜。他看见孟革革父亲也后脚跟进了房间和衣钻进了被窝里，一帮人也恰好到了。他们让他起来继续去说明问题，孟革革父亲说我病了，去不了。这帮人还算客气，还叫他孟主任，说孟主任，我们有车接你。孟主任很摆谱地说我哪也不去，有事叫你们领导来。孟革革从外面冲进来，手上还提着菜篮子。她跑到床头柜那迅速倒出了一大把药片，可怜巴巴地冲来人说我爸他真病了，求求你们让他多躺一会儿吧。来人你看我我看你还真就退出去了。他们刚出院门孟主任就从床上跳起来，跑到窗户那儿去探望。他让孟革革快去把门插上，说他们不会死心，肯定还会再来的。然后就开始动手剥自己的衣服。孟革革关好院门回来时，他已经脱得赤条条钻回到被窝里去了。孟革革给他四周掖了掖被子就开始整理房间，几次把开了缝的衣橱给合上了。朵朵木缩在里面焦虑万分，盼着那帮人真能像姓孟的所说还能回来，不然他可就永无宁日了。

　　求爹爹告奶奶，他隔着门缝看了又看，等了很久才传来梦寐以求的敲门声。孟革革从她爸的床头边站起来，手上拿着削了一半的鸭梨不知如何是好，她爸早把被子蒙到头上去了。这回进来的人可不像上回那样客气了，一个领头模样的人直呼他"姓孟的"，说姓孟的，你不想配合组织调查了吗？姓孟的被掀出头来就把眼睛闭上了，一副死猪不怕开水烫的样子。那人冷笑了一声，说我劝你还是认清形势，用装病来逃避是没用的。他招手让一个穿白大褂背药箱的人上来给他量血压。姓孟的极不配合，把血压计给推到地上去了。领头模样的人火了，摆手叫医生走开，说还死不了人吧？抬也要把你抬去。说罢伸手一掀被子，姓孟的顿时赤条条地呈现在大家面前。孟革革"啊"的大叫了一声，两手迅速蒙住了眼睛，身子也转了过来，和橱子里的朵朵木几乎碰了个脸对脸。所有人都被她这声尖叫给镇住了，伫在那里感受着有何不妥。领头模样的人最先反应过来，把掀开的被子又重新给盖上了，然后冲大家挥了挥手，说抬吧。于是一帮人手忙脚乱，把姓孟的像卷被筒似的裹了起来，一声吆喝扛上了肩膀。姓孟的大概也没有想到自己精心准备的最后一招竟然失效，抻着脑袋愤怒地喊："你们没人性，法西斯！"那领头模样的人说你才是法西斯呢，想想自己过去干的那些缺德事吧！这叫以其人之道还治其人之身。姓孟的挣扎着又喊："放我下来，我要穿衣服！"那人鄙夷地说这样你不是更舒服嘛。姓孟的没了力气，嘟哝说我吃药总行吧？那人挥手让大家出发，说你放心好了，我们那什么药都有，会对你采取革命的人道主义的。

一帮人扛木头似的出了院子，随后又有人回来让孟革革赶紧收拾几件衣服。孟革革把手从脸上放下来时，眼里噙满了泪水，双颊也是一片潮红。显然父亲的裸体给了她极大的刺激，除了屈辱她还会想些什么呢？朵朵木很想知道她此时此刻的心境。原以为她至少会去院门外相送，谁知朵朵木从衣橱里爬出来刚走到门口就和她照上了面，孟革革的眼睛嘴巴全成了O形，又发出了那种震耳欲聋的尖叫，令他大脑也跟着轰鸣了好一阵子，半天都是空白。情急之下，他赶紧说因为她几天没去上课，他想来看看她。孟革革仍像撞了鬼一样和他保持着距离，惊魂未定四下张望，"你、你是怎么进来的？"朵朵木眼神找不到焦点，死劲掐着自己的手说："从大门那儿进来的。"孟革革眼里的疑虑更重了。朵朵木觉得头皮发炸想尽快脱身，信口胡编道："我进来时看见你们家好多人，就躲起来了。"这理由似乎让孟革革稍显信服了一些，没再穷追不舍。两人都站在原地别扭得不知下一步该干什么。

孟革革那一直没有动静的母亲，在另一房间里颤声发问："谁呀？"孟革革偏过头去说没事，来了一个同学。朵朵木顺势给自己找台阶，煞有介事地问："你为什么老不去上课呢？"孟革革一脸无奈地看着他，说我们家的事你都看见了。朵朵木故意四下张望，自言自语道难怪了。孟革革送他走到客厅，说我们家的事请你一定要保密，好吗？朵朵木点点头，说我知道你为什么改名字了，对了，还有一个冒名顶替的妈。"那是我姑妈。"孟革革赶紧申辩。朵朵木见她对自己仍不放心，就说那我也求你一件事行吗？"行！"孟革革似乎正巴不得有这样交换的条件，急忙催问他什么事？朵朵木搔了搔后脑勺，有些难为情地说："我爸不想让人再叫我朵朵木，你也不要把我这个外号说出去，行吗？"孟革革眼睛倏忽一亮，嘴角一咧两颗虎牙一闪而过。朵朵木顿时神魂颠倒，傻呵呵笑了一声。孟革革眨巴着大眼把朵家壮朵朵木、朵朵木朵家壮反复比较了一遍，很快就得出结论道："什么朵家壮呀，还不如朵朵木呢。"朵朵木看她认真的模样煞是可爱，忍不住又嘿嘿干笑了一声。孟革革自我了断似的说没人的时候，我还是叫你朵朵木吧，顺口。"行啊！"朵朵木豪气地在自己的胸脯上拍了一掌，然后就探过头来，压低音量很神秘地说："那没人时候我能不能叫你孟革革呢？"孟革革下巴一抬，"不行！"那曾经的小公主小千金的神情在她脸上一闪而过。不过，看在朵朵木眼里已不再抵触，相反，却是一种更能激发他心底里仰望的气质与高贵。

想到自己过去一直暗想和她交朋友，到她家来沾一沾那种与众不同的味道，如今都实现了，朵朵木不由得心花怒放。他急于表现地说我去帮你做饭吧？说着就熟门熟路地往厨房那儿走，孟革革跟在后面问你怎么知道我们家厨房？朵朵木一惊，脑袋清醒了一半，赶紧装糊涂说不在这在哪儿？孤立无援的孟革革有了热心有余的小帮手，也就不愿再深究了。

那天朵朵木不光卖力做了午饭还做了晚饭，把院子里那些东倒西歪的物件全都收集起来归拢到了墙角里，挥舞着锄头铲子顺着墙角刨出了一道阻止杂草蔓延的"防火墙"，使整个庭院有顿时焕然一新的感觉。孟革革不时给他端来洗脸水递上擦脸毛巾，脸上洋溢着感激的微笑。在她看来，朵朵木不仅出了力，而且还指向性极强，干好的全是一些平日里令她十分头疼的事儿，也就是说处处都干在了她的心坎上。她自然无法知道这都是朵朵木躲在二楼长期观察的结果。因此她在保障后勤当好下手的同时，对朵朵木的能力大加赞赏，直夸他"想不到你这么能干呢"，"想不到你比女孩子的心还细哩。"朵朵木被她无数个"想不到"弄昏了头，又找来钉子和锤子，把自己偷偷出入的那几扇院门也加固成铜墙铁壁了，末了，还蹬起脚来咬牙切齿地踹了踹，郑重其事地叮嘱孟革革：现在社会乱得很，要提高警惕，小心防范。全然忘记自己是怎么进来的了。

孟革革看着天色已晚，劝住仍不知疲倦的朵朵木让他早点回家去。朵朵木觉得自己就住在二楼，一点也不会太晚。于是汗流浃背地又把目标转移到了房子内部，弄这弄那继续忙得不亦乐乎。挨到晚得不能再晚的时候，他依然没有一丝要走的意思。孟革革熬不住自己身上的邋遢，只好先去了洗澡间，这使朵朵木有幸目睹了她出浴时那红喷喷的脸蛋，团在头上的乌云，小睡衣里玲珑鼓胀的曲线，还有与香皂混合在一起所发出的少女体香。他不由得心猿意马眼睛发起直来。当孟革革在他面前弯下腰去，将所有头发倒垂成一帘幽梦时，他脱口而出："客气（好看）！"

孟革革停止梳弄，直起身来拢开半边头发来看他。"你怎么还不回家？"

这种犹抱琵琶半遮面的模样越发令朵朵木神不守舍了。

"不急。还早。"他一副花痴的模样。

孟革革有所保留地侧着身子梳头了。

"那你不怕你爸妈骂你吗？"她问。

当孟革革在他面前弯下腰去，将所有头发倒垂成一帘幽梦时，他脱口而出："客气（好看）！"

"他们呀，他们不管我。"朵朵木轻描淡写，以示自己能自作主张。

"你还是快点回去吧，啊？太晚了总是不好。"孟革革又开始催促他了。

这"不好"两字让朵朵木颇费周章，是担心他父母说他回去晚了"不好"呢，还是一男一女在一起"不好"？他挺了挺胸脯，往第三层意思走去，"我一个大男人有什么好怕的，再晚的夜路我也敢走。"

他避开孟革革的眼睛，语焉不详道："你们家的房子可真多呀。"

孟革革歪着脑袋边梳头边看他，听他说完后又把头歪到另一边去了。

"你爸今晚还回来吗？"朵朵木仍不死心。

孟革革停止了手中的动作，眨一眨眼睛说："谁知道呢，这一年多来总是这样。"

"那你们不怕吗？这么大房子就你和你妈，空空荡荡的。"朵朵木继续提示她。

孟革革半边看镜子半边看朵朵木，两只雪白的手臂不停划动着。

"早习惯了。"她漠然应答。

"那、那我还是留下来陪你们吧？"朵朵木终于忍不住把真实意图和盘托了出来。

孟革革闻言就变了脸色，"那怎么行呀，"她举着梳子就弯腰过来拉他，"不行不行，你还是赶紧回去吧，啊。"

朵朵木被她从凳子上拽起来，推着往门外走去。他抱着最后一试的努力问："你们真的不害怕吗？"

"不怕不怕，一点也不怕。"孟革革见他脚下拖泥带水，就说"都帮我一天了，快回去吧，明天还要上课呢，啊？听话！"

尽管朵朵木一百个不愿意，可孟革革最后那句语带娇嗔的话还是让他浑身发软脚底发飘，稀里糊涂被缴了械，待反应过来时人已站到了院外，刚想用英语来一句 Goodnight（晚安），孟革革却拜拜也没有就把大门给关严实了。他发了会儿呆后撒腿就往小院后门跑，到了跟前用力一推，木门纹丝不动，这才想起自己已亲手把它修理得天衣无缝了，顿时懊恼不已，直怪自己怎么这么笨呢！傻了半天后他又想去翻墙，连蹦带跳踩了一脚自己拉的屎后，才泄气地缩起脖子一步一回头地离去了。

〔七〕

朵朵木父亲对他老不着家并且还时常夜不归宿表示高兴。每当朵朵木心虚地解释自己如何在同学家里学得太晚的时候，他总要打断他，说学吧学吧，你就安心去学吧。在他看来朵朵木能夜不归宿说明他已经不是朵朵木了，他有朋友了，有同学了，还有同学家可住了，这是一个多么鼓舞人心的变化啊。他甚至会在吃晚饭时呷着小酒，将"朵家壮今天不回家"用小曲伴唱来向全家宣布，喜悦之情溢于言表。所以朵朵木不回家一点也不担心他会暴跳如雷大打出手，父亲关心的只有一个，那就是改头换面的小妖精孟革革，还嘎萨高（耍泼）不？还瞎雀（胡说）不？这才是他揪心的关键所在。可现在朵朵木已经不想再从父亲嘴里听到孟革革三个字了，尤其不能容忍他用尖酸刻薄的语言去诋毁她亵渎她。他总像要急于证明什么似的向父亲发誓赌咒说孟革革现在如何如何好，"学习好、身体好、工作好"——听得老头子莫名其妙，直嚷"撬牙高（胡说八道），小妖精现在能有什么狗屁工作！"越发怀疑他被欺负了，任他怎样解释都抱定一条真理：狗改不了吃屎。而且还警告他，小妖精即便真好也是装的，她现在是夹着尾巴做人，一旦老子东山再起，她不骑到你头上来拉屎拉尿才怪呢——不许跟她玩，离得越远越好！朵朵木翻翻白眼懒得再跟他鸡同鸭讲，心想要是孟革革真能骑到自己身上来拉屎拉尿那才叫好呢。

自从那天撞破以后，孟革革也的确把朵朵木当成了好朋友，而且，好像还是她唯一的朋友。每天放学后，他俩总是很默契地一前一后走出校门，避开所有视线后，立刻坐到一辆车上直接回到孟家，生火做饭洗碗扫地照顾那个瘫痪的老人。有晚自习时就双双回到学校，没有晚自习则头对头坐在饭桌前，煞有介事地复习功课。多数时候，朵朵木的大脑都处在跑马状态，因为他知道，不管学得多晚，孟革革都不会同意他留下来，这让他始终有种"好事"只进行了一半的感觉，陷入了"深入不下去"的苦恼之中。虽说他对她表现出了乖巧、听话、按她要求大声叫她"姐姐"，像个小长工那样无条件地服从去干这干那，可她仍然铁石心肠不为所动。这反而更激发了他的渴望，以期用更多的付出来换得她终能闸门大开降恩赐福地让他睡在这里。

然而，一旦孟革革她爸没被揪出去的时候，就是她主动恳请他也不来了，对那只已经打倒的死老虎，他总是心存畏惧避之不及。所以，当孟革革红着眼睛告诉他，她爸终于被判了有期徒刑后，他高兴得差点没叫了起来，并且由衷地希望她老子最好永远也别再回来了，改成无期得了，彻底解除掉他的后顾之忧。在孟革革如丧考妣的当天，朵朵木就欢天喜地地出现在了她的家里，忙里忙外进进出出自然得像这个家的小主人。正当他故态复萌弄坏了那些他亲手修好的后门，准备重操旧业时，孟革革那个从小在外当兵，以后又去读了工农兵大学的哥哥回来了，孟革革似乎有了依靠，全身心投入到帅气的哥哥身上去了，瘦小猥琐的朵朵木一下子就成了可有可无的多余人，有时候还成了碍手碍脚的对象，被孟革革挥手打发"早点回家去"了。当孟家被告之已丧失再居住这幢小楼的资格时，兄妹两人十分默契，立刻就开始了行动，板车拉单车推，三天时间就完成了蚂蚁搬家，挤进了新分配的一处居民区两居室的房子里。与他们这种早有心理准备相比，身为局外人的朵朵木反而有些措手不及，灰头土脸跟在孟家兄妹搬家的身后拖拖拉拉慢上一到两拍，抑或偷懒似的赖在二楼半天不愿下来，每间房子看了又看，比当事人还显得依依不舍。他不知道此番一别要是哪天孟革革在新居里不想再搭理他，他是否还能像在这里一样，由着性子神出鬼没地自由出入到她的新家里去。吃了她哥的醋后，朵朵木每天活得有些惆怅。

孟革革的哥哥并未在这个伤心城市里久留，只是回来探亲的。据说他对自己的前途深感渺茫，主动要求转业并强烈希望去条件最艰苦的地方。为此他获得了嘉奖，并被满足了这一愿望。孟革革很崇拜她这个哥哥，说他马列主义的水平比她爸还高，不光能将导师、领袖的论述脱口而出，还能指明出处、时间、地点以及当时的历史背景，所以他哥从来都是学习上的"标兵"、"先进"、"积极分子"。这点朵朵木从他在搬家时精心给那些"大部头"去渍除霉就能感知一二，他显然把这些东西当成了宝贝，工工整整包装起来准备托运带走。尽管朵朵木认为他选择化外之地去蛰居，有自我逃避的嫌疑，也属极不负责之举，但他果真要去他还是蛮高兴的。那天兄妹俩在瘫痪母亲的床头抱头痛哭，朵朵木一旁看得责任感油然而生，当即就热血沸腾地表示了自己的决心，让孟革革她哥就放心去吧，他一定会照顾好孟革革。孟革革的哥哥似乎对他并不友好，眼睛从没正经瞧过他一下，脸上挂的也是怠慢的表情。这使朵朵木平添了对他的敌意，以至于他走后很久，有关他的评价朵朵木都固执地给予了负面的认定，尤其对他抛家舍母远走他乡之举，更是予以了冷嘲热讽"成就虚伪"的批判。这一话题也一度成为他与孟革革龃龉的导火线。

生活很快又恢复了平静，朵朵木照旧坐在了孟革革自行车的后座上，看她长蛇扭动的腰肢，感受她秀发飘逸时打在脸上的温馨。然后小媳妇一样被驮到她家里，一块生火一块做饭一块洗碗一块扫地，再一块复习功课一块照顾她已成木乃伊的母亲。一旦她姑妈偶尔过来帮忙时，他们就会去压马路逛公园，去"英语角"里凑热闹。撞上树丛里忘情相拥甜蜜接吻的情侣，朵朵木目光稍一游移，孟革革就会在他胳膊上狠掐一下，骂上一声"看什么看"。兴致上来他们还会去逛商店，看展览，下馆子，晚自习还经常跑出去看电影，看连场的《刘三姐》，连场的《阿诗玛》。朵朵木记住的是里面动听的情歌，她牵挂的是悲剧结尾。朵朵木嗯嗯啊啊翻唱时，孟革革一旁低眉伤神愁肠百结，要颦蹙抵腮写上一晚上沉甸甸的日记。

结果，高中第二年的期中考试，他俩的成绩并列倒数第一，被双双踢出了重点学校里的尖子班。

朵朵木那天抢着书包刚走进棚户区的巷子里，就看见班主任从家里出来，父亲一旁耷拉着脑袋像个瘟鸡，顿感大事不好。他躲在外面犹豫半天后还是硬着头皮走进了家门。母亲正坐在桌前抽抽泣泣地抹眼泪，父亲则困兽一般转圈子，弟弟妹妹也是大气不出地龟缩在角落里，用一种近乎仇恨的目光注视着他。他低头想蒙混过去，父亲冲上前来，抢起准备好的木棍就是一通暴打，朵朵木抱着屁股又蹦又跳嗷嗷直叫。虽说父亲已经退休，可手上的力气一点也没见小，朵朵木防得了下面防不了上面，躲开了前面躲不开后面，不管母亲怎样拦他还是一打一个准，边打还边吆喝："造恶啊，你个吃天光的！一家人给吃给穿，你不好哩哩学习，啊，昏头塌脑偏要去和那个小妖精小雀子搞在一起，啊，你好了伤疤忘了疼啊！还有半年，就还有半年就高考了，啊，鳖崽子，我让你吃鸡蛋！我让你喝牛奶……"朵朵木疼得实在挺不住了，一把将他手中的棍子夺了过来。父亲愣住了，母亲也愣住了。可父亲只愣了几秒钟就挥舞双拳扑了过来，"你个生头，还想造反啊！"他气愤地直叫唤："你哥当流氓也没去当造反派啊。"朵朵木闪开身子抗争道："你没有调查就没有发言权！人家孟革革现在多可怜啊，我是在帮助她。""帮你娘个头！"父亲又跳了起来，"人家好的时候怎么没让你去帮呀！啊，倒霉了就要你去帮了？""又不是她来

朵朵木

51

找我的，是我去找她的。"朵朵木依然显得振振有理。"翻兜！"父亲急得又冲上来夺他的棍子，"鳖崽子，叫你朵朵木你还真是朵朵木！你帮，我叫你去帮——"他没抢到棍子，却飞起一脚把朵朵木给踹到饭桌底下去了，屁股卡在四方形的腿凳里，母亲费了好半天劲才把他从里面拔了出来。朵朵木眼镜裂了一半，模样十分愚顽，父亲见着火上加火，喘了几口粗气后又挥拳打来。

"还打！"朵朵木大喊一声，举起了手中的棍子。父亲的手顿时悬在空中，两眼睁得滚圆。母亲也以为他要失控，赶紧叫着家壮家壮，他是你老子。朵朵木双手握棍僵住一阵后，冷不丁朝自己脑门打去，"我让你打、打、打！"他一连敲了有四五下，几股黑血从额头上冒了出来。母亲一声叫唤就晕过去了，父亲始料不及呆了半天后也一屁股瘫在了凳子上，满脸的错愕与无奈。

朵朵木再次头裹绷带来到了学校，很多人见了他都嘻嘻笑，说"又开瓢啦？你怎么老受伤啊！"他们掰着指头给他逐一统计，某年某月父亲一时性起，打断了他的脚脖子；某年某月为保护孟革革英勇献身被人拍了后脑勺……似乎受的还都是一级重伤。当然，他们说出的只是结果，前面那些原因朵朵木在平时给自己脸上贴金炫耀时都隐藏了下来，好在大家只注重他"伤痕累累体无完肤"的事实，对原因并没抱有太多兴趣。朵朵木一边收拾自己的东西，一边恨自己平时口风不严，被人关键时刻算了秋后账，因而离开尖子班时有些愤愤地没有与大家恋恋不舍依依惜别，两手抱着垛成山的书本，下巴颏使劲抵着，眼睛滴溜乱转地去找自己的新班级。在普通班里坐下来后抬头一望举目无亲，这才觉得心里空空荡荡有些失落感了。他不知道孟革革分在了哪里，课间休息时便一个班一个班地去寻找。他听见不少人都在兴奋地议论她，说她是孟××的女儿，看来她隐姓埋名的事彻底败露了。他在一个以社会青年补习为主的班级里找到了孟革革。她端端正正坐在墙角里，捧着一本课本假模假式地在那儿聚精会神。在她周围聚集了不少指指戳戳的人，大家都把她当成了动物园里的稀罕之物，争相围观。

上午放学铃一响，朵朵木就赶到了补习班，孟革革却不见了。他听到的议论是，"她哪还好意思再待在这儿呀，肯定跑了"。

朵朵木赶到孟家，只见到了那个刚从她老家请来的老阿姨，并没有孟革革的身影。他下了楼原地转了一圈，又往江边跑。他想起有次叫她去江边兜风她死活不肯，说那地方会让她想起父亲。问她为什么怕想起自己的父亲？她两眼发直，说我恨他。为什么恨她不愿再说下去，但朵朵木从她眼下的境况中也能深刻体会到，天上到地下的滋味谁也好受不了。他对自己萌发去江边寻找并无十足把握，只是隐约觉得她此刻蒙羞，那个地方应该是她既可泄恨又可怀念父亲的理想之地。当他气喘吁吁跑上大堤时，果真就看见了孤身一人的孟革革，正双手抱肩定定地望着川流不息的江水发呆。江风使她的头发高高扬起，衣裙也在逆风中猎猎跳动，背影宛如一尊凭海临风的少女塑像。

她就是伤感时也总是这样楚楚不凡。朵朵木快速奔了过去，并为自己的判断正确欣喜若狂，觉得自己已经和孟革革达到了心有灵犀的地步，便不无得意地说我一猜你就在这里。孟革革回过头来面无表情地看了他一眼，又转过身去继续凝视江水。江水在他们眼前不时转出一个又一个的旋涡，在阴天下显得冷酷而无情。朵朵木与她并肩而立，问她身份怎么暴露了？孟革革低下头，神情恍惚地用脚尖在地上来回画着含义不明的道道，"这是迟早的事儿。"语调像自言自语。"是不是班主任也到你家了？昨天去过我家了。"朵朵木估计准是班主任蹿到她家老房子里家访，于是真相大白。孟革革抬起头来往他头上看了看，"你爸打的吧？"朵朵木摸了摸自己伤兵一样的脑袋，摇头说不是，是我自己打的。"胡说。""真的，他是要打我，可我先夺了棍子打了自己，属自裁。"孟革革憋了憋嘴巴却没有露出虎牙来，转

朵朵木

　　江风使她的头发高高扬起，衣裙也在逆风中猎猎跳动，背影宛如一尊凭海临风的少女塑像。

身又去望大江了。

朵朵木见她一脸深深浅浅的心事，就建议她去转学，并承诺跟她一道转，转到不为人知的地方去。孟革革眨了眨眼睛，突然说你好像很有经验似的。"那当然。"朵朵木不假思索，完后才想起自己当初转学不正是为了她吗。没想到这回又要为她而转了，不过这次可不是为了分开，而是结伴同行，被动成主动，其意义大为不同。大江漫漫疏影横斜，经历风雨后那将会是一道怎样的风景？朵朵木被这突如其来的主意所振奋，脸上立刻涌出一种马上实施的冲动。孟革革双手交叉出一个三角支在了下嘴唇上，双眸含愁呆呆望了他好一会儿，然后就微微一笑，说从尖子班到普通班你就打破了头，再从重点学校去普通高中你还不得砸烂脚呀？朵朵木迎难而上，说我愿意，能跟你在一起打破哪都行。"朵朵木！"孟革革嗔斜了他一眼，走过来在他额头的伤口上轻轻摸了摸，"还痛不？"一股暖流顿时在朵朵木体内荡漾，幸福得有一种要伸出双手去拥抱她的欲望。他努力表现一副满不在乎的样子，"小事一桩何须挂齿。"孟革革的眼睛闪了几闪倏忽又暗淡下来，小声说对不起，是我把你给害了。朵朵木一跺脚，很急切地嚷："谁害谁呀，我还说我害了你呢——咱们可是——"他搜肠刮肚没找出合适的词，只好用"谁和谁啊"来结了尾。孟革革叹了口气，又转过身去望那无声无息东流的江水。朵朵木受不了这份压抑，说别老不高兴了，咱们上哪玩玩去吧？孟革革忽扇着睫毛想了想，突然像想通了似的说好！咱们就去放松放松——你敢不敢喝酒？"喝酒？……敢！怎么不敢，太好了！"朵朵木对这主意既意外又新鲜，立刻举双手赞成。

两人在一个小杂货店里买了一瓶烈性酒，又买了几包花生瓜子果丹皮，快到家门口时，孟革革又拿出钱来让朵朵木再去买包香烟。朵朵木被这种要吃要喝又要抽的狂放劲儿所刺激，浑身兴奋得不行，脸皮都要胀破了。

回到家里，孟革革冲老阿姨嚷了一句：别吵我们啊，就用后脚跟将自己和朵朵木关在房里了。两人开始时还小心翼翼地抿酒，克服了辛辣劲后就改成大口大口地干杯了。孟革革从抽屉里拿出一支像她过去金笔一样的东西，朵朵木心悸了一下，端酒的手发起抖来。明白是口红后，嘴里的酒才艰难咽了下去。孟革革说送给你，外国的，人家过去拍马屁送的。朵朵木说不要，我要这个干吗？孟革革说你可以送给你女朋友呀。朵朵木嗤了一声，说我才不找什么女朋友呢。孟革革冷笑了一声，说别说得那么好听，到时候就把我这个姐姐给忘得一干二净了。朵朵木感到自己受了玷污，脸唰地涨成了酱紫色。"我是那样的人吗！"他恼怒地嚷。孟革革见他真发火了就说逗你玩呢，朵朵木！然后就举着镜子拿口红在自己的嘴唇上涂抹起来，边抹还边抿嘴，斜眼问朵朵木好看吗？朵朵木盯着那两片含苞欲放的红唇咽了咽口水，回答她"好看，像妖精"。孟革革没理他，把自己抹成了吸血鬼后，又把一根香烟含进了嘴里，活脱脱一个女特务女流氓的形象了。朵朵木看得眼热，也急于要将自己打扮成一个男特务男流氓，可喷出的烟圈个个都不成形状，像打出的烟雾弹，把自己呛得鼻涕眼泪一大把，引得孟革革小公鸡打鸣似的咯咯咯笑个不停。后来她突然就木讷了表情，久久沉默不语。再后来就往被子上一扑呜呜哭了起来。朵朵木不明白她何以会这样风云突变，只好站在她身边傻呆呆地看着她。孟革革越哭越伤心，像有无数的委屈要发泄，朵朵木一时也乱了分寸，想到自己也不在尖子班了，一个跟斗打到墙壁上，做起了倒立。

孟革革哭了半天，披头散发抬起头时看见朵朵木倒戳着，就问你在干吗？朵朵木嗓子掉进了咽喉里，说出话来像天外来客："我、在、排、除、烦、恼。"孟革革擦了擦眼睛扑哧了一声，说你真是个朵朵木，怪人。朵朵木放下脚走过来说真的，我不骗你，我一烦就倒立，一倒立所有烦恼立刻消失了——你试试？孟革革像跟谁赌气似的，抓起酒瓶就往自己嘴里倒了一大口，嘴巴一抹，身上一擦，就扑到床上瞎荡了一气，看得朵朵木着急，床边指导说不对、不对，你这样做不对，要这样。他脱下鞋子也爬到床上，很轻松就做了一个示范，眼镜掉在了额头上。孟革革试着又荡了几回，由于总要用手去下意识地捂裙子，自然难以取得成效。朵朵木趁她再次荡起时，一把抱住她的双腿，用力一提，就把她倒扣过来。裙子像被狂风吹过的雨伞，呼啦一下全部翻到了下面，两条雪白的大腿瞬间裸露出来，中间那块鼓起的山丘更是耀眼夺目。朵朵木吃力地腾出一只手来想扶正眼镜，以便看得再仔细一些，腿肚子上却突然传来一阵揪心的疼痛。他听见孟革革在脚底下拼命嚷：朵朵木！朵朵木！放手，你快放手呀！他一惊赶紧把揽在怀里的两条白腿扔了出去，孟革革扑通一声掉床下去了。

她从床边刚一爬起就气急败坏地骂：朵朵木，你臭流氓！朵朵木在镜片后面眨眨眼睛，说我没流氓呀。孟革革拼命整理裙子，说你敢说你没流氓？你就流氓了！朵朵木顶了顶眼镜架，很无辜的样子。孟革革让他走，他慢腾腾跳下床光脚走到门口后想起还没穿鞋，又折回来把鞋穿了。孟革革身子一扭背对了他，他打开房门看见那个显然已隔门偷听过的老阿姨也用异样的目光注视着他，又赶紧把门关上了。孟革革生了半天的闷气，终于回过头来抓起茶几上的酒瓶又喝了一大口，见站在门后的朵朵木一副不知所措的样子，头上的绷带也掉了下来，就说：过来吧。朵朵木听话地走到她跟前坐下了。

孟革革闷声不语把他头上的绷带全部解开，有条不紊地重新包裹了一遍。朵朵木正对着她的胸口，感受着她胸前的起伏，和嘴里呼出的酒气，有种酥麻的刺激。他对着镜子说你比护士包得都好。孟革革低头看他一眼，似乎余气未消。整理完后她坐下来继续喝酒，酒杯一空朵朵木就殷勤地给她加上，他一加上孟革革就一干而尽，她一干而尽朵朵木又赶紧给她斟个满满当当，一瓶白酒很快就下去了三分之二，眼看着孟革革舌头打卷眼神迟钝起来。她晃着身子问朵朵木："你、刚、才都看见什么了？"朵朵木装憨，说没看见什么呀。孟革革手指在他脑门一戳，"不、不老实！"朵朵木认真想了想，说没想到你们女孩子也跟我们男孩一样，前面都是鼓起来的。孟革革挥拳就打，"臭不要脸！"朵朵木揉着被她打疼的肩膀，很委屈地说是你让我说的嘛。

孟革革晃了晃身子，斜着眼睛又问："那你刚——才都想什么了？"朵朵木说没有，什么也没想。见她撇嘴，朵朵木急了，说你刚才掐得那么狠，我只有痛了。孟革革眼睛欲振乏力地笑了一声，说就是要让你知、知道厉害。正说着举着酒杯就向后仰去，一杯酒全洒在了胸口上。朵朵木跳起来想去帮她，见洒的不是地方只好束手无策在一旁搓手。孟革革睁开眼睛看了看他，"头好晕——"，眼皮重重合上了，身子一卷抱起了一只枕头，雪白的大腿再一次露了出来。

她现在已显得毫不设防了，乌黑的头发绸缎般地泼散开来，脸上的潮红在窗户透来的夕阳下一片晕染，浓浓的酒气中裹挟着一股朵朵木已须臾离不开的那种独有的体香。"你喝醉了。"朵朵木扯过被子把那两条撩眼的白腿给盖住了，然后端坐一旁默默注视着她。

躁动过后的房间，显得凌乱不堪，在逐渐暗淡的光影中散发出暧昧的气息。朵朵木也开始觉得酒精发作了，大脑一阵阵晕乎。他倒在孟革革身边闭上了眼睛。可很快他又异常清醒过来。他发现孟革革的眼睛并没有完全合拢，弯弯的睫毛中仍然展露着一抹眼白。难道漂亮女孩都能半睁着眼睛在警惕中睡觉吗？朵朵木没有类似经验，对此将信将疑。他在孟革革脸颊上拍了拍，孟革革并无反应，又撩了撩她胸前被酒打湿的衣服，孟革革还是无动于衷。于是他深受鼓舞，坐起身来轻轻撩开了盖在孟革革大腿上的被子。随着视线的移动，他把碍眼的裙子也一点一点往上褪去，很快，那个刚才只晃了一眼的山丘终于又露了出来。朵朵木在凝望中又听到了自己怦怦的心跳声，感受到了喉头发紧吞咽的艰难。

那个令他一度梦怀萦绕的"古老肉"，像长焦的镜头由远及近，放大，清晰，直到与他近在咫尺，朵朵木双手在汗液中握紧了拳头。

窗外夜幕降临，晚饭的炊香也袅袅扑鼻，他在躁动中终于把持不住将手伸了过去，既像触电又像探雷似的在那座小山丘飞快触碰了一下。出乎他意料的是那地方并无什么特别，只是有些松软而已。朵朵木把脸贴了过去，眼镜几乎触到了裤头。他嗅了嗅鼻子，感觉这里似乎也有一股气味，与她耳后那块三角区所发出的清香相比，略显厚重浓烈，也更能诱惑他血往上涌。他伸出手去在上面戳了戳。孟革革突然"嗯"了一声，将两腿合在了一起，朵朵木吓得一头钻进了床底，半天没敢出来。

并没有更糟的情况发生。朵朵木一点一点退出身来，他吃惊地发现，孟革革刚才"反应"过后，那两条闭紧的大腿又敞开了，而且比刚才敞的更大，山丘变成了谷地，裤窝当间隐约还有一道凹下去的沟槽。朵朵木重新贴了上去，用手指在那凹陷的地方碰了碰，两条雪白的大腿竟又随之扩张，再试，再扩张。这一发现令朵朵木倍感兴奋，一连戳了好几次，当裤头两端终于露出缝隙，展出了"古老肉"的阴影时，朵朵木差点没让口水给呛出咳嗽来。他隐忍难耐，一根指头不由自主就从阴影中探入了，很快就被一种温软湿热杂草丛生的沼泽所吞噬。他发现孟革革的嘴角有一丝不易查觉的抽动，裸露的大腿也变得滚烫起来。

昏暗中的朵朵木，一头大汗地忙碌着，那根指头始终像个无头苍蝇，东突西进反反复复。每当孟革革一声小小的呻吟，他都会立刻停止，细细聆听认真揣摩是因为痛苦还是欢乐？当他再一次被自己胀痛的体内刺激得手忙脚乱时，孟革革猛然将裙子拉在了自己的脸上，下半身以一个更开放的姿势展现出来。朵朵木愣住了，一时分不清她究竟是睡着还是醒着，盗汗顿时狂涌。他缩回了被裤脚硌痛的手指，急急忙忙给她重新盖上了被子，然后举起酒瓶咣咣喝了两大口，怀揣一只蹦蹦跳跳的小鹿，在暗影重重的房间里正襟危坐，等待着难以预知的结果。这时候他才发现自己身下有一块湿漉漉的冰凉。

门上突然响起了敲门声，朵朵木差点跳将起来。老阿姨用她生涩难懂的乡下话招呼他们吃饭了。朵朵木赶紧蹑手蹑脚走过去小声应答了一声，然后隔着门板听了一会儿外面的动静。回过头时，见孟革革已侧过身去背对了他，并发出了轻微的抽泣声。朵朵木自知闯了大祸，一声不吭地伫立在黑暗中。孟革革蜷着身子双手抱膝，把自己缩成了母亲肚里的胎儿。许久，她发着浓重的鼻音说你走吧。朵朵木实在忍受不了这份尴尬，早就想开溜，听了这话如释重负。他走到床边拿起了自己的书包，又有些不相信地转过身来看她。"你走呀！"孟革革提高了音量，哽咽的鼻音透着浓浓的哀怨。朵朵木走出去把房门带上时，听见有一样东西砸在了门背上。他下意识地缩了缩脖子，飞快地逃走了。

〔八〕

接下来的几天，朵朵木的天空显得暗无天日。他很怕再见到孟革革，因为他不知道自己该以何种脸面去面对她。他认定自己干了件伤天害理的事，有一种落井下石乘人之危的羞耻感。可是越不见她心里越堵得慌，上课时的注意力严重涣散，总觉得再晚一分钟孟革革就不会原谅他了，就会与他彻底决裂了，顿时焦虑得不行。老师的提问，他要么呆若木鸡，要么答非所问，常引得哄堂大笑，这令他几近发疯。煎熬到第三天晚上他再也控制不住了，跑到孟革革家楼下去瞭望，直到半夜孟革革的窗户上也没有亮起过灯光。第二天天一亮，他就跑来守候，仍然一无所获。上第一节课时他请假出来蹲厕所，趴到补习班的窗户上张望，撞上校长查课，给训了个狗血喷头。上午都快过去了孟革革的座位还是空着。朵朵木只好硬着头皮前去打听，这才知道自打那天她身份暴露后就再也没有来过学校。他觉得不对头了，课也不上了，书包没拿就颠着屁股往孟家跑。老阿姨告诉他孟革革去了乡下，说是想去看看她多年未见的姨妈。

朵朵木茶不思饭不想地苦苦等候，每天都要早晚两头去孟家转一圈。一晃又是三天过去了，他没有等来孟革革，却听到学校要开除她的传闻。他当即火急火燎去孟家要了乡下的地址，然后坐了一整天的长途汽车半夜才摸进了一个到处狗吠的村子。孟革革的姨妈告诉他孟革革的确来过，可就待了两三天就回去了，说是不放心她瘫痪的母亲。朵朵木不用掰指头也算得过来，这完全不可能，都过去七八天啦。他问孟革革还有没有别的亲戚家可去？姨妈说没有了，全在这里了。见他神情不安，便也紧张起来，绞尽脑汁提供了一条线索，说她临走时留下了一笔钱，让他们去人把她母亲接到乡下来居住。朵朵木听着越发不妙，连夜又搭车往回赶，心想孟革革搞什么鬼呢？该不会安顿好母亲就跟他转学或者去远走他乡吧？这样自我安慰着，迷迷糊糊颠簸了一夜。清晨他一头露水敲开孟家房门一看，依然没有孟革革的影子。他没敢告诉瘫痪的老人自己去过乡下找她，又心存侥幸地往学校赶，期盼上课铃一响，孟革革就会从天而降地出现在自己的座位上。眼看着太阳上了头顶，那座位还是空空如也。

第三节课休息时，萎靡不振的朵朵木被叫进了校长办公室，受到了十分严厉的警告，如果他胆敢再旷一节课就将予以除名，还第一次把他与孟红联系在了一起，说孟红是个坏女孩，不许再跟她鬼混。朵朵木眼睛一转明白准是老子来学校告状了，立刻就气得要死，摆出一副要和校长摆事实讲道理的架势。一个老师匆匆跑进来向校长耳语，校长歪着脑袋听完之后，再也没端正过来，扔下他就跟着来人跑了。朵朵木看见走廊里所有人都在往外跑，知道发生了大事，也跟着跑了出来。

几个郊区农民抬着一个用脏兮兮的花被面裹着的东西在校门岗那

大吵大闹，说是来找学校要钱的，因为他们捞到了一具这个学校学生的尸体，并为此付出了大量的人力物力，甚至还差点搭上性命。门卫如临大敌死活不让他们进来。校长张开双臂按住了喧哗，撩开被面的一角看了看。那是一具裸体女尸，两条胳膊向上举着，显示出挣扎过的迹象，头发沾满了泥巴和水草，肚皮也鼓得出奇的大。很多学生都睁大眼睛议论纷纷，说不会是高考压力而自寻短见的吧。由于尸体面目已让江水泡得失去了原形，一时难以辨认。很快，一些闻腥而动的苍蝇扑了过来，在人们的驱赶中嗡嗡作响此起彼伏。校长厌恶地扇了扇鼻子，很不高兴地说你们凭什么说她就是我们学校的学生？一个农民得意地笑了笑，似早有准备地从怀里抽出一件衣服来，理直气壮地说这上面别着你们学校的校徽哩，重点中学，哪个不晓得。朵朵木本来一看见那团茂密的头发就有了不祥的预感，见了这件衣服，赶紧摘下眼镜擦了擦，再戴上一看就嚷了起来：没错，是她的，就是她的！校长问谁的？朵朵木急了，"孟革革呀！"校长茫然，问哪个孟革革？朵朵木大叫起来："就是你刚才说的那个要开除的孟红啊！"

他想冲过去被门岗给拦住了，赶来的公安在相隔几米的地方众目睽睽地查验起了尸体，噼里啪啦的闪光灯使得原本就被江水泡得惨白的尸体，变得越发触目惊心。朵朵木拥挤在人群里看着那具几天前还在他手下充满温情蠕动的躯体，此刻却像木头一样被一群陌生人拨弄来拨弄去，甚至还被残忍地暴露出了少女最隐秘的地方，光天化日之下供人瞻仰，顿时一夜没睡的麻木与疲惫遁去了，脑子异常清晰起来：孟革革死啦！泪雨滂沱而下。

几天后，当江南的梧桐果毛在大风摇曳中纷纷扬扬漫天飘洒的时候，朵朵木揉着猩红的眼睛走进了派出所。很快，有关他的传说就在学校里流传开来。人们知道了那个去投案自首叫"朵家壮"的人，原来曾有过一个十分亮响的外号——"朵朵木"，并为此多次付出了"伤痕累累体无完肤"的代价。于是个个都似有所悟地感叹说："难怪了！'"朵朵木"三个字一度成为这所重点中学里大家相互指责时常用的"成语"，尽管校方多次消毒，可仍经年不散。

朵朵木的父亲当听说儿子去了公安局时，一脚就踢飞了他做倒立用的头垫子，从墙上扯下那块早已褪尽铅华的喜报，喊哩咔嚓撕得粉碎。然后就双手插进袖筒呆呆坐着，一天下来不吃不喝也不说一句话。当老伴终于用尽一切办法撬开他的嘴巴时，他老泪夺眶而出，用撕心裂肺的嗓音长啸道：他真是个朵朵木啊！

逃

　　我是在黎明前的黑夜中逃出这座县城的。人影绰绰中没有那种背井离乡时亲友千叮咛万嘱咐关怀备至的场景，也没有充盈的行囊陪伴，一个人灰头土脸的，甚至口袋里连一个子儿也没有，在哭泣泣哭泣泣南下摇晃的列车里，六神无主的眼睛始终弥漫着前途未卜的忧伤。

　　这场出逃实属意外，它源自一个十分偶然的事件，但却关乎到我的自尊与名誉，因此，我别无选择。

　　这是一个初秋十五的晚上，皎洁的月光下闪烁着无数飘浮不定的萤火虫，而我的同桌，一个同样皎洁的女孩子，却嫦娥奔月般扑进了我精心构筑的迷魂阵里。我俩是同桌，同桌总有一些近水楼台的便利，其中，难免也包含——爱情。频率颇高的四目相交和偶尔的身体擦碰，我俩的友谊便进一步发展到密林中来了。在这个花好月圆似乎注定要发生点什么的夜晚，就在校园后面那片掩人耳目的万绿丛中，我俩第一次手拉手进行了很像是某种仪式庄严的宣誓。因为都是开天辟地第一次，加之女孩固有的羞怯与说不却要的晦涩，我手忙脚乱懵里懵懂中难免撞得四周树叶瑟瑟发抖，弄出了一片近似潜伏的哗哗声。结果，被两只装了四节电池的加长手电筒照了个光天化日，逮了个正着。

我被抽去了赖以保持人模狗样的腰带，只能双手提着不时下坠的裤子，每走一步都像戴了沉重的脚镣。女孩穿的是裙子，尽管满是污点和皱褶，基本也算完整如初，只是她披头散发缩肩勾背，尤其是那暧昧的双手捂脸，已然羞愧万分不打自招的模样了。

我俩被分隔在两间办公室内，接受了很隆重的审讯。一个回合下来我就发现，这几个同为男性的保卫干部，在审讯我的问题上基本都敷衍了事缺乏激情，只会用那种白刀子进红刀子出的架势来让我在一些关键问题上回答"是"还是"不是"，比如"胡没胡搞"、"怎么搞的"其他均"废话少说！"他们显然是想速战速决急于求成，以便从我这节约出大把时间好用在隔壁那个蓬头垢面衣衫不整的女孩身上，那里才是他们兴奋之源，值得全身心投入的主战场。在他们争先恐后往隔壁流窜的时候，我一度觉得自己受到了怠慢，气得浑身发抖。我这最冷场的时候就只剩下我孑然一身孤单一人了，而且房门洞开，要走出去跟去自由市场不会有什么两样。这使我对这帮保卫干部奋勇"捉奸"的真正动机产生了怀疑。他们有什么理由比我还要显得对那女孩关怀备至呢？我决定闷声不语宁死不屈，不能让这帮家伙既得便宜又卖乖，好事全占了。

可事情发展并不以我的意志为转移，我这边暗自咬牙决定顶住，女孩那边却嘤嘤泣泣哭个不停，时间之长，哭劲之大，悲情之重真使我心如刀绞喘不过气来。不过，我并不是为了她，我是为我自己。她这样没完没了地糟蹋自己，努力要把自己弄晕过去的劲头，在我看来烦死人了。这明摆着是要陷我于不义嘛，好像我干了件多么伤天害理的事情。

果然，没过多久，我的担心就得到了印证。一个看上去还算有点责任感的人猛地冲了回来，见我原地没动乖乖就范，便手指作枪状地点着我，咄咄逼人地亮了一嗓子："真应该把你骗掉！"我睁大眼睛看他，不明白他到底要说什么。谁知这愈发令他光火。"看什么看？"

他怒目圆睁几近咆哮："判你个流氓罪绰绰有余！"我听完这话就想起了平时那些人头攒动的墙上布告，自己俨然成了上面打着醒目红叉的"强奸犯"，眼珠一转差点就晕过去。

想到从今往后会被那么多人戳戳点点的年年讲月月讲天天讲，我就不寒而栗了。这以后还怎么有脸见人啊！

筛完糠后我油然而生的想法是不行，得跑，无论如何也得离开这个鬼地方，既然已经没脸见人了，那干脆，跑了得了。

趁保卫干部们再次开小差去了隔壁时，我迅速从办公桌上抓起自己的皮带，边扎边梭出了房间。跑了没多远就想那女孩会不会也和自己一样，有没脸见人干脆跑掉的想法呢？扔下她似乎有些不够意思，也太不男子汉了。我折回头来绕到那排平房的办公室后面，趴到后窗台上向里探望，以期瞅准机会将那女孩拯救出水深火热之中。我相信，她出来第一件事儿准会为我要带她一道去浪迹天涯而破涕为笑的（她的一对小酒窝真是可爱极了）。

女孩两腿紧闭双手捂脸弯坐在板凳上，披头散发的里面依然传出抽抽搭搭的鼻音（从"被捕"到现在她竟能这样始终如一真令我吃惊）。几个保卫干部举着她的大裤衩对着一百支光的灯泡在那审视，不时还撑到鼻前嗅个不停，红底白花的棉布上到处都像是血迹斑斑万分可疑。我被他们诸如"胡搞之后会留下气味"的奇谈怪论所吸引，听得也有些入迷。女孩无意间从指头缝里瞥见了我冒出的脑袋，与此同时，我也向她展示了一个亲切的微笑和深情的召唤，可她竟像看见了一个外星人，嘴巴张得老大。被整傻了啊。我拼命向她摆手，示意她赶紧要求出来上厕所，谁知她呆呆看着还是一点反应也没有。正当我急得要把整个脸蛋都暴露出来时，她却突然打开双手，发出了一声类似撞了鬼的尖叫："他跑啦！"顿时所有的目光都朝窗口这边射来，吓得我猛一闪身失去了重心，重重向后摔去，卡在排水沟里像个翻不过身来的王八，半天也没能爬起来。纷乱的脚步声鼓点一样急促，我这才意识到我被"叛徒"出卖了。于是我顾不上痛了，一个鲤鱼打挺跳将起来，十万火急地朝校外跑去，身后的"站住"声不绝于耳。快到校门时我回头看了看，三四条黑影，饿狼似的，我他妈还能站得住嘛。我一口气冲出了学校跑上了街道蹿进了火车站，颠得肚子里翻江倒海五脏六腑都错了位，最后瘫在了候车室外的廊柱下，喘了半天气后，依然是口干舌燥头发懵。

真是瞎了眼了！我气愤之极浑身直哆嗦，所有仇恨都转到了那个女孩身上。我当即设计了无数套方案，都是潜回去找她算账的，可晚风一吹我就想到了我现在的处境，其他什么想法也没有了。

候车室不大，人却不少，乱哄哄的十分嘈杂。仅有的四张长条椅也被几个横躺的人给霸占了，就连肮脏的地面上也歪七竖八躺满了姿势各异的旅人，空气中充斥着馊饭的气味。这里显然并不只是匆匆过客的驿站，它还是深夜里的容留所，滞留着那些无家可归或有家难回的人（我就属于后者）。

我蹑手蹑脚地跨过了几个张着大嘴呼吸的人头，生怕扰了他们的好梦。这些天当房地当炕的人，身边都没有几件像样的行李，有的只是大小不一的饭碗，估计是一支即将外出乞讨的大军。他们模样虽然寒碜，但成群结队无拘无束四海为家的闯劲仍感染了我，让我产生了一丝莫名的振奋。

我站在凌晨时刻的铁路运行图前，茫然四顾，这才发现自己不知该往何处去。

本来再有一年我就高中毕业了，坦率地说我还没做好跨出校门的准备。未来的命运似乎与上山下乡，招工顶替，抑或是参军入伍有关。就我们家的社会地位而言（我父亲是一家县办工厂的锅炉工），插队落户将是我的必由之路。可我很不甘心，父亲翻身解放好不容易从农村来到城市（县城），我没理由再回到农村去。令我一直以来心

　　我站在凌晨时刻的铁路运行图前，茫然四顾，这才发现自己不知该往何
处去。

存侥幸的是，我们家有一个堂亲，我们叫他"大伯"，无论从哪个角度上讲，他都应该是一个可以满足我愿望的人。因为他是"高干"。高干在我们这个社会里，至高无上无所不能。对此，我深信不疑。

只是这位"高干"亲戚我从没见过，据父亲讲，他只在刚解放那会儿荣归过一次故里，随身带了一个警卫员，还担了两箩筐印有"解放纪念"字样的搪瓷茶缸，左邻右舍乡里乡亲逢人都赠送了一个，这以后家乡人就再也没有见过这个被他们奉为"家乡骄傲"的人了。大伯革命前曾有过一次父母包办的封建婚姻，只是解放以后又有了一个组织上批准的自由恋爱的新媳妇，回一趟老家自然没了兴趣。但我父亲却意外地和他保持了书信往来。据说大伯当年回来时一眼就喜欢上了正值年少又聪明好学的父亲，在给家乡所在地的县委县政府弄了一笔兴修水利的资金后，也顺带一张字条把父亲从乡下弄进了县城，当上了学徒工人。父亲从此就不再面朝黄土背朝天了，他吃上了商品粮，成了城里人。所以，父亲是以滴水之恩当涌泉相报的感情来追踪大伯行踪的，过年过节土特产品一番心意地源源不断。

大伯的身份对我而言，一直就有种无穷的魅力，从记事起我就对这个没见过面的大伯充满了向往，隐隐约约觉得他将会是自己一生的依靠。我把他授衔时穿着制服的照片从父亲那里偷来，夹进了自己的笔记本里，没事就拿出来细细端详，越看越抱有期待，偶尔也会臭美地向同桌的那个女孩炫耀。每次父亲写信我都会"懂事"地附上几笔问候，到后来我就干脆自己写了，写自己的学习，写自己未来的理想，在讴歌大伯"丰功伟绩"（县博物馆里就有）的同时，也不忘表白自己已时刻准备着，去接过他手中钢枪的决心。喜得大伯每次回信都对我赞赏有加，夸我志向远大，是早晨八九点钟的太阳，并一再叮嘱我父亲要好好培养我，说我将来一定会是个有出息的孩子。父亲的信多半是在写了四五封后才会有一次回音，而且基本上要等到年头或年尾（有点像工作计划或年终总结），有时则整年音讯全无（我宁愿相信大伯是在日理万机而不是有意怠慢）。自从我加塞进来后，情况就有了改善，大伯变得爱回信了，尽管依然是三言两语。父亲很高兴，就此把这日常性的"此致革命敬礼"的问候彻底扔给了我，我则乐此不疲地发扬光大，开始用"冬风吹、战鼓擂"或"忆往昔峥嵘岁月稠"一类的火药味诗句，加上自己胸别像章、手挽宝书的激情照片，来向大伯轮番致以"崇高的、革命的、无产阶级的、战斗的"敬礼了。据说战争年代走过来的大伯，很中意这类充满战火硝烟的文字，有一种时刻被唤醒和"后继有人"的感觉，就是在生病住院时也要把这些诗歌体家信放在口袋里给医生护士们传阅。这说明大伯是真心喜欢上我了。我的看法是，大伯可以喜欢泥腿子父亲，也没理由不喜欢我这个生在新社会长在红旗下的英俊少年，何况我已经表现出比我父亲更加聪明更加可塑的一面了。

既然迟早都要去找他，那何不现在就去？站在昏暗的候车室里，我的内心禁不住一阵狂跳。也许这就是天意？偶然的出逃演变成了一种冥冥中的必然，我开始恨不得立刻就插上翅膀飞到大伯的身边去。

确定了逃亡的线路后我又有些吃不准了。大伯最近一封来信上的地址有些蹊跷，显然，那是一块陆地的边缘大海的边上，地图上看似乎很悬，稍有不慎就有失足落水的可能（我一直奇怪，大伯近些年来信的地址总是不停变化，仿佛又开始了新一轮的"运动战"。我曾私底下在共和国的地图上给他绘制了行动坐标，从首都北京到省会城市到所谓的大三线再到现如今这大海的边上，行进线路的红色箭头很像是胜利大逃亡或梁山好汉落草为寇了，地方越来越小，档次越来越低）。当然，问题还不全在这里，我最担心的还是大伯会怎么看我。长期以来我夹着尾巴激情演绎地展现在他心目中的形象过于完美，弄得他这么器重我，当我是个有为青年，可天有不测风云，如今我落难了，这会不会让他大失所望呢？从大伯的来信上看，他显然是个一贯正统的人，眼里不一定能容得进沙子。唉，早知如此我当初就该有所保留，搜肠刮肚绞尽脑汁那点小聪明全抛出去了，给自己一点回旋余地也没留下。——可是，不这样大伯又会把我当一回事儿吗？

不管了，走一步是一步吧，大伯总不至于见死不救吧？

我看了看墙上落满灰尘的挂钟，发车时间还早，我熬不住困意在乞丐堆里找了一块下脚的地方，身子一蜷就睡过去了。那帮保卫干部即使找到这来，也未必能发现我。很快，我的梦里就出现了大海，一望无际辽阔无边。我兴奋地大叫大嚷，随即就摇身一变穿上了海魂衫，威武雄壮地站在舰艇上，乘风破浪中指哪儿打哪儿。咯咯的笑声洋溢在夜半三更的候车室里，也压住了身边那些喷着臭气的呼噜合奏。要不是乞丐帮们突然跳将起来，不管不顾地去插队抢位踩痛了我，我完全可能一觉睡到大天光了。

梦醒之后的现实十分残酷。我随着汹涌的人流挤到了检票口前，几个值班人员像医院里的医生护士，满脸厌恶地堵截着要没票闯关的乞丐帮们，我就是被他们拦一个是一个的给提溜出来站到队列外来的，像个败将检阅残兵似的，心情很不愉快。望着越来越少的人流，我已经不可能再尝试一遍了，情急之下我撒腿就往候车室外跑，沿着围墙（它总有尽头吧）狂奔了很长一段才绕进站来，用手顶着跑痛的肚子（这是我今晚第二次跑痛肚子了）一节车厢一节车厢地找空地。我真佩服那些乞丐，此刻他们已全不见踪影，八成都混上车了。被人驱赶开后，我又抓紧时间去下一车门处，一个来回后，除了每节车厢门口还站了一个列车员外，整个站台空空荡荡了。发车的哨声在尖厉地吹着。我顾不了那么多了，瞄住一扇打开的车窗，退后几步狗急跳墙地一阵助跑，膝盖顶住车身发出了一声嗵响，然后两手顺势攀上了窗沿，连蹬带踹差点没撕开裤裆才爬了进去。一个旅客嫌我扑飞了他放在小桌板上的茶杯，恼怒的一掌就把我给刮到过道里去了。我爬起来揉了揉摔痛的胳膊，赶紧跑开了。

列车开动后我的心也没敢踏实下来，来来去去查票的列车员弄得我跟做贼一般。好在他们没过多久就把自己关到小房间里去了，我也就暂时平安无事安静下来。

天亮后我的肚皮就有些吃不住劲儿了，熬到下午就不停地泛起了酸水，到后来就变成苦水了，前胸贴上了后背，全身直冒虚汗。吃晚饭时，坐在两节车厢中间的一个留大胡子的西北汉子，从行李袋里拿出一块足有脸盆那么大的烧饼，抱在怀里津津有味地咀嚼起来。我眼神总被那大饼牵住，嘴巴不由自主咽起了口水。西北汉子觉察到我的馋相后就停住了，把大饼往膝盖上一磕，掰砖头似的掰了一大块给我。我装作不好意思地摇摇头，大胡子手一伸"拿着呀！"我就没什么好装的了，单手接过，侧过身去抢起嘴巴就朝大饼上咬去，嘎嘣一声，顿觉整排大牙都震动了，脑瓜子里嗡嗡叫了好半天。我缩回嘴来怔怔看他。大胡子表情生动地举了举手中剩下的那大半块，粗声粗气地说："馕，好东西。"我见他四方大脸的褶子上布满了真诚，不像是好使坏的阿凡提大叔，便急着去拍厕所的房门。梆梆梆、梆梆梆，一通猛敲生生把一个便秘的人给从里面催了出来，两手还提着未及系上的裤子。我看他长得凶神恶煞，赶紧用眼睛推卸责任地看着一个正好走过的列车员，趁他犯傻追看背影的当儿我一闪身从他腋下穿过，迅速反身把小门锁上了，然后就对着没水的龙头又嚷又拍就差没用脚踹了，掉出的几滴我一点没敢浪费全淋在了硬邦邦的大饼上，这才终于吃出了点像样的味道，同时，浓浓的臭味也扑鼻而来。我对蹲坑里的秽物视而不见，可越不看眼睛越往那跑，最后我还是看清了层层叠叠颜色不一的大便。我呕的一声，吃进去的全往上涌，眼睛赶紧移向了窗外。望着一掠而过的树木、电线杆、田野上的坟头，想到今后还有很长的路要走，便将剩余的馕饼小心翼翼地揣进了口袋。

我跟大胡子交上了朋友，他带了不少好吃的东西，有羊肉干牛肉干还有马奶子葡萄干，好像他包里除了吃的就没别的东西了。如此丰衣足食使我的旅途变得不那么难熬了，甚至有些愉快了。我偶尔会想，如果我不是去找大伯，很有可能就要跟上这个西北来的大胡子了。只是大胡子对送吃送喝十分豪侠仗义，对他要去的地方和要去干什么却守口如瓶，而且每逢乘警过来他都会伸出手来把我揽在身边，做出一番父子状，眼神显得比我逃票还慌乱。这就让我疑窦顿生了，他分明是在利用我打掩护嘛。如果不是我现在犯了错误心灰意冷，我准会擦亮眼睛百倍警惕起来，弄不好这个大胡子就是一个隐藏在我们身边的阶级敌人。可现在——我看了看一车厢愁眉苦脸的旅客，再擦擦自己脸上满是蒸汽机车喷出的煤硝——谁还管谁呀。我顺水推舟，既然他这么怕民警，那我就在民警面前故意招摇一下，迫使他拿出更多更好的东西来招待我。

四天后，随着车厢内不断升高的气温，吭哧吭哧的列车终于在我要去的那个南方小镇停住了，我先从窗口上探出花脸去看了看，车站居然比我们县城的还小。我搭乘的这节车厢未能靠上站台的水泥平地，停在了铺满碎石的路基上，要下去还得悬空一跳。车站的围墙也很短，刚好够写完一排标语"坚持无产阶级专政下的继续革命"（外加一个惊叹号）。通常从一个车站的头顶上望去，大致都能看见这个城镇的房屋轮廓（由此判断出此地的繁荣程度），可眼下我什么也没看见，只看见了一棵高过车站房顶却被雷击劈了一半的百年老树。这树也生得奇特鬼怪，躯干完整的那面鼓出了很多根茎状的长条，青筋毕露般相生相长；劈残的那半树冠竟然也葱茏茂盛，还垂下了无数的胡须，有些胡须已苗壮成了笔直的木棍，直直地插在地里，像要繁衍成另一根青筋毕露的躯干。这树有太多像人的地方，胡须、躯干、纤毫毕现的青筋，怎么看都跟鬼似的。

一个旅客手指那树对孩子说："看，那就是南方才有的大榕树，藤缠树树缠藤说的就是它。"

我看了那小鬼头一眼，他也皱起了眉头，大概和我想的一样吧。我缩回头来心事重重地准备下车。大伯待的这个地方，看来不会太好。

我两手空空从悬空的车梯上跳下，两脚刚一着地人就瘫了下去，坚硬的碎石居然像堆棉花，软沓沓的一点立足的感觉也没有。我发现很多人都跟我一样，那个下车来准备活动活动筋骨顺带和我告别的西北汉子，刚一张嘴却是"哎哟"一声，原地卧倒抽起筋来，被人扯来扯去像受酷刑似的又喊又叫。我等他缓过劲来一瘸一拐爬回到列车上后，才举起手来与他依依惜别。列车开动时，他猛然拍起了车门上的玻璃，并扬起了手中的馕饼，那意思显然是问我还要不要。我朝他摆了摆手，双手合成喇叭筒高喊："我到家了！"随即我就想，如果我真要他又怎么扔出来呢。

火车出了视线后，我四处张望了一下，照例没敢去走那正规的检票出口，装着若无其事像个放学的孩子，沿着铁轨走了一段平衡木。

这是一个让我有点心慌的地方，首先在语言上我就感到了呼吸困难，我在向路人打听前进的方向时，他们瞪起眼睛结结巴巴，像隐藏着一个不可告人的阴谋，令我十分紧张。每当询问过后我都像被施了一次法术，要一个人待在太阳底下咬着指头站上很长一段时间，琢磨来琢磨去才能悟出一点道道来。比如"这样子"三个字，当地人竟然可以说成"酱子"，还有"先左转"成了"左转先"（我得学轮船上的水手，听到一声"左满舵"立刻答道"满舵左"），至于你说出的普通话，他们一概回答："不懂"，问路可以"不懂"，问厕所也"不懂"，懂的只有"酱子"和"左转先"（还有一个"给钱我"，那是我冒险品尝了一个小贩的水果后被勒令出来的，幸亏我脑子已经可以急转弯了，跑得比兔子还快）。靠他们指路，我估计我不仅到不了目的地，相反，极有可能会一头撞进他们的大本营里去，不出三天，一准满嘴的"酱子"和"我走先"出来，东南西北都找不着了。

我在长途汽车站里又干耗了一个上午，院里所有车辆都开出去后我也没能混上想要白搭的汽车。这汽车显然不比火车，上下只有一个门，要想蒙混过关几乎是不可能的事儿。叽叽咕咕的肚子又开始了喧嚣，我十分后悔没主动去讨要西北汉子的馕饼，谁知道大伯的单位还会远在这小镇之外呢。

我流落街头举目无亲，小镇热得像个蒸笼，身上的汗水跟泉眼一样，一刻也没有停止过。我缩到一家路边粮站的墙角下，浑身乏力地望着熙来攘往的人流茫然无措。

不远处一个菜市场前，停了一辆挂着部队番号的货车，两个没戴领章帽徽的人在那装载货物，几个女售货员围着他们叽叽喳喳，不时还动手动脚，使他们活儿干得看上去充满了乐趣。我巴巴地望着他们，汗水刺痛了我的眼睛。当他们终于推上挡板要挥手走人的时候，我噌地跳了起来，不顾一切向他们跑去。

"你们是13号信箱的人吗？"我大声问。13号信箱是大伯单位的代号，很有点电影里地下党的味道，过去我很喜欢，现在我头都大了。

没人搭理我，就连那些女售货员也对我不屑一顾。

我难堪了一下，可我已穷途末路。于是我又厚着脸皮问："你们认识许要饭吗？"

这名字一出口我脸就先红了一半。大伯也真是，老婆都换过了可这破名字还死叫着不改，非要说是苦大仇深的标志，都什么呀。

两个人同时看了我一眼，其中一个问"你是谁？"

有门！我的心立刻怦怦跳了起来。"我是他侄子，他是我大伯。"我把堂字给省了，这样会让人觉得更亲一些。

"怎么了？"他们边问边从车头两边分别钻进了驾驶室。我紧跟着跳了上去，扒着车门说："我要去部队看他！"话音未落他们就异口同声大叫起来："躲开躲开！"我吓得手一松又蹦回了地面，原来他们嫌我挡住了那几个女售货员与他们再见的视线。这俩家伙，他们显然知道大伯，可一点也没把他当一回事儿，脸上甚至还挂着轻蔑呢。见到大伯我一定得先告他们一状，让他们吃不了兜着走。我赌气又扒回到车门上。他们见我死缠着不放，便嗤愣起鼻子问："你身上怎么这么臭啊！"我说我刚下火车呀，坐了几天几夜了，求你们带我去吧。副驾座的这位正跟一位女售货员在那眉目传情，嫌我碍事很不耐烦地冲我把头往后一甩，说上去吧上去吧！我立刻全身来劲儿，四肢并用地从后车轮那儿爬上去了。真是天无绝人之路。

在颠簸的后车厢里，我嘴一刻也没闲着，一连吞进去了十个西红柿，像喝了鸡血一样，瞬间提了精神。有了力气后我便满嘴红汁地站立起来四下眺望，逆风吹得我的头发全往后跑，扯动着头皮一跳一跳的，有种连根拔起的畅快。汽车似乎正开向海洋，亚热带的阳光格外亮丽，我从空气中闻到了浓烈的咸湿气，一种似乎只有来自大海深处才有的味道。虽然已经好几天没洗澡了，但我知道，黄土高坡上的尘埃已离我远去。

必须承认，任何人都有看走眼的时候，我见到向往已久的大伯许要饭时，就差点闷头从他身边闪过去了。当时他正佝偻着腰身在一块花生地里除草，黑乎乎的毛巾搭在脖梗上，还戴了一顶芭蕉叶的破草帽，脸上尽是风吹日晒的褶子，挽起的裤腿下，皮肤在脚板边的中缝上划出了鲜明的黑白两道……这哪里会是个高干，又怎么可能是我那个横刀立马的大伯呢！然而，不幸的是（他的照片我都看烂了），他就是那个货真价实的许要饭，我朝思暮想的大伯。

大伯见到我时眯缝的眼睛也一下子睁得老大，同样是一副万分吃惊的模样。显然，我的样子也不会比叫花子好多少，因为大伯的目光同样遥远而苛刻。我俩就这样大眼瞪小眼，小眼瞪大眼，还是大眼先发威："你怎么来啦！"像声断喝，我差点没掉转头去打道回府。认错人了总行吧？

世上就这么荒诞，当你满怀绝处逢生的渴望兴冲冲而去，到头来却与当初设想的大相径庭（甚至更糟），这个中滋味阴错阳差离题万里，真是苦不堪言。我的感觉就是天塌了一半，而且还立刻意识到自己过去所干的一切（假积极）全都白费了。面对一个老农民，我还能撒娇再向他说点什么吗？纯粹就是多余了。

腥气的海风中我左顾右盼，有世界末日的伤感。

我原以为"13号信箱"会是一个军港或某个神秘的基地，至少也应该是个壁垒森严军号嘹亮的绿色军营，然而它只是部队办的一所"五七干校"，依山傍海交通闭塞，像个普普通通的渔村。据我观察，在这里"工作"的大都是些与大伯一样从城市发配到农村来劳动改造的人，举手投足仍残留了一些过去娇贵的影子。因为单位是新建，他们每天都要去自力更生艰苦奋斗地放火烧荒盖房子，就连睡觉的地方也还是十分简易的窝棚。在我到来之前，这里刚刮过一场肆虐的台风，到处都是波光粼粼的积水和折断剥皮后露着白骨的木麻黄树，一些刚建好的房子还没来得及拆掉毛竹架，顷刻又变成了残垣断壁，整个场面像经历过一场血与火的洗礼。据说这场台风强度属三十年不遇，因而还死了人，台风把一处简易窝棚刮得不知去向时，里面的人也一同消失了。上头很紧张，接连来了几拨人，说生要见人死要见尸，挖地三尺也要把人给找出来。结果，寻寻觅觅终于在两天后退潮的海滩上找到了。那些上头来的人当晚就在小灶食堂里举行了宴会，给人感觉是，人死了不要紧，只要没跑掉就行。我就是在这个时候闯进了"13号信箱"，"酱子"过后，终于明白了大伯目前所处的窘境。

可想而知，在这样的时间和这样的地点里见面，对大伯显然也不是件什么愉快的事儿。他现在是戴罪之人，是需要早请示晚汇报的一种，身边本无牵无挂可突然冒出个小亲戚，这让他很烦躁。刚见完面他就给我设定了回程时间："少则三天，多则五天，最长不能超过一个礼拜。"我低着头丝毫没表示任何疑义。来这里我是为了找他要关照的，可他现在如此这般连自身都难保，我又何来便宜可讨呢？弄不好还沾一身腥惹一身臊，背上一个亲戚有严重问题的罪名，令我错上

逃

77

加错永世也不得翻身了。我现在越发觉得这千里迢迢的投奔简直是死路一条。

大伯垮着老脸在他简陋的单人房里用砖头给我垒了一个临时床架，没有与他并排，而是在他脚下，属于那种纵队式。这种排法要么我俩头碰头，要么脚对脚，反正都是一个"斗"字。

不过，总的说来大伯对我还说得过去，有一种既来之则安之的基本礼貌。他在"军人服务社"里给我里里外外置换了一通（都是时髦的军用品，弄得我都有点像干部子弟了），半夜爬起来给我扇扇子掖蚊帐，像个好查夜的解放军指导员。他更主要的还是在政治上关心我，入住第一天他就问我入没入红卫兵，加没加入共青团，是不是个"三好学生"？然后又问我今后有什么打算？我原本只对最后一个问题有兴趣（可眼下我也一样不抱幻想了），至于前面的，我一概吞吞吐吐，反复强调自己加入过红小兵。大伯瞪着大眼哪壶不开提哪壶地追问我："难道高中还有红小兵吗？"见我羞愧难当眼睛躲躲闪闪，就明白过来，立刻斥责道："嘿，年纪轻轻的怎么这么落后！难道你信上写的那些都是'客里空'（假大空）吗？"我见他都这个时候了还那么一本正经，就想顶他一句"您现在也不怎么样嘛"。瞥见饭桌上那些从没见到过的海鱼，我的心又软了下来，特别是大伯最后一句"你诗倒写得还不赖"的客观评价，使我有捐弃前嫌重新对他好感起来的愿望。

在大伯住地的旁边有一块湿地，杂草茂盛得近于失控，滋生出的各种小虫更是品种繁多千姿百态。第一个晚上我在灯光昏暗的公共厕所里饶有兴趣地与这些近在咫尺造型各异的小家伙们进行了长时间的对话。它们爬满了所有墙的立面，洋洋大观，好像全世界的虫子都跑到这来集合了。可是半夜里它们却余兴未了地潜进我的屋来钻进了我的蚊帐，对我实施了饱和式攻击，这就使我不胜其扰了。尤其是我被潮湿的海风弄得浑身发黏像刷了一层密不透气的糨糊后，它们就更加肆无忌惮地在我身上叮出了此起彼伏的疱疹，使我整晚都处在一种神经高度紧张之中，两只打开的手臂随时准备左右开弓，噼里啪啦地把自己从即将入眠中扇得又异常清醒过来。清醒之后我就会提起大伯的拖鞋往厕所那儿跑，对着爬满小虫的墙壁狂拍一气。可是在那些被拍扁的尸首上很快又堆集起了新的伙伴，它们照样蠢蠢欲动前仆后继，杀鸡都无法给猴看了。折腾到天亮后我才精疲力竭地像死猪一样睡去，等我睁开眼时又快到了第二个恐怖的夜晚。

眼泡浮肿缺乏睡眠的大伯，不知从何处弄来了两根一米多长的土制蚊香（粗得像擀面杖）。点燃一根就像是放了狼烟，呛得人眼睛都睁不开。大伯说今天晚上保证让你睡个踏实觉。我刚说完"这玩意儿能把人都熏死"，大伯嗤啦一下又点燃了第二根，说蚊虫也欺负生人，你细皮嫩肉的不像大伯，得浓烈点。房间很快就被他弄得彼此看不清对方了。

这么浓重的氛围我自然无法入睡（已经睡了一个白天啦），正好，我可以趁此机会思考一下我的下一步。也不知现在学校对我和那女孩的事儿怎么处理了，不会真判我一个"流氓罪"吧？我还没到十八岁呢。"少管所"、"劳教队"我也不想去，那跟判过刑也没什么两样，永远都是耻辱的印记。那女孩也真不够意思，她干吗要背叛我呢？她一直仰慕我呀，跟大伯一样，总夸我诗写得好，经常让她读得夜不能寐（这话最让我神魂颠倒浮想联翩）。可她还是从背后射来了毒箭。真是人心隔肚皮啊。出了这档事我原本会为她难受一点的，她没有逃出来，肯定会遭到不少白眼，破鞋烂帮子的污名将从此传扬，每天像过街的老鼠那日子多难熬啊。可她这么一搞就变味了，就成了可耻的叛徒了，我心里也就一点愧疚也没有了，完全排除在可供我忧愁的选项之外了，甚至都成了一个可以忽略不计的东西。只有一点还能算千丝万缕，那就是直接导致我抽了疯似的逃跑，披星戴月千里奔袭一头扎进大伯这里，结果一塌糊涂。

　　我被自己的鼻涕眼泪呛得坐了起来，心想我还没有伤心到那一步啊。一个要顶破脑门的喷嚏使我明白，全是那两根土制蚊香惹的祸。我钻出蚊帐想去建议大伯撤掉一根，谁知脚底发软，扑通一声跪在大伯床前了。大伯没有反应，我伸手去摇了摇，他纹丝不动，我这才想起好半天没听见他打呼噜了。随着脑袋一阵阵眩晕，我意识到该不会中毒了吧？赶紧抓起两根火把一样的蚊香从窗口扔了出去，然后打开房门杀猪似的嚎叫起来："快来人啊！快来人啊！我大伯要死啦！"

　　就像着火警报，我们房里立刻涌来无数衣衫不整的老人。大伯在众人的呼喊声中睁开了双眼，"怎么啦？"他眨着眼皮问，"你们怎么都跑我这儿来了？"大家的眼睛都转向了我。"你侄子说你要死啦。""扯淡！"大伯不高兴地坐了起来，狠狠瞪了我一眼。

　　众人离去后，大伯就开始骂我，说我谎报军情，扰乱军心！要在过去都可以枪毙了（好嘛，那边要判我这边要毙我，我他妈还活不活了）。我很不服气，说谁让你一动不动呀。"我一动不动那是睡着了，我吃了安眠药！"大伯气鼓鼓地嚷，"一动不动就是死呀？你有没有文化！你不会先探探我的呼吸，摸摸我的颈动脉？你还可以掐人中打我两巴掌呀——啥也不懂，浑球一个！"

　　我被骂晕了头，伤心得直想哭。他怎么像个疯子！真是好心没好报嘛。

　　几个戴领章帽徽的军人打着电筒出现在我们的窗户外面。他们把我扔出去的土制蚊香捡起来看了又看，然后就一声不响地拿走了。大伯冷眼观望，随后又冲我狠狠瞪了一眼。

　　天一亮就有人来敲门了，是穿四口袋军装大腹便便的领导，很严肃正经的样子。他们先站在门口问大伯："老许，没事吧？"大伯挥了挥手，轻描淡写地说："没事，孩子瞎胡闹呢。""噢，是吗？"来人定定地看着他，顺带把我也瞥了两眼。大伯见他们不信，就说："放心吧，马克思现在还不想见我。"来人点点头，说"那就好。"随后便像开玩笑似的说："相信你老许也不会干那些自绝于党和人民的事。"大伯闻言就愣住了，脸色由白变红，再由红变紫，我看见他手指头直哆嗦，吓得赶紧溜出去了。

客观地说，13号信箱是个蛮不错的地方，它有依山傍海月牙状的沙滩，一波连一波拍岸的潮水，黝黑峻峭的山崖，还有海鸟叫过之后那种空灵般的沉寂。这里的每一天都像是头一天的重复，阳光从早到晚总是那样的充沛，空气中没有一丝尘土的气息，能穿透五脏六腑，有一种舒筋活络的安逸。我双手抱膝端坐在山崖上，远眺碧波万顷的大海聆听海鸟振翅飞翔的歌唱。这如诗如画的情景常使我忘掉一切，陷入一种痴迷的状态。

我发现大海有三种颜色，由近及远依次呈现出蓝绿黑的景致，我把它称之为"三色海"。当我第一次扑向三色海时，是以一种心向往之的冲刺劲头扎进去的，扑腾几下后我又快速冒了出来，以更猴急的速度跑回到岸上，一手卡脖一手往嗓子眼里捅，跪在沙地上直呕得头皮发麻，浑身上下起了无数的鸡皮疙瘩。这么美的海水，居然会是这种滋味，不光咸死人还能涩死人，完全可以腌松花皮蛋了。我刚缓过一口气来，接着又是一跳，"呜呜"叫唤着，针扎似的往有草的地方跳去。整个沙滩都被太阳烘烤得像铁板烧，我感到脚底要冒烟了。大伯安详地端坐在一块延伸到海里的礁石上，支着一根鱼竿静静地候着，对我这边发生的一切充耳不闻。鱼竿就像从他裤裆里长出去的东西，直翘翘冲着天上。

第一次与大海接触让我产生了不快，深感名不符实。我没敢再去自找苦吃，而是全天候缩在了大伯的房间里睡起了大觉。大伯照例上午干活下午钓鱼（从不见他有所收获），虽没再说过"少则三天多则五天"的话来撅我，但也看得出来他并不高兴。说实话，与这样一个毫无用处的老头朝夕相处我也无聊，只是我现在无处可去，自然不敢主动撤离，待一天是一天吧。

到了第七天，大伯一早起来就把我叫醒了，他果然说话算话了。他很严肃地说：孩子，你该回去了，你不能总待在我这里，这会影响你的前程，年轻人要上进啊。他拿出了四张拾块钱的大票子。我睡眼惺忪地看着他，终于要赶我走了。我眼睛一热，有些不能自持。大伯以为我对他依依不舍，便伸出手来很慈祥地摸了摸我的脑袋，他哪知我的心思啊，我都有污点了，还上进个屁呀。估计他是做好了我会别别扭扭死乞白赖的准备的，所以我沉默不语倒让他有些不知所措了。似乎是为了有所补偿，他故作高兴地说，今天要带我去过一个难忘的下午。

我也斜着眼睛看他出门的背影，心想狗屁难忘的下午，我只有那个被人捉奸的难堪晚上，它让我成了一个有家难归又无处可去的盲流。不行，我还不能回去，回去就是找死。我拿定主意要继续逃下去，也只有这样才能冲淡自己内心那种难以名状的恐惧。我突然想起那个给我馕饼吃的西北大胡子，真后悔当初没有套出他的地址来。算了，坐上火车走哪是哪儿，弄不好我还能成游山玩水的旅行家徐霞客呢。只是大伯给我算计好的回程路费显然满足不了我的节外生枝，我可不想再过那种沿途乞讨偷鸡摸狗的日子。

我决定临行前一定要讨到大伯的欢心，争取让他再多给点。

大伯所说的要带我去过一个难忘的下午，是指他要带我去出海兜风。我对大海已经没有了兴趣，并不觉得这主意有什么好。但想到这最后时刻不能让他扫兴，坏了自己要钱的计划，只好硬着头皮扮出一番欢天喜地的样子。

大伯弄来了一条带马达的小舢板，是木质的，很陈旧，有些地方看上去都像朽掉了，一碰都会掉下木屑来，只是有了马达它一样可以驶出去很远。船主是个老渔民，他对大伯要亲自驾驶很不放心，耐心细致不厌其烦地给大伯逐一讲解操作方法，并一再偷觑大伯身上的着装。大伯的穿着很像过去的土八路，一看就是一副要出远门去打鬼子的模样，一边斜挎了军用挎包一边斜挎了军用水壶（挎包很白、水壶很斑驳），中间还扎了根武装带，随行的鱼竿有五六种，放在一块像是一捆，铁皮桶里也备好了丰盛的鱼饵，俨然是要去沙家浜扎根了。看来大伯与老渔民很熟悉，管他叫"队长他爹"。大伯拍着心绪不宁的队长他爹的肩膀，说了无数个让他放心没事的话，还一再强调自己军舰坦克都能开还开不了你这条小破船么。大伯从挎包里抽出一条"飞马"牌香烟塞进队长他爹的怀里，很不耐烦地催他下船，说你快点回去过烟瘾吧。队长他爹依依不舍地从船上拿起他的水烟筒，另一只手举着飞马香烟，站在过膝的水里仍是一脸的担心。他原本计划是自己亲自驾驶，可大伯固执得让他毫无办法，只好万般无奈地千叮咛万嘱咐，不可开得太远。大伯低头看了看手表，又抬头看了看天上，还手搭凉棚望了望远方，以经验十足的口吻对队长他爹说：你六点整准时来这儿接船好了，坏了我赔你一条新的。说完他还挤了一下眼睛，冲祖祖辈辈打鱼为生的队长他爹说："弄不好我还会给你捎回几条你从没见过的好鱼呢。"队长他爹回敬了一个无奈的哭相。大伯呵呵笑着冲我吆喝了一声："坐好了，开船喽！"他一扯绳子，马达就嘭的一声，吭哧吭哧很努力地打了几个连环屁，接着就嘟嘟嘟窜出了一股股黑烟，在洁净的海水上显得十分丑陋。果然如大伯所说，他迎风招展驾轻就熟，老油条子一个。队长他爹从过膝的水里一直跟到只剩下了举起的双手和头部，那模样就好像他的小船将就此与他永别了。

没出湾口以前，海面风平浪静，小船在稳当中前行，但能感受它吃力的航速努力的姿态，尽管在我一再装疯怂恿下，大伯拼命地加油，想奋力做出一些风驰电掣的效果，可马达的嘶鸣终显出了它的极限，再快一点都已难上加难。出了湾口后，风速一下大了起来，浪涌也强劲了许多，连绵不断地叩击着船头。这个时候小船就像是一叶轻舟了，前后晃荡左右摇摆还上下颠簸（像是在拆船一样），突突的马达声不再震耳欲聋了，像闷进了水底，转换成了苟延残喘的呻吟。大伯兴致勃勃焕发了青春，玩得像个恶作剧的孩子，专拣浪尖上驶，每一次从最高点上陡落下来，他都要猛打船头去与谷底平行，造成一种落差时更大的下坠，同时还仰脖朝天发出一声近似狼一样的叫唤。我肛门一阵阵发紧，满脸煞白，死死抓着船沿。我开始替队长他爹着想了，我冲胆大包天的大伯嚷："你会把人家的船给弄坏的（我原想说我们会掉进海里去的，可大伯是个军人，估计让他掉油锅他也不会怕，所以只好选择'三大纪律八项注意'里要爱护百姓的一针一线来提醒他了）！"可我听到的却是一声更大的狼嚎。无奈我只好闭上眼睛又喊："大伯，我头晕啦！"大伯一听便乐了，说真没用，还比不上我这个老头子哩。他学电影里（也许是电影学他）那些反动派负隅顽抗时常用的一句话："给我顶住！"然后又很兴奋地补充道："这就是经风雨见世面！"

我咬着牙关给他顶了一会儿，觉得喉咙咕咕作响有东西直往上涌，赶紧又喊："大伯，我顶不住了，我要吐啦！"大伯丝毫没有收手的意思，反而迎风怒吼道："吐吧，吐吧，吐空了你就没事啦。"这哪里是来带我兜风，分明是要整死我嘛。我眼睛一翻哇地扑到了船沿上，朝近在咫尺的浪花狂吐了起来。海水打湿了我的脸庞，我又闻到了那股腥气的臭皮蛋味，吐得越发不可收拾了。

大伯终于关上马达丢开了操纵杆，走钢丝似的摇晃到我跟前，拍着我的脑袋笑呵呵地问："没事了吧？"没事才怪呢，我鼻涕眼泪一大把地瞥了他一眼。想到为了能从他那多要点钱，还要吃这么大苦遭这么大罪，真是得不偿失。大伯从身上摘下那只几乎掉光了油漆的军用水壶给我，我擤了擤鼻涕喘着粗气咕咚咕咚喝了一大半后，才揉着肚皮朝他卖乖说："大伯，您说得对，吐光了是好受多了。"大伯满意地冲我点点头，说："行，不是个孬种！"我很怕他还不过瘾，还去迎风破浪找刺激，赶紧装可怜地朝大海里又干呕了几声。大伯四下巡视了一番，说："就在这吧，你吐的那些可都是上好的鱼食呢，可以把大鱼都招来。"

他开始坐下来组装他的鱼竿。那是三件套的金属材料，又光又亮非常好看，而且鱼线巨粗，简直可以钓人了。见我眼睛发直，大伯很得意地拍了拍上面的转轮，说外国货，质量好极了。我爬过去用手摸了摸，的确是光滑无比。我问他您去过外国吗？大伯仰着头朝后望了望，好像那外国就在他身后不远的某个地方。

"我去过苏联。"他挂上鱼饵，把鱼线唰地甩出了老远。"那苏联好吗？"大伯嗯了一声，说还行吧。他斜了我一眼，旋即就正色道："好也只能说不好，因为它现在是修正主义了，变修了。"我眨巴眨巴眼睛，心想是不是那种有了馒头还想要面包的意思呢？可面包的确比馒头好吃呀。"那美国呢？"我又问。这回大伯回答得很干脆："乌七八糟一塌糊涂。"我笑说您又没去过怎么知道？他严肃地看了看我，说有些东西是不需都亲眼所见的，因为它是帝国主义，而一切帝国主义都是腐朽和没落的——这是谁说的呀？我不假思索地答："马克思。""对喽，所以我们要打倒它。看来你还没白学嘛。"他举着鱼竿站起来，往回扯了扯，"你现在还小，等长大了就会明白很多道理的。"我弯下身子，开始准备自己的鱼竿。一连遭遇了两个主义，头都大了一倍，又碰上了马克思，更觉封了嘴巴，心里难免索然。我倒是很想听听国外的事情，不知道他们那里有没有早恋，算不算胡搞，判不判流氓罪，还有，我偷瞄了大伯一眼，需不需要逃跑？

大伯给我备下的是一种斑竹制成的鱼竿，因为每个结巴用火烘烤过，杆身上又有凤眼，举起来的时候就觉得像条蛇在抖动，心里很是膈应。尽管大伯做工一流，烧制、刨光使它极富韧性也更像是一件工艺品，可与他手中那杆收放自如功能齐备的洋玩意儿相比，还是显露出了它的滑稽，像个小丑，土得掉渣，完全属于小米加步枪的干活。

大伯的洋玩意儿很快就有了收获，它钓到了一条大约一斤重的通身斑斓的"苏眉鱼"，色泽非常艳丽。我很妒嫉，趁大伯不注意时从桶里把炸刺的苏眉抓出来偷偷挂在了我的鱼钩上（并多穿了几个最大号鱼钩），当成鱼饵直接扔回到海里去了。要钓就钓大的，舍不得孩子套不着狼。大伯见我的鱼线在那大幅度的移动，就说你手感重不重？像是有鱼咬钩啦！我闷着头乐，心想是你的鱼在咬钩呢。我推说是海浪造成的，赶紧把线扯到与他相反的地方去了，大伯疑疑惑惑地看我。由于一直没有什么大的动静，我便把那根难看的鱼竿收回来踩在了脚底下，叽里咕噜叽里咕噜当起了消磨时光的滚轴。

大伯一时没了收获，却十分耐心，仍然像站岗放哨那样全神贯注地盯着海面。我则随着汗量的加大逐渐失去了兴趣，开始哈欠连连。也许是大伯那条活鱼饵死翘翘了，我的手感在很长时间里都没有了动静，困意逐渐袭上了眼帘。我强打精神听大伯哼唱了一段京戏（好像是"我坐在城楼观山景"一类的），眼皮一合一张，脑袋也随之成了鸡啄米。在我最后一次能看清的景象里，是已没了声音的大伯，老树盘根似的坐着，脑袋也耷拉了下来，哈喇子从他嘴角抽丝似的一点一点往下拉，亮晶晶的很像稀奇古怪的榕树上垂落下来的老气根。

玩不动了吧？我身子往下一滑沉沉睡去。

在我的家乡也有一种树，长得十分高大挺拔，它的躯干上布满了一个个类似人类的眼睛，一刻不停地注视着。不知为什么，我一看见这些眼睛心里就感到发虚，总担心它会将自己的灵魂摄去，使我的身后不再拥有阴影。很小的时候我就喜欢用小刀或利器将一些白杨树干上的眼睛一个个剜去，让它们日后成了一块块令我捂嘴发笑的伤疤。瞎了眼的白杨树依旧坚挺，依旧快乐地生长，将伤疤顽强保持住了人类眼睛的模样（尽管已经是个睁眼瞎了），至死不渝。在我和那女孩偷情的地方，也有这么两棵让我恼火的白杨树，不大，但碍事。对于它们，我连"睁眼瞎"也无法容忍，这导致我不停地对它们实施剥皮手术，直至最后几成裸体。可就是这样，它们仍能在我够不着的地方冒出新的眼睛，似"人"似"鬼"的越发强烈，害我一直产生心理和生理障碍，将犯"错误"的时间不断押后，直到有一天它们终于枯竭死去。而与此同时，我也东窗事发闹了个苦于逃命的下场。

我觉得这南方的榕树也有点像我们家乡冒"人"气的白杨，青筋毕露的躯干和仙风道骨的胡须，一样彰显"人"的气味（在我不幸目睹了一次人体标本展览后，更坚信了这一点，榕树就是一具褪了皮的尸骸）。它们可能更深沉更鬼魅，当然，也可能更暴力（这与它奇形怪状有关）。白杨是用它的眼睛来静静地注视着世界，而榕树却用胡须、青筋来睥睨众生，蕴含着山雨欲来的气势。两者显然异曲同工都不是好惹的神树。

在大伯住处的门前就有这么一棵榕树，还没有发育成"人"形，但也具有了张牙舞爪的架势。因为有白杨的教训，我不再敢以大欺小伤害它了，只对它敬而远之，甚至从不曾走到过它的跟前。直到昨天大伯偶得了一个偏方，从它上面剪了一把"胡须"回来，要煎煮熬汤医治他的高血压时，我就本能地开始了浑身的不自在。当晚我就梦见了那棵榕树上流下了绿色的血液，滴滴答答越积越多，最后就变成了汪洋大海掀起了滔天巨浪，一下子把我脚底下正熟睡的大伯给卷走了。奇怪的是，我就在大伯的身边，触脚可及，可他在那儿垂死挣扎我却啥事没有，看电影似的。正当我为大伯凄惨的模样而庆幸自己安然无恙时，一颗硕大冰冷的水珠狠狠打在了我的脸上，真疼啊。难道风浪变卦又要冲我而来了？我立刻惊恐地大叫起来。

我是与大伯同时醒来的，醒来时已伸手不见了五指，谁也看不见谁，刹那间我还以为仍然在那个可怕的噩梦里。我听见大伯也在惊慌失措地嚷：坏菜坏菜，天都黑了！我这才跳起来接茬道：天都黑了呀？！

这一觉我和大伯都睡得死，天黑成锅底了竟浑然不知。沉闷的雷声一阵接一阵从不远处滚来，预示着一场暴雨将至。我从没见过这么凝重的黑暗，四周一点光影都没有，不由恐惧得又喊又叫。"大伯，快……走……啊！"急促的阵风使我几乎张不开嘴了。大伯也喊："走……了！"浪涌托举着小船，打着转地飘移。我一手抓牢船沿一手握着鱼线，蹲着身子战战兢兢地嚷："大伯，没……走啊？""没事。"大伯托着他的进口鱼竿摸到我跟前来了。他说你把渔线收回来了没有？我说坐都坐不稳怎么收啊。大伯的声音明显透着不满，"慌什么，还没到丢盔卸甲的时候！你赶紧收，我去开船，等这雨下来的时候咱们已经回到湾里了。"我见他说得这么肯定，心里踏实了下来。

我伏在船沿上，手忙脚乱地开始扯渔线，渔线不知什么时候被放出去了很长很长。我拉了半天后突然觉得手下沉重起来。我说大伯，可能钩住东西了，拉不动了。大伯说拉拉，再拉。我又试了试，说不行，再拉就断了。大伯又摸了过来，说给我给我！他拽过我手中的线，使劲试了试，立刻兴奋地说你小子肯定钓上大鱼了。一道闪电突然在我们眼前竖了起来，我不由得"啊"了一声，坐到了船板上。又一道闪电从天上劈进了海里，笔直得就像一根金箍棒。我缩着脖子问："大伯，这海上的闪电怎么都是直愣愣的！"大伯弓着身子聚精会神扯他的鱼线，心不在焉地说："海上和地上看的当然不一样。"这时我透过闪电才发现黑云就在跟前，几乎要和我们连在一起了。我爬起身扯了扯大伯的衣服，"还是快点走吧，怕来不及了！""来得及来得及，这就完了——我估计呀这条鱼不会小。"

大伯也拉不动了，不过这令他更加兴奋。他俯下身子，像一个伺机扑出的豹子，左手抄起了一个网兜，全然不顾四周的电闪雷鸣。我缩着脖子，一个劲地催他快点、快点呀。大伯猛然把网兜递到了我的手上，叮嘱我在鱼儿冒头的一刹那就用网兜托住它，免得它挣断线后逃走。见他如此固执我也不好再说什么，只盼尽快帮他完成任务好早点回去。这大海太可怕了。

关于这条咬上钩的鱼儿到底有多大，大伯和我探讨了一下，当然，主要还是他一个人的自言自语自问自答。他说这家伙真沉，有十来斤重吧？我望着黑夜说十来斤重。他又说一二十斤都有可能。我就说一二十斤。他又说我真担心咱们的网兜太小了，也许有三十多斤呢。我刚要张嘴附和说三十多斤，就听见水面上哗啦一声，一个庞然大物从海里冒了出来，整整一面墙似的耸立在我们眼前。随着大伯一声惊叫"不好！"那黑影又自由落体重重砸回到海里去了，消失的那一刻，它的眼睛在闪电中几乎与我面对面贴了个正着，贼亮贼亮的，我完全惊呆了。大伯一把扑倒了我："快趴下！"我这才全身一软瘫成了一团烂泥。

怪物砸回去涌起的波浪几乎要把我们的小船掀翻，溅起的水帘像瓢泼的大雨把我和大伯里里外外浇得透湿。我看见大伯连滚带爬回到操纵杆那儿，把油门轰到了最大。"见鬼了，"他大叫着，"坐好坐好，开船啦！"马达发出的声音与小船前行的速度一点也不成正比，像老牛拉破车半天也没挪出危险区域。

"这个老渔鳖！"大伯恨恨地骂队长他爹，"我明明让他借台状况好点的，偏偏给了这么一条破家伙。"

小船吃力的总算驶出了百米之遥。我惊魂未定地不断回头张望，"大伯，那是什么东西？"大伯抱着舵杆如实回答"不知道，"然后又似自言自语，"没听渔民说过这附近有什么大鱼呀，今天叫我给碰上了，奇了怪了。""您说它会不会来追我们？看上去它比咱们的小船还大呢。"我紧紧抓着船沿，盯着波诡云谲的海面，黑暗中吹来阵阵陌生恐怖的阴风。"不会，"大伯对我的提问不以为然，"它怎么敢来追我们人呢。"我想想，也对，说不定那家伙自己也吓了一跳，跟我们一样正逃窜着呢。不过，我又觉得大伯这句话也有毛病，它怎么就不敢来追我们人呢？它那样大我们这样小，何况它生活在海里我们活在陆地，它知道我们吃几碗饭啊？这里可是人家海龙王的地盘。我对大伯的判断力开始表示怀疑了（从他贪婪地想捞大鱼到惹出个妖魔鬼怪后，我就坚定了他也会犯错误的念头。点蚊香熏蚊子都能把自己熏晕喽，还算是完人么）。

小船嘭嘭叫着，好像走进了望不到尽头的原始森林。我又开始不放心了："大伯，黑咕隆咚的，您看得清方向吗？"大伯很自信地说我闭着眼睛都能开回去。我将信将疑"哦"了一声，想想又觉得哪里不妥，现在不正跟闭上眼睛一样嘛，上下左右都一个颜色，除了偶有几道闪电那也分不出东南西北啊。我说大伯，您还是仔细看看，今天晚上可没有星星。"放心吧，"大伯仍对自己信心满满，"咱们离湾口不远，出来时是向左，现在回去往右就是了，进了湾里就有导航灯了，说不定队长他爹已经开船来接我们了。"

我见他说得头头是道，就不吱声了，锁紧眉头死盯着前方，期待着导航灯出现的那一刻。

"孩子，"大伯突然说，"等会儿回去有人问你为什么这么晚回来，你就说你明天要走了，缠着大伯带你出海来多玩了一会儿，耽搁了，懂吗？""你才贪玩了呢，我什么时候缠你了？"我冲着大伯那团浓得化不开的黑影不满地嘟哝了一句，心想今天差点就没命啦。

憋了半天的大雨终于还是倾盆而下了，小船顷刻就被风浪托举得要飞了起来，又摇又晃又颠又敦，像要把我们全抛出去。雨珠很大很密集，像冰雹一样砸得我嗷嗷直叫抱头撅腚无处藏身。大伯扑过来一把把我揽进了怀里，我们两个互相顶着尽量保持着小船的平衡。

只一会儿工夫，小船里的雨水就淹到了脚脖子上。"你趴好了，千万别动！"大伯抓起装战利品的铁桶（他稍微犹豫了一下，大概没看见他钓的那条鱼吧），左摇右晃地往外掏起水来，磕磕绊绊一连摔了几下。我起先怕得要死，以为今天过不去了，可看见大伯狼狈不堪的样子就更感到不去帮一把必死无疑（奇怪的是这样的大风大浪我反而不晕船了）。我冲上前去一把抢过大伯手中的铁桶，爆发力般地大掏特掏起来。我干得十分卖力也十分慌乱，兴头上一不留神就掏空了一把，把手中的铁桶当成积水顺势给倒出去了。大伯在我身后狂叫了一句"快抓住"，便飞身过来不要命地把手伸向了大海。那水桶只在他手边打了个晃就没了踪影。我怕他乘势也把自己扑出去，赶紧从身后扯住了他的武装带。正万分危机时大雨突然小了下来，转眼就成了滴滴答答，像开始时那样的零星沫子了，风势也变成了强弩之末，海面逐渐安静了下来。我吐了口长气，瘫在船上万幸地感叹：真是暴风骤雨啊。

大伯盯着铁桶消失的地方，很是不满地埋怨道："你小子，真行啊，这么好一个铁桶你就给扔掉了！"我终于能看清他的脸了，海上生明月了，不过那是一张又沮丧又气愤的脸。"我又不是故意的。"我脱下背心来拧水，心想不就一个破水桶吗，比命还金贵？我嘟嘟囔囔又开始脱裤子，裤子至少也比平时沉重了十倍。

"你懂什么？"大伯不依不饶，"这可是件有来历的东西。"我见他呆坐在马达前，一副痛心疾首的样子。总不会是哪位领袖生活和战斗用过的东西吧？那也应该放进纪念馆里才对。我装聋作哑不再吱声了。

远去的黑云在天边不断闪出榕树枝似的电光，偶尔几声雷鸣也像来自天外。想想刚才那段疯狂，我仍心有余悸。

马达突突叫着，船头迎着波涌发出一阵阵哗哗声。我朝大伯前行的方向望了望，毫无接近陆地的样子，"大伯，还没看见导航灯啊？都走了半天啦。"大伯依旧气鼓鼓的样子。我旁敲侧击想把他拉回到现实中来，"按您刚才说的向右也早该进湾口了呀？也早该看见一闪一闪的导航灯了呀？""我知道，"大伯回敬了一句，"你老老实实坐着！"大伯心浮气躁地咕哝："刚才又是风又是雨打着圈圈，谁还分得清右啊左啊——我们迷航了。"

"什么，迷航？是不是就是迷路呀？！"我腾地站了起来，瞪大眼睛问，"您不是在逗我吧？""为什么要逗你？""……我弄丢了您的铁桶啊。""你还知道啊，那是无法挽回的损失！""……那到底迷没迷、航呢？""迷了。""那您还想您的铁桶啊！""为什么不能想啊？航迷了可以找回去，桶丢了还上哪儿找啊！"

轻重缓急都分不清了嘛！我气嘟嘟地看着他，突然想起他所害怕的东西，赶紧说您不担心回去晚了交不了差吗？大伯闻言立刻就一言不发了，同时油门也轰大了一倍。总算找到治他的办法了。

"还记得我刚才跟你说过的话吗？"行驶了一段后大伯问我。"哪句？"我以为他又搞不清方向了，心里咯噔了一下。"回去怎么说呀？""哦，记得。"大伯说还得再加一条，我们碰上了大雨——躲雨来着。"怎么躲？""看不清路了呗。""……嗯，那要不要把看见怪物的事儿也一块说呀，说您和它英勇搏斗奋不顾身来着？""扯淡，别胡说啊，谁信呀，人家还以为咱们要掩盖什么呢。""可这是事实呀！"我据理力争。对我来说这可是天大的事，惊心动魄，没理由不炫耀。"少来，"大伯堵了我的嘴巴，"这年头不讲实事求是——你不懂。"这最后一句又伤了我，我往船头上一坐，懒得再给他出谋划策了，好不好交差跟我有什么关系，我只要能回去就行。

小船突突声变成了吭吭声，且忽高忽低很是吃力。我有些担心，大伯现在一门心思赶路，把油门轰得声嘶力竭，连喘口气的时间也不给人家，千万别坏了啊。

正想着，发动机突然就开始了挣扎，很快就偃旗息鼓下来。还真他妈心想事成呀！我看见大伯慌了手脚，瞎摸瞎碰被烫得呼呼直吹，抓了几次耳朵也没能使马达重新发动起来。我焦虑地探着头，学大伯口气说："这回真坏菜了，回去又得加一条马达问题了。"这话弄得大伯更加烦躁，直起腰来就朝发动机踢了一脚，大骂今天中了哪门子邪了，这马达也闹情绪！他瞥了瞥我，说你不是都高中生了吗？高中不学点机械电工吗？你怎么什么都不会啊！我见他转移了矛盾，赶紧缩到一边去了，心想我学"机械电工"了吗？可我只知道什么是正负两极呀。我心虚地以攻为守："原来您只会开船不会修船呀！"我本来还想说"一直以为您是正儿八经的海军呢，原来还只是个会冲锋陷阵的陆军嘛"，见他急得团团转，生怕火头上惹了他让自己多要钱的如意算盘落空，这才把后半截话给吞回去了。

心虚归心虚，我也不能太无动于衷，否则就显得自己太没本事啦。我学着他的样，先照发动机上狠踹了一脚，指望这么一下兴许哪根筋就开了窍呢（我们家的收音机就是这样，时常需要狠拍几下才不会哑巴结巴大舌头）。可我刚伸出脚去准备踹第二下时，大伯突然咆哮起来："你他妈还想把它也踹到海里去啊！"我吓得扑通一声失足跪下，双手抱住了马达。这点危害性我还是知道的，没了它我们用双手狗刨回去呀。

失去了动力的小船，就像个无头的苍蝇，不停地在海面上打转转。我和大伯都无计可施地干坐着，偶尔大伯还会伏下身去把手伸进水里，徒劳地以手当桨划动几下，小船显然并不理会这种隔靴搔痒似的努力，一点反应也没有。大伯泄了气，说算了，咱们还是老老实实等待援兵吧，他们肯定会找过来的。我说他们能知道我们在哪儿吗？"怎么不能，天一亮能看清几十公里呢。""那还要等到天亮啊！"我差点叫了起来。"怎么了，不就一个晚上吗？这点苦都受不了！"大伯显然大为不满，"你们现在这些孩子啊，就是吃不了苦……你饿了吧？"他终于想到了点子上。我瞥了瞥他，感觉一肚子委屈。这老头怎么这么不会关心下一代啊！我带着情绪说不光饿，还渴，渴死了。大伯先从他身上摘下那个破军用水壶摇了摇，说还有一口，你快喝了吧。我接过来一干而尽，然后很不客气地吧唧吧唧嘴巴说太少了，刚够润嗓子的。大伯弯腰用水壶从船底还剩下的雨水里淘了一点递给我，我慌忙摆手说这怎么能喝啊，脏水嘛。大伯嘿嘿笑了一下，仰起脖子全倒进自己肚里去了，还像喝了老酒似的，吸着气说："啊，很久没尝过这种滋味了，想当初……"我赶紧打断了他，说那我们吃什么？"有馒头，"大伯伸手去军用挎包里掏，"我特意让炊事班准备的，还夹了榨菜呢。"他话音刚落就改了口，"坏菜了，让雨水泡烂了。"他小心翼翼地一点一点剥去与馒头融为了一体的信纸，递到我手上说："吃吧。"我双手捧着，软沓沓的，稍不留神就会掉下来一大块。我看了看他，估计他也再拿不出什么像样的东西了，只好仰起下巴很不情愿地把水馒头放进了嘴里，几乎不用嚼就化了，一点滋味也没有。

经过这番折腾，又吃了雨水泡馒头后，我觉得我和大伯也算是共患难过了，便言归正传地问："大伯，我明天还走不走哇？"我以为他肯定会放我一马，至少也该象征性地征询征询我的意见，我也好趁机开口提出些条件来，比如能否再多给点钱什么的。谁知大伯刻不容缓，一点也没犹豫地就说："明天走不成后天走。"我瞪着眼睛心里顿时凉了半截。这老头真是铁石心肠无情无义啊。

我看他细嚼慢咽吃得津津有味，还一口一口地喝那破脏水，就气不打一处来。"大伯，"我刺激他，"您回去晚了真有那么严重吗？"他嘴巴立刻就不动了，显然，没胃口了。"现在那边肯定已经闹翻天了。"他望着自认为13号信箱所在的方向沉思起来。"为什么？"我将信将疑。大伯叹了口气，收回目光苦笑了一下，"因为你大伯是一个被人看管的大官呀，一个被人看管的大官脱离了视线，你说严不严重？""有多严重？"大伯看着我，顿了一顿："逃跑、通敌、自杀，至少前两项就够给我们的革命事业造成巨大损失的。"我看他说得煞有介事，再看看他现在的狼狈模样，心里就觉得好笑，都改造分子了，还有那么娇贵吗！自作多情吧？

"怎么，害怕了？"大伯见我半天不吱声，就在我肩膀上拍了一掌，"所以呀你老跟着我干什么，回去好好读书，那才是你最要紧的事儿。——哎哟，"他突然双手捂肚弯下了身子，一脸的痛苦状。我以为他想彻底吓倒我，便端坐一旁冷眼观望，可见他龇牙咧嘴憋了足足有一分多钟的气就有些害怕了。"怎么了，您？"他一点点直起腰来噜地就往船尾上跑，摇摇晃晃地解裤带，"闹肚子啦！"他双手环抱马达，一截白屁股就撅到船外面去了，噼里啪啦一通山响。我嘿嘿笑，心想我上吐他下泻，扯平了。我幸灾乐祸地说您不听吧，这雨水不能喝三岁毛孩都懂。大伯时时刻刻把"坏菜了"挂在嘴边，这回终于让他说对了一次。大伯憋着气嗯嗯了半天，又是一通轮胎戳破的声音，臭气瞬间钻入了我的鼻孔，我赶紧捂住了。大伯吐出了一口长气，深深缓过劲来的样子。"他奶奶的！"他很解气地说，"现在还真是不行了，想当年你大伯我什么水没喝过呀，就差没直接喝毒药了。"他显然想趁此机会炫耀一下历史，可我不想再被他牵着鼻子走了。我想起他用外国鱼竿而自己却用破竹竿子，就打断他说："那您是不是也变修了——成修正主义了？"大伯很惊讶地看了看我，"你倒很会上纲上线嘛——可你说得也有点道理，"他喘着气说，"是有那么一点变修了，首先这身体就不行喽。"他四处望了望，"这大海的晚上还真比白天让人舒服。"

我在心里喊了一声。这后一句简直莫名其妙，白天的大海就已经辽阔得让人找不到边了，这阴森晦涩的夜海还不更让人深不可测如惊弓之鸟呀！我见大伯开始时拉得异常痛苦，像受酷刑似的，后来就转变成陶醉了，半天都不愿起来，我端坐下方，很难避开那沁人心脾的臭气，忍了半天后终于说："您就不怕那怪物突然窜出来咬您屁股蛋子吗！"大伯一听就窸窸窣窣去挎包里掏纸，显然，那纸也成纸浆了。他往船里看了看，招手叫我把竹竿子递给他。我说您还想钓鱼啊。他说哪呀，擦屁股。"用竹竿擦屁股？"我好奇地看他。他把头勾进了裤裆里，然后将骨节粗大的竹竿贴着屁股缝一路旋转着蹭了下去，蹭进海里后哗哗涮两下，干净的抽出来再蹭、再涮就站起来了。

"奶奶的，"他杵着湿得发亮的竹竿蹬了蹬腿，瘸子似的又捶了捶腰，"麻了筋了——你睡一觉吧。"话音未落他又跳上马达那蹲着去了。我在喉咙里嘿嘿了两声，又给他递了两回竹竿子后就没再搭理他了，我实在困极了。

第二天我是被太阳烤醒的，就像有人用了一块放大镜，把全部光源聚到了我的脸上，火候一到嗤地冒出一股青烟，浑身一哆嗦就醒了。醒来时我眼前一片灿烂，差点没就此失明。等我适应下来能看清东西时，大伯以一个行将入墓者的造型映入了我的眼帘。他嘴巴大开，四仰八叉倚躺在马达下边，脑袋枕在船沿上与脖子构成了直角，在小船一上一下的荡漾中直愣愣地冲着我。我赶紧爬过去叫了他几句。大伯丝毫没有反应，两眼都翻白了。我吓了一跳，这才看清他发乱如蓬形销骨立，整整瘦去了一圈！难道我昨晚相依为命的是一个陌生人！

我又拽了拽他，大伯白磕磕的胡根都爬上了脖子，晶莹发亮，额头上那几块掏水时撞破的瘀伤也肿胀了起来。我汲取上次叫人抢救结果却挨他臭骂一顿的教训，抡起手来就想先给他一个大嘴巴子。可我最终还是没敢造次，只是轻轻碰了一下他那高高隆起的喉节他就活过来了。大伯身子不动眼珠动地看了看我。我问他怎么了？他手指头无力地指了指自己的肚子说："拉坏了，一点劲儿也没有了。""那怎么办！您有没有带药？"我去翻他斜背在身上的挎包，里面刀子剪子绳子都有，还有治心脏病的急救包，就是没见治拉肚子的。我说坏菜了，这回真坏菜了。大伯见我说他的口头语，无声地笑了一下，然后就无可奈何地说："孩子，还有更坏菜的事儿呢，咱们这回可真不知道漂到哪了。"

"什么？！"我这才抬起头来看了看四周，果然是海茫茫一片，一点地平线的影子也没有。"您不是说会有人来找我们的吗？"我盯着他，试图从他脸上找出一丝天塌不下来的表情。可我看到的只有沮丧。

"我们昨晚遇上了一股往南去的海流，"大伯乏力地把头靠回了船沿，"已经漂出去很远了，他们要找到我们又得花很多力气了。"说完他又闭上了眼睛。

我站起身四处又张望了好几遍。在没有证实迷路（那该死的迷航）以前，我似乎还一直心里有底，总以为是在大陆的边缘上航行，始终有一种可依可靠的感觉。现在猛然听见真迷航了，顿觉处在了大海中央，上下不沾左右不靠，空荡荡的心虚极了。

"都怪您！"我终于忍不住抱怨起来，"偏要钓什么鱼，还'闭着眼睛都能开回去'呢，我再也不相信您了！"

大伯有些吃惊地看了看我，他显然很不适应我会这样埋怨他，可眼下窘况他也无话可说，憔悴的脸上更显郁闷。

我拿起竹竿在船上打来打去，大伯皱着眉头说你这孩子怎么这样！我撇着嘴巴看了他一眼，便在船沿上坐下了。"那现在怎么办？"我期期艾艾地问，"您就再也没有别的办法了？"大伯吃力地坐正了身子，偏过头去朝远处望了望，说咱们现在是往东南方向走，估计——已经在公海上了。"什么叫'公海'？"我顺着他的方向往前看。"公海就是公共的海，谁都可以进来，咱们，算是出国境了。""出国……境啦？"我本能地从船沿上滑落下来，像有枪林弹雨似的猫着身子四下张望，"那到哪一国了呢？不会是苏修美帝一伙的吧？"大伯摇了摇头，"这海洋不比陆地，出来就到别人家，海上相互还差得远着哪。"

我两手搭在膝盖上感觉口渴得快冒烟了。"真希望能再下场大雨，越大越好。"我舔着干裂的嘴唇望着有无数光圈的太阳说。大伯脚下的那摊积水正随着高温在一点点蒸发。我艰难地咽了口唾沫。大伯抬起手来对着手表眯了很长时间，表情焦虑地说："出来十五六个小时了。"

"大伯，"我突然像想起了什么，侧过身子问，"您这么大的干部，又对他们这么重要，那他们就一定不会放弃您，对吗？"

大伯不明白我要说什么，呆呆地盯着我。

"那他们一定还会继续找我们喽？"

"那当然。"

逃

"这就好了，最好能派一架直升机来。"

我站了起来，仰望天空重新燃起了希望。如果真像大伯所说他的失踪会给党和国家造成巨大损失，那上面肯定就会生要见人死要见尸了，就像我刚来那会儿所见到的一样。说不定我还能因此尝一回坐飞机的滋味哩。

整整一上午我都以仰望的姿势期盼着救命恩人从天而降，以致于脖梗僵直模样成了二傻子。我把长裤脱下来握在手里，随时准备当作摇旗呐喊指引方向的坐标。我的脸上淌的已不再是汗水，而是黏乎乎的板油了。

被我大惊小怪叫了无数次的"看"后，大伯显然再也没有兴趣理会那些海市蜃楼了，一个人安安静静躺着，像个布娃娃，只会偶尔动动眼珠了。过了中午以后我也挺不住了，看见大伯撅着屁股舔了那点即将消失殆尽的积水后，我也跟着爬了过去，后果会怎样一点也不重要了。

毒辣辣的日头彻底打败了我，令我无地自容地只能把头埋进了裤裆里，以至于到最后我的头越埋越低，屁股拱得越来越高，像个缩头的乌龟。

"我受不了啦！"我痛苦不堪地喊。

"你应该下海去泡泡，降降你的体温。"大伯被我吵得无法安身。他脸上已经被太阳晒得通红通红，像要准备出台去唱大戏一样。

"我不去，"我说，"我怕那怪物。"

"有什么好怕的，那只不过是一条大一点的鱼而已。"大伯从挎包里扯出了那卷麻绳，"来，我给你绑上，有情况我就拉你上来。"

我刚犹犹豫豫地脱掉背心，他就伸过手来扒我短裤，我一惊跳开了。"还怕羞啊，这地方又没人看你。"我斜他一眼，说没人看我也不脱，心想你不是人啊。

大伯没再废话，把麻绳往我胳肢窝底下一穿胸前一绕再顺势一推，我就扑进海里去了。没等我在水里立稳他就收起绳索把我半吊在了小船边上，脖子以下浸在水里，脑袋瓜子刚好处在小船遮阳的阴影下。我顿感舒服了许多。

大伯见我安静了，自己又重新躺下，头枕在靠近我的船沿上，用挎包遮了脸。"孩子，"他给我打气说，"人的一生啊总会遇上各种各样的困难，最要紧的是要能顶住。我们过去碰到的麻烦比这多多了，很多人都因此犯了左倾盲动主义、左倾冒险主义、右倾保守主义、右倾逃跑主义，我们呀，始终如一，咬着牙坚持下来，建立了根据地，开创了新局面……"

我听见那声音嗡嗡的，似睡非睡，生怕大伯开小差忘了我的存在，两手扒着船沿，眼睛一刻也没敢离开过可疑的水面，随时准备逃回船上。

太阳终于在海平面上退去了，饥肠辘辘刺激得我恨不得把船皮啃一块下来。我把没有鱼食只有鱼钩的鱼线都甩进了海里，指望像姜太公那样愿者上钩，或者瞎猫逮死耗子，冷不丁钩出一条大鱼来。大伯对我徒劳的举动不加干涉，只是静静地看着。一场阵雨如期而至，刚才我还晒得晕头转向这会儿让大雨一淋又冻得瑟瑟发抖起来。大伯在最后一抹亮光中再次焦虑地看了看他的英纳格手表，咕哝了一句：都过了二十多个小时了啊。

他如此精确的算计时间，想必在掂量着"脱队"性质的变化。二十四小时之内，似乎总有无数理由为自己申辩，就算给他一双翅膀，他也未必能溜出国门通敌后再折返回来继续潜伏。但二十四个小时之后呢？一天一夜，"整整失踪了一天一夜！"多么严重多么可疑多么容易让人产生无限遐想的时间刻度，就像人们墨守成规的"一二三！"通常在三之前仍可讨价还价，三之后就俨然既成事实了。所以，大伯陷入了一种被思维定式操纵的恐惧中，生怕那时间一过百口莫辩，跳进黄河也洗不清了。

果真，在接下来的时间里，大伯像打了鸡血似的又精神起来。他趔趄着脚步拍马达，扯绳索，反反复复拨弄，慌张而又虚弱的几次差点跌进海里。而我，肚子里的咕噜声消失了，伴随而来的是一种剧烈的疼痛，好像体内的每一个器官都搅动了起来。我双手抱膝奋力抗争，饥饿的疼痛，真让人苦不堪言。

这天晚上我不再惧怕无风三尺浪的大海，饥寒交迫已使我昏昏沉沉迟钝了一切。当大伯还在焦虑那二十四小时即将到来的时候，我明白不会再有被"亲人"搭救的奇迹。我冲跟我一样虚脱下来的大伯嘟囔了一句"骗子！"然后就昏睡过去了。丧失了一切欲望之后，我竟然睡得香极了，一个梦也没有。然而，这个过程并不长久，半夜里我不时地被饿醒冻醒，又在冻醒饿醒中昏去。

清晨，一阵隆隆的声响使我睁开了眼睛。一艘轮机船正朝这边驶来，上面黑压压站满了人。我以为又是幻觉，重新把眼睛闭上了。轮机船离我们越来越近的时候，嘈杂的人气声也传了过来，我一跃而起，拼命揉自己的眼睛。

"这是一艘偷渡船。"大伯似乎早已醒了，正扒在船沿上万分警觉地注视着，那神情很像一个嗅出了天敌的动物，鼻孔忽扇忽扇翕动着，脸上挂着类似梧桐树一样大块大块的脱皮。

"偷渡船？"大伯的神情感染了我，我也不由自主地伏下身子瞪大了眼睛。

轮机船的瞭望塔上也爬满了人，像在进行一场攀岩比赛。

"孩子，"大伯偏过头来，表情十分严肃地看着我说，"从现在起什么情况都有可能发生，记住，任何时候都不能暴露大伯的身份，懂吗？"我聚精会神地看着那些热闹的人们，大伯的话一句也没听进去。

轮机船快从我们跟前驶过时，观望我们的人群里突然有人向我招手。我定眼一看，立刻就跳了起来。那不是西北大胡子吗！他怎么

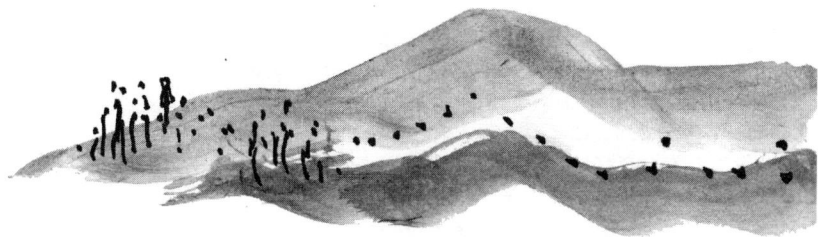

轮机船的瞭望塔上也爬满了人，像在进行一场攀岩比赛。

会在那儿？我又惊又喜，"我认识他！"我冲满脸错愕的大伯嚷，"是我在火车上认识的！"那船似乎降低了速度，好像还朝我们这边靠了过来。大胡子挤到船边上，两手拼命做着让我上他那去的手势（有点像他当初隔着玻璃门问我还要不要馕饼的样子）。那些偷渡的人也跟随他一块向我挥起了手臂，嗷嗷叫唤着欢声雷动。我激动极了，一脚就踏上了船沿。"你想干什么？"小船倾斜了一下。大伯见我跃跃欲试，立刻瞪起了眼睛。我已经顾不了那么多了，我说我要去那边。"你敢！"大伯摆出一副凶狠的面孔吼叫起来。我看了一眼他裂开的嘴唇，跟七沟八梁一面坡似的，就说再不去就饿死啦。"饿死也不许去！"大伯站起来一把抓住了我的胳膊，死盯着我的脸说，"那是偷渡！是背叛祖国和人民的重罪你懂不懂！"我一甩手挣脱了他，心想我已经犯过一次罪了，无非是再犯一次。大伯很固执，一边拽着我一边喷粗气，小船在我们的拉扯中剧烈地摇晃，我俩像在跷跷板上蹲马步，既要拼脚力也要保平衡，动作夸张而奇特，最后双双摔在了船板上，我被大伯压得几乎喘不过气来。偷渡船加足马力从我们身边开过去了，我从压瘪的脸蛋中看见大胡子的手臂依然在高高挥舞，顿时伤心地哭泣起来。这么好一次机会就这样被大伯粗暴地剥夺了。

我翻身坐起来，气愤地指责大伯说您就知道您自己，什么什么大官多么多么重要如何如何损失，谁看上您了！吹牛！骗子！人家根本就不稀罕您！大伯眼睛瞪得滚圆，他大概怎么也不会想到我会说出这样的话来。"混账！"他气愤至极地朝我抡起了胳膊，我还没看清楚脸上就挨了一巴掌。我愣住了，大伯也愣住了，只是他胸脯依旧在心潮起伏。"你怎么好坏都分不清了呢！"他愤愤地又在自己大腿上狠拍了一下，痛心疾首地退回到老地方坐下了。

我捂着打疼的半边脸，倔犟地说："都跑出国境了，不跟叛逃一样啊？谁还说得清呀——"大伯噌地又站了起来，额头上的青筋粗爆得像两条毛毛虫，"我没有叛逃！"他暴跳如雷道，"你为什么要说我叛逃！"我一看他又露出了吃人相，赶紧把嘴巴闭上了。"我许要饭就是死也是国家的鬼！"他挥舞双拳，语调铿锵，两眼炯炯放光，好像这两天来的苦难不曾发生过。我噤了声，背对他躺下了，哼，不就是一个许要饭吗！泪水扑簌簌地从我眼里涌出，我没有去擦拭，任它流淌。我发誓我今生今世再也不理这个许要饭了。

太阳在天空中融化着，不断流出的熔岩形成了蒸腾的气浪，把一切都给吞噬了。我和大伯各自躺在一边，像两条晒干的咸鱼，再也翻不过身来。

不知过了多久，我被一阵清凉激醒，发现自己又被绑在了海水中，胸脯以下晃动着一截变了形的白身子，许要饭居然把我扒光了。我伸长脖子朝船里看了看，许要饭依然像个死尸似的趴着，一动不动。

傍晚的天空终于迎来了一片血色的残阳。一阵隆隆的马达声也再次由远及近。许要饭噌地坐了起来（他似乎总能在关键时刻清醒过来），四处张望了一会儿，然后就叫了一声"不好！"，纵身一跃扎进了海里。我看见一艘被落日涂抹的同样血色的舰艇劈波斩浪向我们驶来，斜拉索上有一面猎猎飘扬的异国旗帜！

许要饭从水里冒出来就急切地冲我吼："快，快推船！"他两手顶住小船拼命蹬起腿来。

我看清了艇上身着制服的异国军人和高高架起的机关枪后也慌了神，赶紧转过身去与许要饭一起推了起来。过去只在电影里见过敌人，这回可活生生撞上了，恐惧的感觉顿时通遍了全身。我禁不住心发慌手发抖地回望个不停。

高音喇叭里先是鸣拉一阵警笛，随后又喊出了中国话，"你们已经闯入 F 国海域！请你们迅速离开！迅速离开！"警笛随即又刺耳地器叫了一声，能把人吓得魂飞魄散。

我张皇失措又拼命蹬了几下腿就再也蹬不动了。许要饭显然也跟我一样，大口大口地喘粗气，一副筋疲力尽的样子。他看了看我后就放弃了推船，吃力地爬回到了小船上，然后又伸过手来把我也拽了上去。我正要去穿裤子，他却抢先一把抓在了手里，偷偷一甩就扔进了海里。我惊呆了。许要饭没容我张嘴，使劲一拨又把我挡在了身后。这时快艇已经快贴上小船了，我慌慌张张赶紧与许要饭一前一后蹲在了马达下边，瞪着惶恐的眼睛注视着那些高高在上虎视眈眈的异国军人。我没有忘记用手捂住自己的裆处。

快艇围着我们笨拙地转了两圈，划出的波浪将小船冲得晃晃悠悠，我和许要饭各自抓着船沿撅着屁股模样十分狼狈。

随即他们就抛下一根缆绳，"把船固定，检查！"军人们站在栏杆边上用手气势汹汹地指着我们。缆绳就落在我旁边，我看了看许要饭，他却伸手在我光溜溜的屁股下面狠掐了一下，我差点跳将起来，他又拿手一箍揽住了我的脖子。看得出他比我更紧张。

巡逻艇上终于跳下了一个挎大枪的人，手舞足蹈跟着小船一块晃悠了好半天后才站稳下来。站稳后他就拾起那根缆绳缠在了船头的绳座上，然后返回身来用大枪示意我们"站起来"，并命令道："锯（举）去（起）少（手）来！"我捂在下面的两手被他用枪口挑开了，只好又编起了腿。有生以来第一次"举手"，而且一举就举在了外国佬面前，还把下面也一并亮了出去，这"投降"的感觉真是强烈。我恨恨地斜了许要饭一眼，他为什么要扔我裤子！

许要饭没举手，扶着我的肩膀装聋作哑地与人家对视。那个黑乎乎的军人（可他的牙齿却白得晃眼）突然伸出手来麻利地解下了他腰间上的武装带，那上面分明印着一颗可疑的五星标志。我看见许要饭额头上的汗水刷地冒了出来，淌得像涓涓细流。我再看他穿的也是一条国防绿的军裤，心想"坏菜了"，冲他这身着装就属于不打自招，跟与我偷情的那个女孩子双手捂脸一样。他才应该把自己的衣服扔到海里去。

我的感觉显然没错，艇上的人接住那条抛上去的武装带后，很快又跳下一个挎大枪的人，操一口更生硬的汉语喝斥我们双手抱头"劝（全）不（部）鬼（跪）哈（下）！"我听得十分费力，可看他那架式我还是很快明白了，正好，我也可以趁机掩饰那该死的私处了。我扑通一下跪得异常迅速，一点也没拖泥带水，可这样一来就把一旁装傻充愣的许要饭给衬托得格外招人现眼了。刚跳下来的家伙直直盯了许要饭几秒钟，然后歪脖斜眼地蹶到我们身后，朝许要饭膝盖窝里猛踹了一脚，许要饭两手向上一舞就不由自主地与我看齐了。不过他依然别别扭扭不肯完全就范，既跪不稳也蹲不下，模样就像他又在拉肚子。两个大兵见他很不老实，拉动枪栓呜啦啦怪叫起来，还用枪头直接抵在了我们的脑门上。乌黑冰冷的洞眼足以让我哆嗦出一泡尿来。

许要饭似乎要暗示什么，不看大兵只顾斜我，眼里也一样目露凶光，好像我也要成为他的敌人了。我哪经得住这样两头夹击，终于忍不住"哇"地一声纵情大哭了起来。这是我出逃以来发自肺腑的嘶鸣，伤心之致，痛不欲生。大兵们见我这副模样（主要是个光屁股的孩子），大概相信了许要饭的哑巴身份（蓬头垢面一脸憔悴，而且老态龙钟已三度灼伤），查过船上一无所有后，又跑到发动机那儿扯扯拽拽了几下，然后摊开双手，向艇上的长官表达了无法发动的意思。长官厌恶地拿手一挥，两个军人就依次爬回去了。巡逻艇加大了马力，把我们向前拖去。小船顿时像恢复了动力，又有了风驰电掣的感觉。我和许要饭死死抓着吱嘎吱嘎快要解体的破船，生怕给抛进海里。巡逻艇行驶了一段时间后停了下来，我原以为他们会把我们拖回到军港里去，一顿严刑拷打是少不了了，但给点吃喝应该不成问题，可他们却解开了缆绳，任由一股由西向南的海流把小船与他们分开了。

在他们离去时，有人高高抛来了一样东西砸在了小船的船板上，"咚"的一声，像要把小船凿通了似的。我以为是颗要毁尸灭迹的手榴弹，吓得扑通一下双手抱头趴下了，许要饭却冷冷看着什么反应也没有。那东西有文具盒那么大，略显厚实一些，橄榄绿色的包装纸上印着洋文。我抬头看了看许要饭，想起再也不理他的诺言，自问自地说"什么东西？"许要饭依旧惊魂未定地盯着已经驶离的巡逻艇。他现在看上去纯粹就是个惊弓之鸟了。我拾起那东西闻了闻，撕开一角，有一股清甜的麦香扑鼻而来，五脏六腑立刻大合唱起来。"好香啊，"我兴奋地喊，"肯定是吃的！"正要开包许要饭却扑了过来，我料到他又会耍什么花招，赶紧一闪他就从旁边飞过去了，把自己重重地磕了个狗啃屎。我光着屁股爬到另一头，与他保持着最大距离。

"丢掉！"许要饭爬起来擦着额头上的血迹厉声道。"不！"我回答，并且抓紧时间狠咬了一口。许要饭眼里像要冒出血来，他疯了似的又扑了过来（我差点没给他扑到海里去），我俩你争我夺滚在了一起。许要饭一直奄奄一息这时候却力气大得惊人，三下两下我就顶不住了。眼看他就要得手，我急了，张开嘴巴就在他手臂上猛咬了一口。许要饭哎哟了一声，却没撒手，硬是从我怀里给夺过去了。我是眼巴巴看着他扬起手臂，把压缩饼干扔进了海里，溅出了一丛白花。

"你为什么要扔它！"我歇斯底里地大叫，"许要饭！那可是吃的呀！"大伯怔了一下，他可能没有料到我会这样唐突叫出他的名字。一瞬间，我也愣住了，喊出许要饭三个字真是水到渠成顺口极了。虚弱的许要饭没再搭理我，揉着被我咬痛的手臂又回到他的马达下边，耷拉下已然极度疲惫的脑袋。

望着远去的巡逻艇，我心里失落到了极点，又一线生机被许要饭剥夺了。我两眼射出了熊熊怒火，突然觉得我现在开始仇恨他了。

刚才那番折腾，显然耗去了许要饭最后一点力气，很长时间里他都没有了动静。

真恨不得他现在就死掉！

这一念头猛然出现时，我只是稍微愣了一下，可很快我就冲动起来，浑身燥热地立刻就想实施了。

我死死盯着一动不动的许要饭，两手颤抖着。

天上的星星在我面前组合出了无数个图案，非生即死成了我唯一的选项。凉风习习，我试图超脱出来，回忆一下那天晚上出逃的经过，可那竟然像很久远的事情了。现在，我已经不那么后悔自己尝试过一次了，甚至还隐约感到了有些庆幸。天地是那样的辽阔（像现在的大海），人类又是那样的渺小（比如我），渺小在辽阔面前除了自卑、恐惧，还能期望什么呢？我曾幻想用出逃的方式来洗心革面重新做人，上天却注定要我踏进另一个更加疯狂的境地：非生即死，或者，你死我活。这多么令人颓唐、沮丧啊。

我忍受着极度虚脱后的沉重与迟钝，一点点靠近了许要饭。许要饭虽然眼睛紧闭嘴唇却一直在蠕动，仿佛在诉说着什么。我把耳朵靠了过去，含含混混一句也听不清楚。也许他还在惦记着怎么回去交差吧？管他呢，这已经不关我的事儿了，我要达到的是自己的目的。当明天太阳再一次升起的时候，我将和他告别，永远的告别，什么也不能再阻挡我。

黑暗中飘来一阵阵咸腥的气味，四周仍是死一般的寂静。我焦急地等待着。然而大伯蠕动的嘴唇一刻也没有停止下来，呢喃中我似乎还听见了队长他爹几个字，估计是愧疚了给人家赔罪呢。这老头心事怎么这么多啊。我觉得我的耐心和勇气就要随那星空，被一片北来的乌云遮蔽了。我轻轻地叫了一声"大伯"。许要饭毫无反应。我抬高声调又叫了一句，他依旧蠕动着嘴巴不为所动。难道他失聪了？我伸出手去扯了扯他的衣袖，他竟顺势而倒，脑袋重重磕在了船沿上。我赶紧把他扶正过来，可他仍然保持了原先那副模样，脑袋耷拉一边，嘴角蠕动，两只眼睛倒是睁开了，却只会对准一个方向。

痴呆了？许要饭痴呆了？许要饭痴呆啦！

我差点没跳了起来。可我还是有些不信。我照他说的急救措施，伸出手去先往他脸上摸了一把，然后又拍了一下，最后就刮了一掌，力气大得足以让死人复生。而许要饭的脑袋只是晃了晃，其他什么反应也没有。这足以证明：许要饭的确痴呆了，痴呆得像个大傻瓜啦。我立刻来了精神。这下好了，我可以无所顾忌想怎么干就怎么干了。我先把许要饭那根进口鱼竿扔进了海里，报了丢裤子的一箭之仇。然后蹲下身去努力把许要饭匡正了，在他脑门上拍了一下，说我知道您为什么要扔我裤子，您是想让我光屁股，害臊，怕我变节跟着别人跑掉，对不对？我又生气地在他的脑门上拍了第二下，"您扔我吃的是怕我中了阶级敌人的糖衣炮弹，丧失掉革命意志，对不对？——您也忒霸道了，您难道不知道人是铁饭是钢，一顿不吃饿得慌吗？我都快饿死了啦！"刚说到吃，饥饿感又涌进了心窝，扯的两肋生痛。我一手掐腰一手撑肚，蹲在地上咽了好一阵酸水，然后吃力地把许要饭挪到了船沿上，小船负重一歪海水就打湿了他的屁股，他却依然像个木偶一样任我摆布。

现在我只要两手一松，许要饭，我曾苦苦追寻的大伯就可以轻而易举地从我眼前消失，而我无须再担心那捉奸时猛然射来的加长手电筒的灯光，人不知鬼不觉，拍拍两手，一劳永逸。

不过，作为告别，特别是面对这样一个自己无数次期盼、无数次幻想中的救世主，我觉得也不能过于潦草，理应庄重一些，至少还应该要说点什么，比如袒露袒露自己，表达表达自己的心声，那样也不枉为自己苦心积虑、相思悱恻的缠绵与决绝。

"许要饭，"我顿了一下，觉得这种时候还是应该礼貌，于是改回口来："大伯，"我尽量像一个大人那样开始斟词酌句，"我必须向您坦白，我，我撒谎了，我欺骗了您，我是逃、逃出来的。"

大伯头顶上全是口子，有些还伤得极深。我很奇怪，怎么不见他流血呢。

"我和一个同桌的女孩子，我们……被人抓住了，可我是无辜的。"

我及时打住，观察他的反应。大伯半张着嘴巴，眼睛也是半开半阖，生命体征已然消失。

　　"我们在一起，也就是教学相长，她喜欢我，她说我诗写得好。"我想起眼前这个老头也说过类似的话，便有些难为情地抽出一只手来摸自己的脑袋，"我也很喜欢她。您知道住在学校里有多无聊吗？停尸间一样的大通铺，上课空空洞洞的大道理，没完没了的劳动实习——您看这双手，都有老茧子啦。"我抽出另一只手来想一块儿证明给他看时，大伯向后仰去，我赶紧一把把他抓了回来，"不管我们努不努力，都不会有什么好前途……我们每天都很空虚。真的，空虚极了。所以……我逃了出来。他们说我是流氓，犯了流氓罪——我向您保证我绝不是他们说的那样。"

　　在我浑身乏力要松懈下来的时候，大伯身子又向后仰去，我吃力地又把他抓稳当了。

　　"我本来想来找您帮忙的，我从小就崇拜您，真的，把您当成最亲最亲的人，当成随时都会出手帮我的大救星。"不知怎的，我突然感到眼睛模糊了，泪水涌了出来，再看大伯就有些朦朦胧胧了。我给他整了整挎包和水壶，武装带没有了，武装带让敌人缴去了，水壶原先就很斑驳，现在还瘪掉了。我尽量让他整齐得像出发时一样，"可您现在不仅帮不了我，还会害死我……您倒霉也不能拉我垫背啊。我是回不去了，到哪儿都可以，到国外……也行啊，对我来说都一样，反正，"我缩起脖子打了个寒颤，"我就是不想死啊。"我呜呜哭了起来，饥寒交迫委屈伤感哭得全身发抖。月光下我看见大伯的眼里也闪出了泪花。莫非他良心发现了？

　　我把大伯又搬回到了马达下面，然后双手抱肩蜷着身子瑟瑟发抖的看了他好一会儿。我发现我的鸡鸡变成螺丝了，两颗睾丸也缩回到了肚里。我把大伯的衣服剥了下来，穿在了自己身上。我的头又开始沉重，眼皮也不停地下坠。大伯瘦骨嶙峋的身子在夜风中成了一坨冰块，可嘴唇仍能嚅动。我伸出手去在他脸上摸了一把，下意识又拍了一下，最后就扇了一掌，大伯脑袋一歪嘴巴彻底不动了。

趁着还有些力气，我把冰块又拖到了小船的另一边，小船负重一歪海水又一次浸湿了大伯的屁股。当我松开手他就要向后倒去时，我一惊再一次抓住了他。然后我试着又松又抓，反反复复了几次，最后精疲力尽地还是把他挪回到了小船中间。

我觉得自己快要不行了，刮肚掏心的饥饿再一次使我的意识开始模糊，大脑里出现了大片的空白。我伏下身去想喝口海水，随即就出现了干呕反应。我斜了一眼身边歪头耷脑的大伯，于是再一次鼓起了勇气。

我把他拖到船尾，先把他的左脚挪到船外，再搬他的右脚，然后两手从后背插进他的腋下，嘴里数着一、二、三，我又把他放下了，我感到了害怕。想来想去，我把他架在了马达上，给他选择了一个最不可靠的支点，以便在海浪的颠簸中让他自行消失。我战战兢兢地松开手后就飞快地爬回到船头那躺下了，心提到了嗓子眼上。可我一直没听见有落水的声音，几次回过头去，大伯都安然无恙地斜靠在那里，像沉醉在小憩之中。

海面风平浪静，像一面打碎的镜子，四处闪耀着鳞光。

我裹了裹身上的衣服，缩着脖子继续等待着。大伯在阵阵的浪涌中不倒翁似的上下起伏。

也许，过一会儿风浪大起来就行了吧。我渐渐麻痹了意志，很快就进入亢奋过后的昏迷状态。

清晨，海面上泛起了浓浓的大雾，我打了个激灵清醒过来。四周静悄悄的，马达那的大伯依然在隐隐约约浮现着，像棵盘踞的榕树，枝枝蔓蔓冒着鬼气牢牢扎根在大地上。

我惊呆了，很长时间都回不过神来。

他可真能挺啊。

我直愣愣地杵在那里，不知该如何是好了。正当我头皮发麻思维紊乱的时候，大伯头顶上猛然冒出了一块黑影，并迅速扩大。我以为就要云开雾散了，可周围的空气却不祥地震颤起来，小船也跟着开始大幅度摆动。再看大伯，他竟然旱地拔葱般站立起来，眼睛瞪得老大。我当即吓得差点没跳进海里自行消失。可他眼里完全没我，而是转过身去抬头仰望。那黑影在我们的注视中越来越大也越来越清晰，俨然一座大山铺天盖地压了过来。

"快跳！"大伯纵身一扑我就飞出去了。

咕嘟咕嘟我在海里呛了无数口水，慌乱中拼命挣扎，蹬了好半天腿后才发现是头朝下往深里扎去，一阵心慌又连吞了几口海水，待调回头来往上游时我已经气若游丝胸腔快憋炸了，蹿出海面的那一刻，我大张的嘴巴像捏瘪的皮球，吸不回气了。

四周漂浮的全是小船的碎片。我没有看见大伯，却看见了一艘硕大无比的轮船。轮船似乎也感受到了我们的存在，嗡嗡的停船声打出了哗哗的旋涡，再次把我卷入了海底。

沉闷的海水挤压着我的耳膜，我几乎丧失了思维，只觉得有股强大的力量在把我往下吮吸，我已经完全不能控制胡乱翻转的身体了。

正当我开始嗅到死亡的气息时，一只强有力的大手托住了我，把我向上推去，冲出海面好半天后我才看清了大伯的面孔。他气喘吁吁地安慰我说："别怕，孩子。别怕。"

轮船上投下了红白相间的救生圈。大伯顺势抓住一个套在了我的头上，"这下好了。"他说。

我心虚地不敢看他的眼睛。大伯自己没用救生圈，而是踩着水抹着脸上的水帘仰望着巨轮。"是艘外国船啊。"他声音听上去有些失望。

轮船上又抛下来一根长长的缆绳。大伯起先没动，充满警惕地注视着人家。后来他还是抓住了缆绳，往我头上套来。"孩子，"他五官已经变型，瘀伤的脸上又增添了不少新痕，"你上去吧，大伯保护不了你了。"他这突如其来的转变弄得我有些不知所措。我没敢吱声，只是冷冷地看着他。大伯吃力地用粗大的缆绳把我兜了个结结实实（多年的军旅生涯显然令他在这方面很有经验），然后向上做了个上起的手势。

我光着屁股离开了水面，四肢下垂像被夹起的青蛙。

"孩子，"大伯颤声叫着，"以后全靠你自己了，要好好……活下去！"我原以为他只会说让我起腻的话，可耳朵里却真真切切听见了"活下去"三个字！这迟来的大白话让我的泪水瞬间就涌了出来。

又一条缆绳向他抛去。

我既愧疚又充满柔情地冲大伯嚷："大伯，那还有一根！"

大伯随波逐流，无动于衷地一直仰着脖子看我，还朝我挥了挥手，很像是行一个军礼。一个浪头把他打进水里后，他挣扎出来就再也举不起手了。

我突然意识到我可能真要失去他了，这才大叫起来："大伯……大伯！您也快点系上它呀！"

大伯的五花脸上满是疲态，显然，再徒劳的抗争也难抵排山倒海的浪涌一次又一次地把他吞没。身边那根缆绳似乎并不存在，存在的是渐行渐远的距离。

"大伯！"害怕摄住了我的心房，我在不受控制的旋转中感受到了巨大的失落，特别是头顶上那阵猛然发出的惊叫声，更加重了我的不祥。大伯的身后不知何时出现了一道长长的黑影，正散发着极度恐怖的光泽，而大伯对此全然不知。

"大伯！"我失声尖叫，手指拼命指向了他的身后。可大伯丝毫没有反应。那黑影近在咫尺却可怕地沉默着。当我铆足力气想再一次呼叫的时候，它猛地一摆，带出了一个巨大的旋涡，大伯瞬间便与它一同消失了。

"是那怪物!"我被自己紧张的嚣叫声刺破了喉咙,接下去的呼喊就像是自言自语了。"就是它!就是它!就是那只怪物!"我四肢挥舞拼命向上召唤:"你们快救人啊,快救我大伯啊!"

顿时又有无数个救生圈向大伯消失的地方抛去,然而大伯的身影和那怪物再也没有出现。

我盯着幽深的海面,慌乱地寻找,大伯那张伤痕累累饱经风霜的老脸似乎迅速成了我记忆中的影像,在波光中一点点变形、隐去,最终与大海融为了一体……

突然,几只毛茸茸的大手狠狠抓住了我。翻过船杆的一刹那,望着无数只跟大海一样蓝色的眼睛,我止住了哽咽,惊慌未定地狂跳眼皮。呜的一声,粗厉低沉的船笛透彻心扉地响起,把我当场震晕了过去。

豹子湾

〔一〕

看这题目你准以为那是个豹子成堆的地方，没错，我当初听了也觉得血脉偾张，满脑子都是云豹金钱豹的身影，这些浑身布满花纹目光阴冷狡黠的家伙，一直以来都令我兴奋，从小到大没少做过噩梦。听说自己要去豹子湾，我几乎夜不能寐了。

20 世纪 70 年代初叶，由于父亲的失意，我们家被一分为二，十三岁刚过我就离开了城市，告别了家庭的另一半——母亲和两个哥哥，陪伴父亲走进了湘西的大山深处，在豹子湾里与一批共和国的军队将领们闭门思过洗心革面。豹子湾也因为他们的存在而涂抹了一层神秘的色彩。

我父亲是军人，母亲也是军人，这注定了我们家的生活飘浮不定动荡不安。众所周知，那是一个北有苏修南有美蒋亡我之心不死的年代，版图上环伺合围的态势时刻绷紧着国人的神经（这从我们这些家属也在大院里七横八纵地狠挖防空洞中就能深切体会）。我们经常窜进营房，与战士们一道临时抱佛脚地学习起实用俄语："斯舵依（站住），卢基维勒赫（举起手来），斯大基阿卢日耶（缴枪不杀）。"父亲长年在外巩固国防，母亲偶尔也要外出执行任务，大年三十于我们家并不象征着团聚，它只意味着我们餐桌上多了几样好菜，比如红烧猪脚。

去豹子湾之前我们家已处在留守状态了，无论父母怎样以圆周或几何形轨迹运转，都以我们三个和尚头所在地为中心，家的感觉大抵还是存在着。主持家的是一个勤劳善良的老阿姨，她曾一度是我们家的"户主"，跟随我们从南到北走过不下十处地方。我对她印象最深的是，总捏着鼻子抢锅铲，额头上那层闪光的辣油使她看上去至少比平时年轻了十岁。她自己从不吃辣椒，给我们炒出的菜却净是朝天椒，鲜红鲜红的，盘盘都像覆盖了一面红旗，家里整天乌烟瘴气，蚊虫都快死光光了。我做作业打瞌睡，舌头舔到桌角上，吧唧吧唧辣椒炒肉呵，使劲一啃便成了缺牙婆，"豆腐豆腐"了好长时间。辣椒使我神清气爽力量倍增，可日久天长屁眼痒痒也滋生出了不少痔疮。

尽管老阿姨常以湖南人自豪，不断告诫我们"不辣不革命"的道理，可老大一旦戴起红袖章，从学校里抢出油印机并刷出大把大把脏兮兮的宣传单时，她那张老脸上再也没有炮制辣椒炒肉时的自信了。老二不管不顾，翻箱倒柜拿出父亲授衔时宽边加厚的武装带，率一帮小丘八浑身是血地从地方小鬼那夺回被抢去的黄军帽后，她一连摔了几个跟斗跑到邮局给远在天边的母亲发出了加急电报。母亲灰头土脸刚一亮相，她就辞去了那个年代里的高薪，一瘸一拐赶着回去专心致志呵护自己二十几岁守寡养大的儿子去了。据说那家伙已经是一个叫什么风雷的造反组织的小头目了。保姆的儿子都比我们革命，这让我们情何以堪，要知道他那身狐假虎威的绿军装还是从我们家拿去的。

母亲硬撑了几天又十万火急地把父亲召了回来，因为老大他们学校的红卫兵把老师赶跑了，没人授课整天混在街头扰民滋事，让他转学死活不干。父亲一到老大乖乖就范，心里却极不服气地斜了老子一眼。父亲前脚一走他后脚又在新学校里扬名立万了，井冈山战斗队司令，身后天天跟着一帮男男女女追随者。我们家的军装军帽军挎包凡是橄榄绿的，统统被他大公无私地派发掉了。在我印象里，老大老二十五六岁后就不大愿意随母亲上街了，因为人家常把他们错认成姐弟，弄得他俩很难为情。由此可见父亲不在母亲是管不住我们的。

母亲不出差时就在部队大院的医务科里上班. 医务科在偏僻的西北角上，与百姓的乱坟岗一墙之隔，夜深人静的时候常有磷火翻墙而入，景象十分瘆人。母亲常值夜班，老大老二估摸着她下班时间也常去接她，可总要帮几回倒忙。他俩喜欢用加长手电筒顶在下巴颏上，猫在冬青树里冲母亲声嘶力竭鬼哭狼嚎，弄得母亲真跟十七八岁的大姑娘一样，又喊又叫逃得丢盔卸甲。好在她小兵出身，从北到南战斗场面见过不少，很快就能镇定下来，不至于疯掉。我通常也会及早发现两个哥哥的企图，撬开窗户（他俩夜晚一出门就会把我反锁在家里）抄小路去向母亲通风报信。抄小路的时候我经常会被自己的影子吓得脊背发麻头发直立，深一脚浅一脚地老会扑通摔在地上，有一回就蹭掉了一块脸皮，气得母亲拿鸡毛掸子冲两个哥哥举哑铃，一上一下的就是出不了手。两个哥哥嘻嘻笑，说我腿软缺钙呢。我至今也不知道两个膝关节和两个肘子上的纹络原本该是啥样，上面全给伤疤堆满了，像块大补丁。看来我过去倒是常摔跤。

老大老二的恶作剧也有吃苦头的时候。有一回造反派冲击大院，把附近坦克团的装甲车都开来了，一天一夜十分紧张。部队一再要求家属们老老实实待在家里，可他俩就是耳旁风，藏在冬青树里继续兴风作浪。碰上游动岗哨查问"暗号？"他俩先"黄河"后"长江"最后干脆"你爸爸！"哨兵拉着枪栓挺着刺刀就冲了过来，他俩摆了几个伏虎拳的造型，没出三招就想逃跑。结果被四面八方冒出的大兵堵在了当间，先是吃了个大马趴，后又被五六个人叠了罗汉，压得屁屁屎都快出来了。在警卫连里他俩居然还宁死不屈，一点身份都不肯暴露。其实人家早把他俩看穿了，逗他们玩呢。要不是我把母亲急急叫来，他俩非被人家玩成熊包孬包软蛋不可。

记得有一年三十，父亲照例没能回来，母亲下班后就直奔食堂领了几份加餐菜，又匆忙包了两百多个饺子，看着我们蘸着辣椒酱开始狼吞虎咽后，就赶往礼堂参加大合唱去了。正浑身起劲要过一个革命化的春节时，却被人从舞台上拽了下来。原来老大要学电影《列宁在十月》里的英雄"瓦西里"，在一群姑娘双手抵胸屏声静气的仰视中，从二楼上跳下来了。母亲气喘吁吁背着他到处找汽车送医院，老二又在另一处被人打破了头，我又跟人家捉迷藏失足跌进了首长小灶食堂后面的粪坑里，把母亲急得哭鼻子团团转。老二的头还没包扎完毕她就把我剥了个精光，臭烘烘的连人带衣一块推到了莲蓬头下，冰水激得我又蹦又跳，满屋子都是水蒸气。老大在城市另一头的部队医院里，拍片透视打石膏，吊起脚丫天都亮了。我和裹着绷带的老二残兵败将地龟缩在自家的阳台上，无聊地点着鞭炮专往有人的地方扔，大过年的被人家骂翻了祖宗十八代。

老大住了两个多月的医院，养得白白胖胖后，发挥在班上当团支书擅长与人谈心的劲头，与一女护士打得火热，革命诗情狂喷不止，净是些"战地黄花分外香"、"砍头不要紧，只要主义真"、"不会为碌碌无为而悔恨"的句式。一天一张两张字条发展到后来的三张四张五张六张，被小女兵蛋子精心装订成了厚厚一沓诗集，在医生护士伤病员中广为传诵，一度被人刮目相看。这可把他兴奋得屁颠屁颠的，又争着一瘸一拐去为医院出黑板报，字体、插图、版式，把自己那点小才华全都卖弄出去了。眼看泡病号的日子不多了，他又擅自做主央求大夫拿掉了盲肠，线还没拆就闹着要做好人好事。一会儿帮厨房包饺子，一会儿用来苏水拖走廊过道，不光揩护士的油还蹭飞行员的水果，得到人家施舍的飞行员专用护膝便到处显摆。很快，出院时间又到了，他黔驴技穷又打起了割扁桃腺的念头。母亲来一次气跑一次，最后父亲终于板着脸回来了，他这才死了心乖乖回到了家里，眼睛翻得跟鱼肚子似的。我和老二都妒忌他，当面赞扬他要在"沙家浜"扎下去了，背过身后就对父亲说幸亏您回来了，不然他非把自己割光了不可。不久老大突然用自己的军装换了一套地方同学的便衣出逃了，原因是大院一个"三八"式的阿姨造谣他谈恋爱了，小脸没处搁呵。

父母后来找的几个阿姨，每个都是看见我们拔腿就跑，好像我们长了青面獠牙似的，给多少钱和军用粮票都不干。没办法，我们又这样放任自流了几年。

正当我沉浸在"留守"状态里，每天都有新鲜事可干，每天都能大把大把看热闹，迫切希望自己快快成长，能像两个哥哥那样早早投入到火热的革命洪流中去时，我们家却要天各一方分道扬镳了。摆在我面前的有两条路，要么跟母亲去大西北，要么随父亲去湘西豹子湾。我因惦着豹子，诱惑之下选择了后者，谁知一失足竟成千古恨。

〔 二 〕

去豹子湾之前，我特意去动物园里抛糖果扔石子地把老虎和豹子作了一番比较。我的感觉是老虎也就五大三粗，白额吊睛跟老太太那张褶子脸没什么两样。你想老太婆能有多大能耐呀，最主要的是老虎看上去好吃懒做，好吃懒做的人通常不容易上火。我们家每次包饺子，不是咸了就是淡了，我一抱怨两个哥哥就凶我，说我不劳动没有发言权。时间一长，给什么我吃什么，拿发言权和劳动相比，我宁可两者都不要。所以这老虎和我也差不多，不摸它屁股估计问题不大。豹子就不同了，颈长脑袋小有点贼头贼脑的意思，里边想什么就有些吃不准了。瞧它没事都心浮气躁地走来走去，动不动还爱龇个牙咧个嘴，甭说摸屁股，野地里打一照面都可能完蛋。所有传闻都显示出它生性凶残还身手矫健，最最要命的是它还会上树。这招着实厉害，碰上它挖地道肯定是来不及了。不过凭心说豹子很像一个穿紧身衣的花姑娘，身材妖娆得让人想入非非。都说好看的花儿都带刺，那豹子凶残一点也在情理之中。叫人又怕又爱那才是好东西呢。

我是既恐惧又新鲜地上了路。豹子湾四面环山群峦叠嶂状如锅底，海拔的高度使它看上去更像是座天池，茂密的丛林无处不在的溪水使夜晚的天空拂动着远古的回声。北京吉普在陡峭崎岖的山路上星夜兼程，时时暗淡下来的光柱和喘息沉重的引擎，都令我十分担心它会一口气没上来就地抛锚，在这伸手不见五指的过山风里无依无靠任豹宰割。大山的夜晚有太多的鬼魅之气，你甚至无法预料还会天明。它越静，你越能感到一种暗流似的阴气在你周围攒动，使你极度紧张无法懈怠。视线只在远光灯里，四周除了黑暗还是黑暗。

黎明时分我终于在过度紧张中沉沉睡去，直到太阳灼痛了我的脸颊。父亲和司机一宿没睡，两件大衣紧紧包裹着我。我揉揉眼睛瞥见大山一角，精神为之一振，迫不及待拉开车窗，探出了脑袋，这才发现人类战天斗地的痕迹处处可见，次第有加的梯田早已将满目青山剥削得一片斑驳，积肥的山火像燃烧的地气，在清晨的雾霭中散发出了干豆角蒸腊肉的气味。我隐约有些失望。我原以为我是到原始森林里来的，没想到这里也在人定胜天啊。

下车伊始，我的头就拧成了三百六十度，专盯着山坡上那些晃动的茅草和突兀的树丛发呆，弱智的举动使我怠慢了前来迎接的人群，小手被父亲捏成麻团的同时，也给别人很长一段时间"傻小子"印象。并不只是农村孩子跑进城里才会土里土气两眼发直，城里孩子来到乡下也一样呆头呆脑笨如木瓜。

父亲告诉我豹子湾有豹子已经是很久以前的事了。我不以为然，他想诱惑我来就说这里有豹子，我来了怕我乱跑又说没豹子，这就像学习要找规律一样，大人们哄孩子也有自己的套路。可三天的观察使我不得不承认豹子湾好像真没豹子，父亲这种迟来的真话令我措手不及，要知道我完全可以追随同样"执行任务"的母亲去大西北的，大漠孤烟，茫茫草原，扬鞭策马追羊群……多么浪漫的生活我居然拱手让给了两个哥哥，鬼迷心窍地跟着撒谎的父亲跑到这荒山野岭里来了。

"没有豹子它怎么敢叫豹子湾呢？"一连几天我都磨磨叽叽不停地追问父亲，以示自己的不满。如今我一听到漂亮名字就心存疑念，全由这豹子湾而起，它使我感到这世界名不符实的东西太多了。我甚至还发烧一场，用自虐的方式给了父亲一个下马威。要命的是父亲终究不像母亲，把我的一切都当成了小儿科，烧一退喝开水都得自己倒了。这使我意识到从今往后，自己那点小娇情没人再会当回事了。我为什么要来这该死的豹子湾呢！

说实话，也不能说父亲完全欺骗了我，豹子湾以前的确有过豹子，而且除此之外难见他物。当地人说那时豹子还不会上树，扎堆过着三代乱伦的生活。我咂咂嘴，理解这就有点像我，泡在甜水里长在红旗下，过着无忧无虑的幸福生活一样。我要是豹子也犯不着爬树了，又累又麻烦还有风险。所以当地人很炫耀地说：如果武松当年路过的是这里而不是景阳冈，别说三碗水酒，就是三十碗茅台也不敢踏进豹子湾半步！这话我信，武松要是喝了三十碗茅台，还打个屁个虎啊，多个醉死鬼绰绰有余。可是豹子呢，成堆的豹子总不至于眨眨眼就全没影了吧？对此当地人也深感遗憾。野兽成堆难免不伤及人畜，灭了它是再正常不过的事，何况豹肉鲜美豹皮御寒，何乐而不为呢。所以他们的遗憾并不只是因为缺了异类朋友而感到少了点什么的那种没劲（他们现在连上山砍柴都觉得脚脖发软疲疲沓沓了），跟祖先一样主要还是馋豹子肉啊。

豹子湾历史上有过几个灭豹人的传奇，听上去都比武松差劲。武松是喝醉了酒赶着去办正经事儿，偏又碰上了个稀里糊涂挡道的老虎，三拳两脚救了自己的命，多少还有点自卫的意思。豹子湾的英雄就不大一样了，完全是冲着豹子肉豹子皮去的，而且既不文攻也不武卫，全凭设陷阱打棒子抡着刀刀叉叉什么的还有人海战术，很有些赖皮鬼的味道。事实上豹子的最终消失也就是近些年的事儿，很多山民家里还有豹皮，偶尔出山换些生活用品回来藏着掖着，继续插着袖子晒太阳抹鼻涕，过着百年不变的生活。

豹子湾没豹子，这着实让我伤感，我甚至担心这日子是否还能过下去。我想念起两个哥哥，想到跟他们在一起时的战斗生活。"每逢佳节倍思亲"，这话我很小就有深刻体会了。

〔三〕

豹子湾里的学习班是军队系统办的，它专为"转弯子"而设，所以与一般的五七干校不同，没有牛棚也没有生产劳动，就是一人一间房，读书、学习、睡觉，齐活，顶多再扎堆开几次会。关于"转弯子"我是这样理解的，有些事情想不开就得找个地方关上一关让他开窍。当然，想不开的人肯定不能是我这样的。我要想不开，在学校老师就会红笔一圈判我不及格，家里父母就会冲我吼两嗓子，两个哥哥可能抬手就是一巴掌；至于朋友，那更干脆，不跟我玩就是了。所以想不开的得是一些有身份的大人，值得别人去为他花工夫为他想方设法帮着通窍的人。就像这学习班里十几个老头子，给我的感觉就很特殊很有资格，想不开也不用干活，有人侍候着转弯子，光看书就行了，从马恩列斯毛到标有机密绝密的各种红头文件辅导材料，然后再写写心得谈谈体会，聚在一块批评与自我批评，再然后就吃喝拉撒睡。挺神仙的。

听父亲介绍，老头们的官阶都令我肃然，像某某军政委、军区副参谋长、后勤部某部长、政治部某主任等等，我暗自一比，父亲哪方面都略逊一筹，小字辈呢。这对我这个生长在部队并深知官大一级压死人的孩子来说，怎能不诚惶诚恐仰视有加呢？说实话，即便身在部队大院，能与这些战功彪炳出神入化的老头们照一面也不是件容易的事儿。森严的警卫，大院里的小院，车窗上的乔其纱，官大得都见不得人了。现在好了，朝夕相处可以看个透了。这多少弥补了一些我对豹子湾里没有豹子的空虚。"转弯子"学习班想必也不会太久，照我看，立正、向左转、齐步走，也太容易了，我都有点担心时日不多了。

戴呢子帽的老头们总是一脸古板不苟言笑，眉毛拧得像两把钢刷子，眼神透着杀气。这使我像面对梦幻中的豹子一样，轻易不敢和他们照面。那个被称为"活阎王"的马伯伯，据说过去杀人能用刀的决不使枪，一刀一颗人头提在手上像提马灯似的，自己那颗脑袋在白狗子那也值十几万大洋呢。还有那个人称"一根弦"的易伯伯，嗓门躁得总像炮弹炸了膛，身上枪林弹雨的全是伤疤，一看就是一个不要命过来的。好在大家都是一人一房，我可以一整天缩在父亲房里不用出来。

学习班的作息时间像在连队，起床吃饭上班休息包括晚上开会，都是固定的。工作人员精兵简政，从管理员到伙头军师再加保健医生和两个站岗放哨的战士，都一专多能面面俱到，很符合上面"生活上关心思想上从严"的要求。老头们似乎也服从管理，上班时间没人串门或是躺在床上睡大觉的，一个个在办公桌前坐姿端庄，戴着老花眼镜孜孜不倦的样子。当然，也有目光发呆咬笔头的，像考不出试来的学生。

端端正正坐着也并不意味着老头们都学进去了，我就见过父亲一上午也翻不过一页材料的时候，我在自己的小床上无聊地嘟嘟囔囔也严重干扰了他，令他多次烦躁地挥手让我出去转转，免得小屁股生蛆。没豹子我出去干啥？看那些老头我还害怕呢。

似乎是为了打掉我的拘谨，父亲在与老头们楚汉相争的棋盘上显得颇为不敬，这个"山大王"那个"俘虏兵"还有"鬼子六"的，像在呼唤一帮土匪。那个一脸麻子的张伯伯连着被他灭了三把后，仍不肯让出位来，父亲就嘲笑他：就你那阳明山阻击战里"胡司令"的水平，再来一百遍也白搭。张伯伯老脸一红就退到一边喘粗气去了。阳明山阻击战是我们大院小孩津津乐道的一件战事，土八路第一次与敌人打阵地战，打得天昏地暗，尸体堆得像一个个山包。谁家要有老子当年参加过，都羡慕得不行，如果在里边再是个连长营长的干活，那就更不得了啦，儿子都成英雄了。没想到我现在身边就有一个，而且还是个当团长的，这至少可以授二级勋章呢。问题是张伯伯当时率的那个团，黑灯瞎火与敌人只隔了一条马路，大雨泥泞中齐头闷跑了几十里，谁也没阻击谁，都把对方当成友军了，结果被扣了一顶"草包"的大帽子。有了样板戏《沙家浜》后，"草包"又成了"胡司令"，让张伯伯十分难堪。

那个跟父亲来自同一部队的周副政委，象棋水平与父亲旗鼓相当，经常把父亲将得一跳一跳的，气得父亲直嚷"哪溜子的？"周伯伯参军前在东北当过二道贩子，后来又拉"杆子"，干了不少打家劫舍的勾当。父亲赢了则罢，输了还会拿他"二道贩子"的出身戏弄，说他投机倒把上瘾，一点都不光明磊落。被揭了短的周伯伯，眼睛边的肌肉一跳一跳的，反讥父亲秀才造反十年不成。语音未落父亲已把他将军抽车了，嘴里还嚷着"你看成不成，偏成"。

我得承认，记人的缺点的确要比记他的优点来得深刻，老头们的倒霉故事冲淡了他们的军长师长身份，变得不再那么神圣了，就像中了霰弹枪，千疮百孔没有刀枪不入的。不过我还是有些害怕，怎么说老头们也曾威风八面过啊。我为父亲捏了把汗，论资历级别哪个都能把他压趴下。虽说都是纸老虎了，可犯错误也得有个先来后到论资排辈吧？

记得母亲劝我们要好好学习时曾说过，父亲有知识有能力所以很骄傲。但我想这要看对谁了，再有知识也不能对上峰耍脾气闹态度吧？我也读了几年书了，可就从没敢对父亲要过态度，心里怎么想的

豹子湾

那是另一回事儿。我觉得父亲挺没组织纪律的，在家当太上老君跑豹子湾来还敢闹特殊，不光带了家属，跟老头们在一块态度也很不端正，象棋拍得劈啪作响，能把人家气出脑溢血来。碍于儿子地位，我也不便向父亲说明，只好用自己的行动来弥补他的过失。我的行动就是大门不出二门不迈，小媳妇一样夹起尾巴做人，尽量不使自己招人现眼。整天像个小偷，冷不丁窜出来一趟，也多半是上厕所，比渣滓洞里的小萝卜头好不到哪去。

学习班交汇报材料的日子一到，我们的小屋就高朋满座了。父亲桌上的"中华"、"大前门"还有阿尔巴尼亚的香烟丢得到处都是。老头们很恭敬地把自己写的心得体会交给父亲，请父亲修改。别看父亲平时对老头们掉以轻心，这个时候就十分慎重热心对待了，几天下来总是要熬到我夜里起来撒第二泡尿了。父亲灯下老师般批改作业的身姿，使我多少明白了点母亲讲话的含义了。

父亲念过私塾，还上过中正学堂，一入伍就是文化教官，这与母亲那种队伍里跑前跑后打快板，一边喊着"同志们快快走，前面就是渡江口"，一边忙着搞战场救护的初小高小毕业的工农干部不同，因为有文化，所以没怎么打仗也排连营团地提拔上来，还成了部队里少有的几大秀才之一。刚解放那会儿他给过一个职务很高的首长当秘书，天天在外面组建新机构，指手画脚跟首长一样雄壮。这样一来父亲自然就有些瞧不起"文化速成班"毕业的老头们了。当然，父亲也曾经是出了名的美男子，名气比职务大，二者相加时间久了难免不滋生出某种傲气的成分来。就像现在，父亲犯错误了也成了首长式的错误，光读书不干活了。

不干活的父亲读的书与老头们也不大一样，比如他经常捧读的那本恩格斯的《自然辩证法》，很多老头就不看。我曾试着翻了翻，里面有很多数学符号，让我一头雾水。大概老头们也跟我一样，惧怕这些鬼画符吧。

父亲来豹子湾肯定是"知识越多越反动"的结果。对此，我对自己目前失学现状表示安心。没书读无所谓，反而没有后顾之忧呢。

也许是学习班里就我这么一个小家属，说话卷舌又懂礼貌，估计长得也还顺眼，鼻梁高高的"学美国佬不用化妆"，所以显得很金贵。金贵的结果是：我成了所有人的干儿子，所有人都是我的干爹，我一直快乐生长的头发，一度被肥腻白嫩的大手抚摸得寸草不生，直到最后成了瘌痢头。当然张伯伯养的那条大狼狗也逃不了干系，我长期与它打得火热，搂搂抱抱中难免不感染一些细菌。张伯伯就是那个阳明山阻击战与敌人齐头并进谁也没打谁的那个"胡司令"，当过军区后勤部的副部长。我注意过他戴眼镜不是看报纸而是念报纸，磕磕巴巴急死人了。看来他文化水平的确不高，可养狗却与"胡司令"一样有名。他来豹子湾是带了狗来的，整天与它一块摸爬滚打被人当成猴看了。说到那条狗，嘿，那可真是一条好犬，"东北虎"，小牛犊子似的，全身黑黄对半，站起来像一副门板。我曾被它扑倒过，费了九牛二虎之力才从它身底下爬出来。块大呀，有它陪着我哪都敢钻。都说狗仗人势，以我的经验，还是人仗狗势的成分更多些。可惜"虎子"的结果很不好，它的死直到今天都让我有负罪感。这都是后话了。

学习班依山而建，是座两层结构的"匚"型房，当中的空地刚好是半个篮球场的面积，站在骑楼式走廊的二楼往下看很像放风用的天井。我跟父亲住的那间房，后窗离峭壁不到一米，抬头仰望一线天里爬满了青苔和杂草，头顶上那棵斜长的小松树，风一来便窸窸窣窣地摇摆，佝偻的身姿常令我托腮联想。不过我总担心它哪天吃不住劲，轰然落下。所以我在发呆之前尽量做些准备，左腿后撤半步，随时可以闪开。

学习班其实就是一座营房，四周铁网缠绕，"军事禁区"的招牌下就差没挂罐头盒了。里面没有"冬练三九夏练三伏"喊打喊杀的操练声，也没有气吞山河调动情绪的拉歌声，只有一些腆着肚子，白发苍苍的长者在踽踽独行或交头接耳，寂静得说它像座集中营也不过分。每周一次的电影是这里唯一的娱乐，对我则像过节。我喜欢电影，里面的一招一式都是我看待世界产生幻想的摇篮。我至今还时常涌出一些英雄主义豪情，多半是那个年代里的电影造成的。有些台词我至今还耳熟能详，像"大娘，你受精（惊）了"、"面包会有的，一切都会有的"、"你拿的什么书？歌曲集。什么歌曲？阿丽娜"、"张军长，看在党国的分上拉兄弟一把吧"、"我们不理睬他——人民委员斯大林"。一些片段我们还编成了歇后语，比如"消灭法西斯——自由属于人民"、"沙家浜第四场——坚持"什么的，念的时候抑扬顿挫挥拳配套，以示立场坚定决不动摇。不过说实话，最能打动我的还是电影插曲，比方"护士之歌"一类的，能使我销魂几天几夜。至于那些"向前向前向前"的进行曲，也就是当时激动，过后游戏，一个人骑在另一个人的脖子上骑马干仗时才想起一用，给自己壮胆罢了。有必要交待的是，我学口琴吹出的第一支曲子就是"护士之歌"，边吹边有美人救英雄的感觉。你想一个如花似玉的大姑娘，抽自己身上的血往你血管里灌，还差点把自己抽晕了，这不就是以身相许了嘛。如今我都不吹口琴了，偶尔清理抽屉翻出来，洗洗蹭蹭，咯着嘴巴一吹，居然还是"护士之歌"，一点都没跑调。那个时候的朝鲜电影总能给我更多的浪漫主义情怀，不像一些国产电影，高、大、全的叫人高不可攀也就不攀了，甚至难免还物极必反破罐子破摔。比如《红灯记》里的李铁梅，爹不是亲爹娘不是亲娘，就连奶奶也不是亲奶奶，我原以为我们家就够革命的了（爸妈都是军人，走哪儿都让人羡慕），没想到还有这样更盖帽的革命家庭，真是没治了。我估计是人都没法学，我要是问父亲："妈是不是我的亲妈？"不挨一大耳刮子才怪呢，何况我也于心不忍呀。还有一些正面人物，正经得都有些不像话了，从头到尾把自己往钢铁上炼，炼得红颜知己都跑了。这结果自然容易让我们看走眼，把热情一股脑投给了反面人物，像"冬妮娅"，风情万种，要长相有长相，要气质有气质，多布尔乔亚啊，多罗曼蒂克啊，哪怕最终错了也错得让人心醉。现在想来，我们印象最深的还是那个年代里的反面角色。当然国产电影里也有一些能勾我心魄的，只是大多都不肯露出一点点细皮嫩肉，做做样子的也没有，这就让人很不过瘾了。要知道我那时正情窦初开啊，一点"那个"都没有，难免枯燥乏味，受起教育来就有了障碍。必须承认，对我们诱惑最大的还是一些"坏人坏事"，记得有一年当我们听说四个女流氓将一个男人俘获在山洞里，轮奸了一个星期的天下奇闻后，个个都满脸兴奋地"我操我操"个不停，显然都很想当一回那个备受蹂躏的男人。这真是没办法的事儿。后期的《沂蒙颂》还行，有点类似这样的效果，一个女人背着身子做解衣状，再听那曲子，"乳汁救伤员"，嗯，当一回这样的英雄幸福呢。

　　学习班的电影通常都在周末放，晚霞还没消失，靠山的那面坡地上就开始了人头攒动，十里八乡的百姓跟我一样掐着日子呢，提马灯擎松明男女老少秋收暴动一样热闹。不过学习班里的老头们可没有我们这么激动。三三两两拿着折叠椅摇着芭蕉扇，下了楼还要拐趟厕所，看完前面的新闻纪录片就像走完了过场，基本都跑光了。整场电影下来银幕真像架错了地方。坦率说，纪录片里领导人瘦没瘦、接见了谁、讲了什么话、谁又出来了我不是很关心，我关心的是后面的故事片精不精彩，什么时候才能正式开演。这与老头们恰好相反，与外面的百姓却思想一致。有时候我耗在厕所里翻连环画，直到听见轰隆隆的鼓掌声（纪录片终于结束的标志），才不慌不忙提起裤子，系好前门扣出来。不早不晚那正片上的几个大字刚好亮相。

　　"匚"型长廊能使我无聊地多角度观察电影人物的一举一动。老乡们面对的是银幕的反面，他们全神贯注津津有味的样子令我也时常好奇地要从后面看上十几分钟。我发现这样下去不光眼睛累思维也呈逆时针运转，以至于第二天吃饭都要去用左手了，要不是父亲厉声呵

豹子湾

斥，我非变成后天养的左撇子不可。我很担心老乡们看完电影，还能不能走上几十里山路回家，一想地球是圆的，反着回去也一样啊。

老乡们看电影的时候，目光也时常瞄过来看我。特别是电影开始前，总要指手画脚议论半天，使我也有当上了电影演员的感觉，两腿吊在栏杆上，在山区傍晚的雾霭中晃得十分豪迈。当然，被人注视久了我也会矜持一些，双手支着大腿顶在下巴颏上，作剪影般深沉的思索状。我想这形象够老百姓们端一壶的啦。

〔四〕

说来话长，作为军人的家属，我得时刻跟"打起背包就出发"的父母保持高度一致，南北转场东奔西跑兵贵神速，遗憾的是雨打浮萍哪儿也没能把根留住。我至今未能掌握几门方言，不亚于没掌握一门外语。像我生在湖南却不会说湖南话，籍贯江西却又打不出几句江西屁来。北京生活过广州也待过，甚至内蒙古宁夏也擦了个边，可没一地的人愿意认我，语言不通不属同类，这在我参加工作以后尤显劣势。没有"老乡"辅佐提携，加官晋爵十分艰难，来到移民城市后，做生意更感孤立无援。

算起来这就是小时候每到一处都是"军事禁区"的结果了，它严重阻碍了我与地方小鬼的交流。上学读书全是一帮臭显的部队子弟拉帮结派，吵嘴打架也是窝里斗，碰上哨兵管闲事儿，就恼羞成怒一块骂，号称老子娘胎里就当兵了你算老几！守在冷饮室前专拣刚入伍的小女兵蛋子欺，不叫一声爸爸不许买冰棍！冷不丁承受一次便惊成鸟兽散，躲在远处又聚在一块兴奋地直嚷嚷："我当爸爸了！"大院里的幸福生活造就了我们的优越感，"地方"二字从我们嘴里出来就跟下里巴人小市民一样。偶有地方小孩主动巴结向我们靠拢，我们也是抖抖军服爱理不理，弄得人家手足无措鹦鹉学舌地跟我们套近乎，结果人家嘴里有了"儿"音，我们吐出的却是他们方言里最上口的脏话。

还有就是，我马不停蹄随父母走遍祖国大好河山，数理化自然没能学好。在我印象里，此地读四年级彼地读三年级换一个地方又跳进初中一年级的事儿时有发生。刚克服一地老师的"鸟语"，我又得拜拜了。古人说读万卷书行万里路就可以做大文章，我地方是去了不少可书却没怎么读成，一半对一半，文科就算凑合了，正所谓见多识广嘛。文科其实就是半桶子水来回咣当，咣出泡来跟满了似的，一样唬人五迷三道。"马原"政治、时事地理，凡我插不进话题的时候，我就拿这些来加塞儿，万变不离其宗，谁敢给我打××？

说这些无非是想要点赖皮。父亲选中我来豹子湾是有一定道理的，在我印象中，部队大院的孩子结伙聚众是有标准的，初中以上大抵算一个圈子，初中以下就毛毛头一盘散沙了。两个哥哥相差一岁多，走哪儿都能混在一个革命队伍里，所以小他们四五岁的我便经常像牛皮糖一样，被他俩随便扯下来粑在哪个角落，像个没人疼没人爱的小叫花子。有时粑急了还会附上一个耳光，把我打回老家去一个人从胡司令唱到阿庆嫂再扯到刁德一，眼泪汪汪的苍蝇蚂蚁都能对话。我这人有个毛病，不大喜欢和同龄孩子在一起，他们只会躲在被筒里用注射器抽肛液打自来水，要么就和小女孩一起举着针头玩病人与护士的游戏，恶心死了。不知你遇没遇到过在哪个女孩子床上坐一下便被轰起来的待遇？我特讨厌这种矫情，跟他们玩我非变得不男不女大门不出二门不迈不可。跟着大的好，进步了自己都不觉得，派上用场时就会发现自己怎么这么不一般啊。也有跟着大的一进步就能感觉到的，在同龄人中把大的一套现炒现卖，那崇敬的目光能把你美死。我在读初中的时候就能做思想政治工作了，我们班有一个小花痴的女孩，总爱盯着邻座的男同学不放，天天塞纸条骚扰他，打瞌睡都冲他流口水。男同学招架不住便找我求助，我是副班长自然义不容辞。我模仿我大哥的样子找那女孩谈心，你知道那个年代随处可见人生格言和信仰教义，只要记性好，嘴皮子利索，串得像报纸社论一样也不难。不过女孩瞪大眼睛转过弯来后我就想，她干吗不给我递纸条呢？

我看过一部美国电影，名字记不住了，好像是说一个离了婚又一贫如洗的牛仔，带着混沌未开的儿子离开伤心小镇要去闯纽约的经历。一路上当爹的尽让儿子干偷鸡摸狗的事儿，坑蒙拐骗无所不能，甚至还叫儿子睡了自己当婊子的老相好。等终于看见纽约的高楼大厦时，刚长出喉结的儿子已经出落得像一头看见森林的浴血雄狮了。对此我有部分体会，要不是我当年跟着两个哥哥破四旧，去图书馆查"毒草"，我也不会十一二岁就能读《青春之歌》、《红旗谱》了，当然类似《少女之心》、《安娜日记》这样的黄色手抄本我接触得也比较早，看过之后小腹充血，有种异样的冲动。再看卓娅和舒拉的故事，觉得还是应该赋予革命的名义为好，像那个时代的流行语——"以革命的名义"，一切就都顺理成章意义不同了。

这样跟你说吧，我能苗壮成长到今天，虽然有过一些危险可终未误入歧途，至多也是大错不犯小错不断，有惊无险而已。我想这得益于我的早熟，早熟是一剂疫苗，抗病毒呵。

我的早熟就是跟大的结果。尽管当跟屁虫是要忍辱负重的，可与甜头相比还是很值得的。大的们通常都不喜欢屁股后面天天吊个尾巴，你得死缠烂打才行，就像我，得找个撑腰的。话说回来，父母也正巴不得我天天跟着两个哥哥当特务呢。我是这样想的，也是这样做的，只要哥们把我当同志，绝对两肋插刀严把口风；要当跟屁虫，对不起，我就叛徒，绝不嘴软，有的没有的我都告。他们顶饭碗跪搓衣板我开心啊。记得有一次部队安排大孩子们与邻近坦克团的子弟比赛篮球，两个哥哥同时入选，正喜气洋洋登车时被我缠上了，死活要去。他俩先是哄我，接着瞪我，最后一掌把我推进冬青树里四脚朝天，半天落不下地。围观的人那个笑呀。我都快岔气啦。我羞愤交加地跑回家里，瘸着腿一把鼻涕一把泪地控诉老大老二如何踢我踹我扇我，我是这也痛那也痛浑身都痛。父亲刚出差回来，还没听完就立眉瞪眼额头跳出了毛毛虫。他奔到出发地，两手叉腰一言不发地看着老大老二，他俩"呜啦"的手悬在空中四眼一对就乖乖下了车。回到家里大门一关父亲就凶相毕露了，一人赏了一个大耳刮子，要不是母亲拼命阻拦，他俩还非得吃上几脚不可。我觉得父亲做得很精彩，门外给足了他俩面子，门内也让他俩尝尽了里子，真是内外有别恩威并施啊。他俩也十分配合，咬着牙关绝不大呼小叫。估计他俩并不很在乎皮肉之苦，没打成球才是最要命的。所以我一会儿提醒"上半场该结束了"，一会儿又"下半场开始了吧"，气得他俩跪在搓衣板上四眼翻白恨不得吃了我。我得知父亲明天又要走了，心里发虚地跟在他屁股后面直嘟哝，说爸爸真像个太阳。父亲听了很伟大似的看着我，微笑着让我说说他怎么个像太阳法？我毫不迟疑地告诉他：夜晚总见不到你呗。父亲闻言就垮了脸，两个哥哥团在搓衣板上一脸坏笑。

尽管我后来讨好地提前撕去了他俩贴在墙上的检讨书，可并没得到原谅。他俩干什么好事也没我的份了，还老像防贼似的躲着我，特别是当我挨别人欺负了他俩只要眼不见就心不烦。收到鸡毛信后也不像从前那样十万火急了，不是迟到就是早退，来了还老问人家十万个为什么，跟酸秀才似的。你知道这种时刻你放马过来就得凶神恶煞一些，最好是二话不说举拳就打，讲理我叫你们来干啥？他俩如此这般三番五次的不痛不痒，真把我给害惨了，不是多挨了几拳，就是被人家追得屁滚尿流。好在他俩还不至于旷课，不然我早夭折了。

这给了我一个教训，当间谍得当双料，两边都讨好才行，得罪了一边损失大大的。不过不管怎么说父亲对我是最偏心的，我没挨过他的断掌就是证明。当然我也从没想过要背叛他，哪怕哪天鬼子冲进家来他正躲在床底下，我也会面对"死啦死啦"的三八大盖或王八盒子，挺起胸脯说："他带领同志们上山打游击去了！"如果需要我还会加上一句："你们的兔子尾巴长不了啦。"多棒！父亲带我来豹子湾肯定是他偏心的结果，尽管我心里并不是很买账。

〔五〕

我要说的是，豹子湾的生活与我过去相比简直天壤之别，整天与一群暮气沉沉的糟老头们朝夕相伴，使我从无忧无虑变得多愁善感起来。老头们通常只在夜晚活动，门外那条土路上纷纷扬扬的烟火像萤火虫一般，这印证了上面对他们是牛鬼蛇神的评价。他们的兴趣除了拍象棋就是唱京戏，那京戏唱得像在渣滓洞里遭受严刑拷打一样，装起青衣花旦来感情格外投入，害我直起鸡皮疙瘩。我不知道他们这代人为什么那么喜欢梅兰芳，一个大男人扯着喉节捏嗓子，下巴颏一抽一抽还兰花指，一看到这些我就禁不住打冷颤。

显而易见，这种生活与我格格不入，一早醒来我就开始打哈欠，无所事事哈欠连连。午觉之后依然如此。

离学习班不远的山坡上，有几座湘西剿匪时牺牲烈士的坟茔，父亲报到时曾带我去那鞠过躬，因当时惦着豹子，模仿父亲时有些马马虎虎。现在豹子没指望了，便围着墓地看了个够。我至今常喜欢一个人到烈士陵园里转悠就是这个时候养成的习惯，这种地方通常人烟罕至，苍松翠柏鸟语花香，静下心来既可呼吸新鲜空气也能从烈士生平事迹中体会一些人生的感慨，受益匪浅。

豹子湾的这几位烈士都是北方人，而且十分年轻，没想到革命即将胜利了，却千山万水跑到这里长眠下来，真是可惜了。不过山风吹来时我就想，这样也挺好的，他们要活到今天说不定也给关到这深山老林里来办学习班了。同样都在豹子湾，可人家是烈士，老头们却在脑筋急转弯呢。照这趋势发展下去，以后的追悼会都不知道怎么说才好了。还是趁着青春最火红的时候牺牲掉好，戛然而止的音符最让人伤感、怀念，而且连犯错误的机会也没有了。学习班这些老头们，如果当年横刀立马地与国军日军美军印军还有苏军挨着个拼的时候，也能咕咚倒下，说不定还能走进我的语文课本呢，让几代人深深缅怀、反复吟颂那是多么美好的事情。现在可好，过去都白干了。

我四仰八叉地躺在坟茔旁的茅草地上，浑身刺痒地望着连绵起伏的山峦和碧空如洗的天空，在这万籁俱寂的时刻陡然兴奋起来。这会儿要是能碰上几个潜伏下来的特务该有多好啊，供我赤手空拳搏斗一番，最后终因势单力薄寡不敌众血洒山冈（活活掐死也行啊），在此地又平添一座少年英雄的坟头。估计会形成一个全国学习的热潮，当然是越快越好，千万别层层报批还政审三代，拖着拖着黄花菜就凉了，我可不想白死。我还希望父亲能就此成为一个"英雄的爸爸"。英雄的爸爸就不需要思想转弯子了吧？不过这样一来远在天边的母亲也一定会伤心得要死。还有，我过去上学爱慕的一位女老师（辫子垂过了屁股，两只眼睛水汪汪的，一笑还有俩酒窝），她肯定会惊喜交加，一边有声有色宣讲少年英雄成长的历史，一边流下我不敢肯定她是否对我也有点意思的那种暧昧的眼泪。好像我的表现还行，不至于遭人腻歪。但有一点我把握不住，我读过书的地方太多，"大辫子"也只能介绍我一小段的人生插曲，那其他地方呢，还会有人记得我吗？

我这辈子就想活得让人家三年早知道。要是有人说我"这孩子长大准有出息"，那我肯定会奔着人家下一句"我早说过，这人就是成大事的料"的方向自觉自愿地发展起来。三岁看大七岁看老，什么赞美也没捞过，冷不丁成了英雄，还不把人家吓死啊，得一句拐子屁眼斜门的评价就算是客气的啦。所以雁过留声人过留名，我很担心活得默默无闻，没人会记得我。问题是走了这么多地方，我自己都记不住人家了又怎能要求人家记住我呢？当然也有一些我印象深刻的，可那都是些和我有过嫌隙过节的仇人啊，真是烧成灰都记得。我现在英雄了自然不可能再这么小气，可人家小肚鸡肠怎么办？我都闭眼了还不任由他们胡说八道啊？真是没劲，别说歌功颂德，就连个为自己辩护的生前好友也没有。这样一想我的心情就黯淡下来，瘫在茅草地上不再做任何类似匍匐前进抓特务的军事动作了，甚至天色一暗我吓得赶紧跳起来跑回学习班去了。

迄今为止，我没有一张学生时代的集体照，这成了终身一件憾事。好像我是一个人不明不白走过来的，我害怕以后还要不明不白地走下去。怀着一份欠缺的心情，参加工作后哪有合影照我就往哪儿赶，结果心里越发失落。成人后的情怀总比不上学生时代弥足珍贵，那里边有太多人类童年的情愫，清纯隽永，日月光华。

〔六〕

通常星期六的电影一完，我至少可以安分守己三天左右，到了第四天梦游准时结束，嘴里就开始念叨今天星期三明天星期四、明天星期四后天星期五……父亲有块罗马表，是家里最奢侈的物品，我经常要把日历拨快一天。有时怕父亲发现，又手忙脚乱退过了头，害得父亲交材料不是第一个就是最后一个，常被老头们取笑他崇洋媚外，不如换块上海牌。

父亲嫌我烦他，说你叨完了豹子又叨电影，就没点正经事可干吗？我撇撇嘴巴就出门了。一个星期后父亲以学习班为轴心，用手指头圈出了一个抬眼就能见到的活动范围，不许我越雷池半步。原因是我居然能采撷穿心莲大麻叶鱼腥草半夏野当归了。这意味着我走进了大山深处。

　　湘西的大山深处是那样的怪异与神秘，次第交错的岩石山锥，盆景一样耸立在瘴气氤氲的空谷之中。在层林尽染的背景中，构成了一幅几乎静止的丧失了时间空间的迷宫。过于拟人拟物的石形给人一种随时会生动起来进而扑向于你的恐惧。当年大军剿匪时，许多官兵一头扎进去后就再也没有出来，兴许就是被这奇异的存在给吞噬了。父亲的担心显然有他的道理，我也无话可说，因为我已经害怕得要死了。学习班里那个带我进山采药的保健医生，胆子比针尖还小，跟个娘儿们似的一惊一乍，真要有什么事靠他，我准玩完了。

　　沉默几天后，我在学习班一处不显眼的铁丝网边开出了一块菜园子，还挖了一个粪坑，从伙房里拿了一个米缸嵌在里边，搭上两块木板，不遗余力地将自己每一次屎尿储存了下来。考虑到观瞻问题，我还用油毛毡把厕所四周遮挡了一下，这样蹲在里面就可以无忧无虑心安理得了。只是太阳出来时容易烤得头皮发麻，夜晚数星星就好极了。我发现在山里数星星要比在城里容易得多，我把北斗七星重新命名了一下，有爸爸星妈妈星大哥二哥星，还有就是我的星了。剩下两颗我有些犯难，有时候你要找出除家人之外自己最亲近最信赖的人，还真不是一件容易的事儿，人心隔肚皮啊。我打算在学习班里筛选一下，当然得是对我最好的人，而且还要久经考验的。

　　在我的菜园子外面，常有一些山民围观，自从这里来了一帮穿军装的老头后，一种神秘和好奇便弥散开来，探头探脑者比比皆是。我也经常把头从铁丝网上钻出去与他们对视，双方眼里很是困惑。特别是他们看见我挥汗如雨种菜浇水施肥拔草时，拨浪鼓的脸上就充满了同情。大概是把我当成渣滓洞里那个小萝卜头了。时间久了他们看出我是自觉自愿的，就笑逐颜开地冲我竖起了大拇指，甚至还经常从铁丝网上递进一包包菜籽来。作为回报，我会把下一场电影的片名提前预报给他们，以便他们抢先占领有利地形。再放电影时，我们隔墙相望就有了会心的一笑。

有山民们热心的场外指导，再加上我的埋头苦干，那些朝天椒很快就结得像喀秋莎一样密集了，茄子垂在地上乌黑发亮，形状跟小钢炮差不多。尤其是那些丝瓜秧，把铁丝网都爬满了，结出果实来一个比一个更像吊死鬼。小葱让尿水激得嗖嗖直蹿，绿油油的直奔大葱的方向发展。旱芋头也和我一样高了，蹲在荷叶底下挡太阳喘口气，看自己的劳动成果，心里别提有多高兴了，都不相信是自己干的呢。

第一次收获后我用一根扁担挑着，一溜碎步地摇进了食堂，这可把学习班惊动坏了。伙头军师们在蔬菜上深呼吸，说童子尿浇出来的就是他妈的不一样，鲜嫩。老头们吃饭时都过来摸我脑袋，隆重的气氛让我十分压抑，呼吸不畅头冒虚汗浑身都不自在。我总算明白什么叫一不留神干好事了，怪吓人的，最后一个来摸我脑袋的是谁我都记不清啦。瞥一眼身边的父亲，那嘴巴从头到尾就没合拢过。后来有人在我身边坐下来，说小三子，一个人做点好事并不难难的是一辈子做好事哟。我脑袋一抬一口长气就吐了出来，像打嗝的人被人家猛拍了一掌，呼吸立刻就顺畅多了。

第二天一早我被屎尿憋得提着裤子往菜园子跑，没想到那早排起了长队。老头们夹着报的拿着书的老花眼镜耷拉在鼻梁上，一边闻臭气一边对周围的蔬菜品头论足，那神情像在等待一件很开心的事儿。他们见我过来都用邀功请赏的目光看我，还给我让出了一条路来。我弯腰捂肚子，刚蹲下去就被一阵奇臭给熏回去了。勾头一看那么多外来的屁眼屎，恶心死我了。

我原以为老头们只是心血来潮，没想到第二天第三天依然如此，有的一天还要来几趟，特别是那个"胡司令"张伯伯（我私下已叫他狗司令了），把他那条心爱的大狼狗也给拴到这里来了，还挤眉弄眼对我说："三子，都是农家肥，让它也别把肥水流进外人田去。"他还扬言虎子会给我看大门。我哭笑不得，随便哪个老头进来虎子都摇头摆尾，唯独见了我就目露凶光一脸杀气，它看的是哪家的大门哟。我这宁静的乐土全给老头们搅和了。

更难忍受的是一到吃饭的时候，菜园里的茅房就成了餐桌上的热门话题。老头们抱怨粪坑太浅容易溅他们一屁股。还有茅房太小，蹲在里面简直转不过身来。拉屎就拉屎，你转身干什么？我不停地翻白眼，那么多臭大便迟早要把我的菜秧子给烧死喽。父亲见老头们情绪高昂，就吩咐我按伯伯们的意见办。我说既然他们都这么好心，那为什么不自己另辟一块地呢？我的意思是全挤我这来到时候功劳还算谁的呀。

为了能安全进入自己的菜园子，我不得不先和虎子搞好关系。你知道虎子是条东北种的猎犬，凶狠剽悍，驯服它可不是件容易的事儿。好在它也是军营里长大，对橄榄绿十分尊重。我戴上父亲的军帽，穿上父亲垂到我膝盖的军装，冲它又是敬礼又是打媚眼，可虎子歪头斜脑嗅着鼻子依旧有所保留。试了几次不灵，张伯伯只好亲自出马，提着一块大骨头俯在它耳边讲了一番道理，又威严地斥责了几声，虎子才终于很不情愿地向我低下了高贵的头颅，我也不失时机地把张伯伯拿来的那块大骨头塞进了它的嘴里。这样总算和它交上了狗肉朋友。

和虎子交上朋友后，我干的第一件事就是做了一块"闲人免进"的牌子挂在了它的脖子上，因为老头们已发展到我不在的时候也来擅自给菜秧催肥了，也不管那屎尿沤的时间长短是否发酵，谁上来都淋几勺子，当作伸展运动锻炼身体了。整个地头上都是厚厚的屎痂，黄的绿的散落其中，烈日下菜秧全耷了脑袋，接近闷死和烧死的程度了。也有一些肥得油黑粗壮的，光长身子不结果了，就连虎子也被臭气招来的绿头苍蝇叮成了干旱地里的非洲孤儿。给它挂上木牌后，虎子精神为之一振，老头们再来它就不客气了。过去它被苍蝇叮烦了才偶尔管管闲事，老头们粪勺一抡它就抹不下情面退到一边待着去了。

现在不同了，挂着我写的木牌就跟请了尚方宝剑似的，迎着粪勺就站立起来，前爪还狗刨，吓得老头们扔了粪勺就跑，还以为它得了狂犬病六亲不认了呢。

我不明白是我的教诲还是木牌上的字在起作用，便又在木牌的反面写了"虎子"两个字，还用红笔打了个大叉叉，这可是宣判死刑的标志。可虎子挂上后，依旧牛逼哄哄，一点都没有不好意思。这个发现令我泄气，虎子原来是个文盲嘛。

有两个人进菜园子虎子是网开一面的，一个是父亲一个就是张伯伯了。父亲只是偶尔，还多半只是站在老远看一看，不像张伯伯，有事没事都往这钻还好为人师。看在虎子面上，我也不好伤他，失败几次他也就一边待着去了。不撞南墙老头们都不悔改。我现在已经不那么怕老头们了。

总之我的菜园子又恢复了往日的宁静，我又可以心安理得在粪缸拉屎拉尿数星星了。在虎子舔我屁股的时候，我决定从剩下的那两颗星星里拿出一颗安在虎子头上，就叫它虎头星吧。

〔七〕

虎子外表凶悍，内心其实十分温存。我第一次尝试性把手放在它的狮子鼻上，它一翕一翕的令我有用手背去触电的感觉，它把硕大的头颅顶进我的怀里，大舌头舔得我满脸都是黏液。我心里踏实一些后就用茅草捅它耳朵，它举起一只爪子不停地抵挡，又过瘾又难受。我一脸坏笑频频出击，捅了这边捅那边，虎子摇头晃脑突然把脑袋甩得像大风车，我猝不及防，狗身上的土坷垃进了我的眼里。我恼怒地跪在地上，揪住它的两只招风耳朵，与它面对面足足瞪视了一分多钟。

我就想证实一下自己在这双令人畏惧的凶光里到底有多大分量。虎子眼睛左右躲闪，白眼仁上的小血管一清二楚。看来它还是怕我的。我又把手塞进了它哈哈直喘粗气的大嘴里，感觉到锋利的牙齿只是轻轻咬合。我得寸进尺，又一点一点往它喉咙深处里捅，整只胳膊都要进去了。虎子就像我们生病时，被医生用压舌板按住了嗓子眼，嗷的一声挣开我跳到一边去了。见我还想逗它，便蹦跳到十米开外，一个鲤鱼打挺，返身冲刺般向我扑来。刹那间，一块门板就竖在了我面前。我的马步蹲得丝毫不起作用，生生向后摔去。我很不服气，爬起来再来，结果还是给虎子一扑一个倒，毫无招架之力。它要是扑咬一个陌生人，非撕得体无完肤不可。可虎子总是对我点到为止，而且模样像在主人怀里撒娇一般。这兴许就是养狗的乐趣吧。

虎子整天跟着我，张伯伯是很有看法的。有一阵子他一度把虎子关在房里，害我得了好几天相思病。事后想来虎子当时肯定也跟我一样难受，不然它就不会破窗而出了。你知道学习班的情况，老头们都住在二楼，虎子破窗出来后，自由落体到了一楼，还"嗷"的惨叫了一声。接着就用三条腿从院外折回来，一瘸一拐地重新回到了二楼，用前爪刨我的房门，然后就一头扎进我怀里，哆声哆气嗯嗯个不停。我俩差点没抱头痛哭。我去医务室弄了一些碘酒酒精红汞龙胆紫还有绷带什么的，把它包扎得像个国民党的俘虏兵。父亲一旁看着直乐，说我也太夸张了。你说虎子拼死来投奔我，我能不夸张点吗。

张伯伯终于放弃了对虎子的监护权，割了心头肉似的一遍遍叮嘱我要善待虎子。这多此一举的废话我只当很神圣地接受了，从今往后虎子可以一门心思跟着我啦。父亲说这是你斗争的结果，听了这话我又有些惭愧。凭心说这斗争主要还是人家虎子，拼着命地以身相许，我无非只是略施了点小恩小惠，还经常察看张伯伯的脸色。通常是虎子过来了我还会主动把它送回去，讨好一般。没想到天上就这样掉下了馅饼，捡了个大便宜。我决定要真正像对待胜利果实那样去珍惜它。我珍惜的结果就是再也不欺负虎子啦，有事常打闹，没事各睡各的觉。还有一个结果是我不曾料到的，那就是为了虎子我平生第一次尝到了父亲断掌的滋味。

你知道学习班远离城镇，想要吃点像样零食就得去几十公里以外的土家族自治州的首府。来豹子湾时母亲一再交代父亲，要经常买些零食给我添补营养，据说这对我的成长发育至关重要。我当然不会像过去那样奢求，钙片当糖果吃鱼肝油喝得咂咂响（这得益于母亲在医院工作），可父亲也太不当回事了，到豹子湾都快半年了一次零食也没给我买过。对他三天打鱼两天晒网我是有思想准备的，可一次都没有就令我耿耿于怀了，后来有了虎子后我上床睡觉很充实，零食的事也就逐渐忘到脑后去了。那天上面来了工作组，父亲吃完晚饭后显得很紧张，伏在桌上匆匆写了几笔就出去了，我和虎子挨家挨户探了一次脑袋，发现老头们都在写着什么，没一个搭理我们的。我和虎子自觉没趣，回到自己房里大眼瞪了会儿小眼，然后就睡觉了。虎子精力过剩，耐不住寂寞老来骚扰我，弄得我越躺越清醒，只好爬起来听收音机。你知道在山区里听收音机就像在菜市场里听革命歌曲，能坚持十分钟就不错了，我是十一分钟后关掉的。在我关掉的同时，虎子嘴里叼了个牛皮纸袋立在了我的床前，我眼睛一亮一把就夺了过来。这种浸透油渍的牛皮纸袋我太熟悉啦。

里面装的正是我爱吃的油炸果子。父亲竟一声不吭给我买了零食！我立刻大口开吃起来。虎子一旁可怜巴巴做着吞咽动作，哈喇子像珍珠串线似的。没办法，我只好自己一块给它一块，给它两块自己一块，嘎巴嘎巴没想到它他妈的比我还能吃，满满一袋子一下就瘪下去了一大半。我咬咬牙把它轰了出去。虎子在门外嗯嗯了一会儿就没了动静，我蹑手蹑脚走过去偷听了一会儿，打开门一看虎子竟无影无踪。我骂了句没良心的家伙，回到床上又吃了几个，没人抢这滋味就差多了。把油炸果子放回到床底下后，就听见紧靠峭壁的那扇窗户外面哗啦啦一咽声响，虎子竟从天而降，一屁股蹲在了父亲的办公桌上。它是从山顶上坐滑滑梯似的冲进来的，泥沙俱下，父亲的办公桌也顿时惨不忍睹。这印证了虎子摸爬滚打的基本功着实了得，丝毫不逊色一个侦察兵的水平。但我得高标准严要求。我板着脸训斥道：要悄悄地进村，打枪的不要，明白？——你看你，都干了些啥呀！虎子望一眼身边裹着草屑的土坷垃，惭愧地把头低下了。

父亲回来时我正在做噩梦，梦见父亲朝我又吼又叫，他把我叫醒时我发现他的脸色跟梦里一样难看，身子不由得就绷紧了。通常他很晚回来见我睡了也就不打扰我了，今天这一叫本身就很可疑了。他先抖了抖办公桌上被虎子弄脏的书籍（我已经打扫一遍了），然后皱着眉头问我饿不饿？我说不饿。他猫腰钻进床底下窸窸窣窣了好半天，很久才把那小半袋油炸果子拿出来，眼睛都直了。我汗毛嗖地竖了起来。父亲问是不是你吃了？我见来者不善，赶紧摇头说没有哇。父亲睁圆了眼睛："没有?！"他这一重复我脑袋更大了，本能抗拒道："没有！""那谁吃了？""狗吃了！"我眼前一闪父亲的断掌就横扫过来。

我捂着脸硬是没敢哭出声来。看得出父亲是真生气了，指头都点到了我的脑门上。"明明就我们两个你还敢说是狗吃啦？"那指头就跟鸡啄米一样，差点没把我眼珠子晃出来。我自知理亏，只好地包天地抿着嘴巴看他。每次父亲停顿下来我就以为他又要出手了，冷汗嗖嗖地冒。后来他突然说，你们过去干的坏事全推你大哥身上了吧？这倒不假，所以他挨的打最多。看来父亲是真明白过来了。难道他要秋后算账不成？

"不诚实"、"撒谎"！父亲絮絮叨叨老不打我我反而更难受了，哭声忍不住就针尖似的滑了出来，还一抽一抽地直打嗝。你知道我这人好面子，这么难听的话要让外人知道多难为情呀。所以我一边哭得抽抽泣泣，把自己憋得要死，一边向大门那儿挪，用背部把父亲留下的门缝给堵严实了。父亲见我这么伤心火气就逐渐小了下来。在我印

豹子湾

象里父亲从来不会安慰人，每次和母亲吵架，都是母亲最终向他认输，我呢，自然没想到他会认输，可我也不知道该怎样收场，只好哭得像山涧里的小溪，声音不大可老没完没了。

父亲心不在焉地看着我，香烟抽得一根接一根的。我眼睛看着鼻尖，哭得整个下巴颏都酥麻了。我想了很多，千不该万不该不该跟父亲来豹子湾。一想到豹子湾，我又可以坚持哭一阵子。后来我又想到了母亲，母亲多好呀，她就不会这样打我。我又拼命嗝了几声。可我又想，父亲也从来没打过我呀，正因为如此，我哭得更伤心了。那股酥麻劲爬上了后脑勺，快失去知觉了。

要不是有人敲门父亲匆匆出去，我真要挺不住了。

父亲是天蒙蒙亮的时候回来的，衣服湿漉漉的。我开始以为他去练长跑了，可很快就发现他昨晚根本就没有回来过，身上那是让夜露打湿的。我立刻起来给他往洗脸盆里倒了一瓶热水。父亲怅怅地摸了摸我的脑袋，我心里顿时热乎乎的，一晚上的怨气都跑到九霄云外去了。父亲问我你头怎么了？我以为他关心我挨打痛不痛，就说没事儿。父亲捧着我的头仔细看了半天，说都长脓包了，好几个呢。他从抽屉里拿出碘酒在我脑袋上乱抹了一气，然后又用剪刀东一撮西一撮，把我铰成了一个货真价实的癞痢头。

盥洗完后，父亲让我坐在了他的大腿上，身上的气味令我无比温馨。他颠着腿问我豹子湾怎么样？我说不好玩。他的腿不颠了。我问他什么时候能离开这里，他心事重重地把我按趴在他的膝盖上，脸朝下又开始拿手乖打我的屁股蛋子了。这是我和父亲独处时一种特有的消磨时光的方式，从那有节奏的拍打中我体会的是浓浓的父爱。

那天早上吃饭时所有老头都迟到了，脸上纷纷挂着一晚失眠的倦容。特别是那个平时对我挺亲切的马伯伯，腮帮子塌陷了一大块，跟个骷髅似的。我注意到稀饭进到他嘴里，又冒出白浆来，嘴巴成了吐故纳新的磨盘。大家都勾头盯着饭碗发呆，放瓶耗子药在跟前一准也会照吃不误。父亲也没好到哪去，斜刺的阳光下胡茬都亮出了白点，面相至少苍老了十岁，快跟这帮糟老头们一般齐了。

看来学习班里正发生着什么大事。我正纳闷的时候，虎子突然惨叫了一声。张伯伯鼓着鱼泡眼进来了，进来就给不合时宜要迎上去问候早安的虎子来了个一脚踹。我心疼地想追出去，被父亲一把给按住了。看看四周追悼会一样的气氛，我只好一心两用继续埋头啃自己的馒头。

两个老头一身戎装地走了进来，笑吟吟的。一个是某学院的副院长，一个是某基地的政委，两个人由于"弯子"转得好，即将归队，早饭是来告别的。

副院长俘虏兵出身（其实是起义投诚的），平时总觉得自己历史上有污点，委委琐琐不大跟人交往，背地里却与父亲相处不错。在这帮人里，除了父亲数他文化最高了，琴棋诗画古今中外天文地理，经常说得我神魂颠倒，尤其是那手毛笔字，父亲都止不住叫好，逼我天天临摹。只是他能这么快就解放出去实出我们的意料。所以他走到父亲跟前时，父亲也像别人那样只顾埋头喝稀饭了。他尴尬地转移目标抬手想摸我的脑袋，可很快就在半空中悬住了。估计是我头顶上那些脓包吓着了他。我斜眼上挑，心想连这都怕，那还叫改造好了呀？

那个基地政委跟副院长不同，根红苗壮，典型的工农干部出身，尽管大家脸上也是不冷不热，可还是伸出手去做了做样子。政委不管不顾，拍着父亲的胳膊大声说快了快了，都快了，鄙人先走一步。张伯伯说你拉倒吧，站着说话不腰痛。政委哈哈哈，手也冲我的头上摸来，嘴里说着我会记住你小三子，你种的蔬菜，真他娘太好吃了。我主动向前靠了靠，可他的手也在空中划了个弧线就过去了。我看见头顶上一只苍蝇跟着飞走了。

后来我又听见大炮筒子易伯伯冲刚进来的工作组嚷：俘虏兵都走了，什么时候轮到我们呀！

豹子湾

〔八〕

我向所有人打听那晚父亲的去向，一百零一人在说不知道的同时，也跟我一样燃起了好奇心，这令我警觉起来。星期三下午的政治学习一直开到了晚上十点，以往那种轻描淡写的批评与自我批评，变成了吹毛求疵的声讨。虎子成了张伯伯不务正业的罪状，尽管他百般声辩已转嫁于我可无济于事。陈伯伯爱哼的小曲也被斥责为小资情调，进而牵出他在城里搞地下党时，花钱大手大脚，像个公子哥似的招摇过市，灯红酒绿声色犬马。那个欧阳伯伯也被揭发出当年串通一个国军少将起义时，看中了人家的小老婆，弄得少将疑神疑鬼还以为共产党会共产共妻，最后上书到了高层领导那要求全家保全。汪伯伯更冤，红四方面军时他还是个红小鬼，却被批评为没有阻止张国焘另立中央。要不是父亲及时制止了管理员一旁的兴风作浪，老头们非把老底揭穿，筛出芝麻烂谷子惹出祸端来不可。走了两个人后大家都有些神经过敏，一有风吹草动鼻孔就放大了好几倍，平时那种亲密无间的样子荡然无存。

事后想起来这事对老头们的震动的确挺大的，平时那种浑不吝的老子天下第一的气概全都成了闷葫芦。那天工作组宣布两名同志重返工作岗位时，马伯伯噌地蹿出来要求请假，说老伴病重了。人家说他这是在表示不满，他呼呼直喘粗气却又没敢坚持到底，闷着心思不吃不喝一个人往山沟里跑。父亲把他劝回来他晚上又出去了，父亲揍完我后便陪他在山坡上坐了一夜。那天晚上老马神经崩溃，先是嚷着老子不干了总行吧？回家种地去总行吧！后来又对着黑黢黢的大山说，大不了老子再上一次山打一次游击去！父亲堵了他的嘴，说你这人呀，军事上打不赢就跑，政治上也一样，咱们得讲究个革命气节啊。老马看了看父亲，想想自己历史上曾有过一次说不清的脱队行为，头一勾就垂进裤裆里去了。

那天晚上老马不停地走到悬崖边上撒尿，弄得父亲十分紧张，生怕他断了理想往山崖下蹦。紧跟着劝他，气伤胃忧伤心恐伤肾，身体才是革命的本钱啊。老马小便一多反射得父亲也有些控制不住，一边回头一边往小树林走，撒尿时就看到了一对放绿光的眼睛。因惦挂着身后的老马会瞬间消失，他没太在意，以为自己花眼了。当绿光越发清晰时，他擦根火柴点上香烟后就什么也看不见了。

破晓时父亲本想再安慰安慰老马，老马却突然一把抓住了他，说我老伴是真得了胃癌你信不信？父亲点点头。老马又急切地掏出信来让父亲看，说我绝没半点欺骗组织的意思，我老伴真得癌症了，还是晚期。这勾起了父亲的沮丧，联想到自己过去常把家当旅馆，取之甚多付之太少，一种负疚之情油然而生。他把我撒谎"狗吃了"的事告诉了老马。老马就拼命责怪他，像心痛自己的亲儿子一样，弄得父亲十分动容。随后老马又压低声音有些难为情地对父亲说我今晚尽讲疯话，你不会往心里去吧？父亲立刻就明白过来，有些生气地说你把我看成什么人了。老马赶紧说你看你看我都气糊涂了，你可是出了名的正派人啊。他再次站起身来去撒尿，这回没往悬崖边走，也去了小树林，边解裤子边高声说如果真有解放那一天，我一定不会忘记你的，患难见真情啊。父亲着凉打了个大大的喷嚏。在老马又开始仰天长叹自己二十几岁就当了团长，如今却沦落到这步田地的唏嘘声中，父亲起身拍掉了屁股上的杂草，接着就闻到了浓浓的屎臭味。他拿电筒朝老马脚下照了照，老马的尿正撒在一个大屎堆上，还窜热气呢。老马提着裤裆紧张地四下张望，说不会有人偷听吧？父亲说谁能拉这么大一泡屎呀。老马仍不放心，仔细观察了一下后，一脚踢缺了粪堆，说好久没吃麂子肉了。

老马提着裤裆紧张地四下张望，说不会有人偷听吧？

那天晚上马伯伯披了件冬装，似乎有在外风餐露宿的准备，而父亲揍完我后匆匆赶去陪他，一件的确良衬衣挨到了天光，午休过后就开始鼻塞流鼻涕，再也爬不起来了，摄氏三十八度九。马伯伯来看他时，很充满感情地说：都是为我啊。

由于马伯伯跟父亲患难见了真情，而且又常来我们小屋促膝谈心，我对他也另眼相待起来。马伯伯对父亲经常说的一句话是：我们老了，没什么戏了，你还是大有希望的。父亲听了这话总是很自负地笑笑，给人当仁不让的感觉。我也爱听这话，所以这么多干爹里面，数他我叫得最勤也最亲。他对我似乎也格外喜欢，老拿一些甜言蜜语来哄我。我听他跟父亲不只一次地说过要想办法让我去当小兵的事，尽管这话题通常发生在他俩谈话冷场的时候。马伯伯贵为副军，文化水平却不高，看得出父亲有时是耐着性子敷衍他，偶尔也会蹦出一些怠慢的话来。马伯伯显然已心知肚明，却没脾气似的把话题转移到我头上来。

当小兵是我梦寐以求的，小兵跟女兵通常都是后门兵，有特制的四口袋军装，还有三节头皮鞋穿，走在大街上跟天之骄子似的，回头率百分之二百。马伯伯的钱夹里有一张全家福，在他和老伴身后站的全是一排身着军装的俊男美女，五个孩子里有一个年纪分明跟我不相上下。听说小丫头片子是红星歌舞团里唱语录歌的小台柱子，出访朝鲜都好几回了。我在羡慕的同时认真总结了一下自己，我不会唱歌跳舞，自然进不了总政空政海政，不会体育也进不了八一体工大队，走钢丝踩高跷我一想都害怕更不可能去什么战士杂技团了。除了能吃辣椒我一概不会。难怪父亲一点也不积极，他早把我看透了。

我带虎子去了一趟山里。荆棘丛生的嶙峋怪石老令它背毛炸起，像刺猬一样。别看虎子长得五大三粗凶神恶煞的模样，见了陌生的东西一样害怕得要死，所以它好奇的地方比我还多。我对风景比较感兴趣，它只关注阴暗角落，兴趣不一样，所以我俩只好各忙各的去了。

豹子湾

　　日落西山的时候，阴风一阵阵吹来，哗啦啦的响声此起彼伏。通常妖魔鬼怪出来都是这副样子。我开始害怕了，转身去寻虎子。可叫了半天虎子都没冒出来，慌乱中我一脚踏上了一堆软绵绵的东西，顿时不祥地蹦了有三尺多高。好家伙，一条蛇呀，大麻绳一样盘在路中间，扁平的蛇头吐出了火红的信子。被我惊了之后，那圆盘便似有一个被牵扯的绳头，一点一点拉直、前伸，最后在地上摆出一串"s"形向我冲来。我发誓这是我第一次看见这么恶心的东西，那身鬼画符的土褐色花纹真是奇丑无比，能让人头皮发麻阵阵作呕，脊背上一片一片冒鸡皮。我发现恶心其实也是一种恐惧，与遇上豺狼虎豹先软腿脚的恐惧不同，恶心的恐惧是从脖梗上发出来的，只是还不至于使人立刻瘫痪。所以这让我有时间唤醒本能：跑！手中的野山菊顿时被我甩成了光杆。没想到那王八蛋还会追人，速度比我还快。我大踏步狂奔了一阵后，就见虎子以同样速度迎面冲来，我俩招呼都没打就擦身而过。难道是别人家的狗不成？我奇怪地回头望了一眼，虎子已把那蛇叼在嘴上了，像部队战士练摔跤似的，抱着对手摔个不停，一会儿工夫就满嘴血淋淋地叼着蛇脖子摇头晃脑地朝我跑来。我看见蛇身子还在不停扭动，余悸未消地边躲边嚷：放掉放掉快放掉！可虎子不听，跟立了战功似的，一会儿跑前一会儿跑后，脚步十分轻盈，一泡记路的尿都没顾上撒，把条死蛇叼进了学习班。

　　没想到一条五步蛇竟扫去了学习班里几天来的阴霾，张伯伯陈伯伯汪伯伯马伯伯欧阳伯伯所有伯伯都乐开了怀，尤其是易伯伯，广东人，东江纵队的，号称吃尽了天下所有的毒蛇。只见他娴熟地把蛇挂在了晾衣绳上，用小刀削掉了蛇尾巴，然后塞进嘴里弯下腰去嗍得一脸通红。马伯伯一旁取笑道：他妈的吸血鬼！易伯伯咂咂两口，擦了擦嘴巴不无遗憾地说：不行了不行了，僵掉了。张伯伯身材矮小可粗壮有力，他一掌就推开了精瘦的易伯伯，两手一扯便撕开了蛇的七寸，食指插进去一勾，一颗硕大的蛇胆便挑在了指尖上。他仰脖扔进嘴里，做了几下吞口水的动作。"你以为就你们广东人会吃蛇呀。"易伯伯不甘示弱，用力一撸脱裤子放屁似的，一下子就把蛇扒成了白骨精。马伯伯皮笑肉不笑地说你们可当心喽，这蛇龟都有灵性，会报应的。周伯伯说算了吧，要作孽他俩早死一百回了。易伯伯冲马伯伯嚷：你这个活阎王充什么大善人，杀那么多人也没见你下地狱走油锅呀。马伯伯像听到了表扬，立刻呵呵呵笑了起来。"活阎王"的美誉证明了他当年打江山时的狠劲，是他引以为傲的革命资本，双手沾了那么多敌人的鲜血，谁还能怀疑他不是一个彻底的革命者呢？马伯伯精神焕发地嚷："快去快去，拿到厨房炖汤去，老子今晚要痛痛快快喝两盅。老易，敢不敢奉陪呀？"

吃饭时那锅蛇汤刚端出来，瞬间就被分了个精光。我用筷子沾了沾，有点味精放过头的感觉，鲜得叫人发腻。我望着喝得呼呼直响的老头们，提心吊胆地等待着，幻觉里五分钟后他们就会双手捂肚一个个倒下。我们家老阿姨说过，煮蛇不能在有屋檐的下面，掉下灰来蛇汤就成敌敌畏了。我专门去了一趟厨房，可疑的地方实在太多了。

十几分钟后老头们不仅没倒，还吧唧着嘴巴嚷着汤太少了。易伯伯介绍起了他们广东"龙虎斗"的做法，色香味俱全。我一边斜着眼睛瞄他，一边用牙尖嗑了嗑蛇肉，心里还是很不舒服，干脆连碗一块放在了虎子面前。虎子端端正正坐着闻都不闻。我弯腰哄了半天就有些生气了，两手猛地按住它脑袋往碗里压去，它"嗷"了一声，挣脱我逃到大门外去了。我把剩下的蛇汤重新端回到桌面上，马伯伯掏完汤底子刚好过来。他见我纹丝未动就说三子，这么好的东西干吗不喝呀，喝了你的癞痢头就好了，保证今年夏天一个痱子也不生。我装模作样地说我都喝完一碗了，这碗给您留着呢。红光满面的马伯伯大受感动，摸完我的癞痢头后就把沾满蛇油的大嘴亲在了我的腮帮子上。我瞥一眼身边的父亲，心里紧张得要命。马伯伯夹一块蛇肉放进嘴里后，我就幸灾乐祸地坏笑起来。

豹子湾

这是我来学习班后干的第一件坏事，差点没得意忘形地记录在日记本里。提笔时我猛然想到了一些英雄人物，为什么他们的日记就干干净净一点缺点也没有呢？思索再三我觉得原因无非两条，要么从没干过坏事（这几乎不可能啊，人人都从小到大磕磕绊绊，他为什么就能从大到小未卜先知呢），要么就像我"狗吃了"一样，干了坏事死不承认，就等日后有意无意暴露出来，供人展览用呢。这样一想我也聪明了，万一以后我一不留神真当了英雄，那可就大煞风景了，要知道，当英雄也得查历史呢，我总不能自己给自己脸上抹黑吧？

我设计了一个三角符号，在旁边注明这年这月这日，心想自己明白就行了。正暗自得意时，随手一翻发现前面已经有很多这样的黑三角了，通篇像本不可告人的密电码，而且说明什么我自己也都记不得啦。

〔九〕

马伯伯一大早把我拽到一个僻静处，挺神秘地问我想不想跟他出山一趟。你知道来豹子湾后我多希望有人跟我说这句话啊，我立刻就冲他喊了声干爹。

他先带我到学习班外那条土路边藏了起来，然后就盯着学习班的大门缩头缩脑，虎子想出去放松一下都被他吼得小便失禁缩回来了。我觉得好笑，这哪还像个副军长老革命呵，堕落成潜伏的特务啦。学习班里那辆头天送货来的大货车一露面，他就窜上去飞快地把我推进了驾驶室。驾驶员见他还带了一个有些不乐意了，他又是递烟又是堆笑，车子好歹才重新上了路。我担心今晚回不来，他挤挤眼睛，胸有成竹地说放心，下午还有一辆送货车过来，咱们这辆车去那辆车回，神不知鬼不觉。我从倒车镜里看见虎子正拼命追赶着，就想让它也上来。马伯伯看一眼面无表情的司机，为难地耸了耸肩膀。

驾驶室只能坐三人，已经有两个兵蛋子了，再上虎子的确也不够现实，我还半坐在马伯伯的大腿上呢。可虎子完全可以去后面的车厢里喝西北风啊。虎子在滚滚烟尘中若隐若现，汪汪的叫声越来越远。这让我撕心裂肺。我几次探出窗外，朝它拼命摆手，那意思是让它别再追了，可它却追得更欢了，弄得我心里真有一种生离死别的滋味。

大概追了有四五公里吧，我忍不住叫了起来，两个兵蛋子天聋地哑，只顾抽马伯伯的中华烟。我急了，伸手就去拉车门，兵蛋子这才把车急急刹住了，很生气地骂我你不要命了！我跳下车说我要回去！马伯伯吓得追过来一把抓住我，说这么远了你怎么回去！虎子这时已追了上来，死命往我怀里拱，舌头掉出了一大半，哈哈的像刚启动的蒸汽机车。一个兵蛋子把头探出窗外问：老马，还走不走哇！马伯伯赶紧说走走，这就走。说着又来拽我。我挣开他后他脸就垮了，“我不高兴了，啊！”他沉着嗓子说。我斜他一眼，本来想不理他了，可一想他和父亲的关系便噘了噘嘴巴。“我真不高兴了！”他又重复了一句。我蹲在地上摸着虎子的头说虎子听话，回去哈。虎子摇摇尾巴，看看我又看看车窗上那四只不怀好意的眼睛，一屁股坐下了。我又一连说了几句，虎子看看回头路又看看我，尾巴不摇了。我依依不舍上了汽车。虎子还就真的不追了。

我担心虎子生我气了，心里难过得要命，路上谁说话我都不理。后来我又担心虎子光顾得追车了，一泡记路尿都没来得及撒，回不去咋办？我发现虎子一激动起来总忘了自己的本性，迟早有一天要迷路的。两个兵蛋子毫无人性，说虎子回不去更好，这儿的老百姓正愁没肉吃呢。另一个啧啧嘴，说有好几十斤吧？这话气得我差点没去夺他们的方向盘。我说干爹，您回去就给他们领导打电话，让这两个家伙退伍滚蛋。两个兵蛋子都张大嘴巴看着我。我说看什么看！我干爹可是副军长。两个兵蛋子对视了一眼，阴阳怪气地说是吗，那干吗还坐我们的解放牌呀？我说坐解放牌怎么了，只当活动活动筋骨，噢干爹？就像过去骑大马那样。马伯伯笑着摸我的癞痢头说好汉不提当年勇喽。司机不高兴了，把着方向盘瞪我，说你信不信我可以把你踹到车下面去！我站起来说你敢！"嘿——"副驾驶也跟着起哄了。马伯伯赶紧讨好地给他们发烟，说好好开车好好开车，安全第一，三子，让他们开车，我来给你讲故事，好久没给你讲故事了，今天给你讲个有关汽车的故事。我见他如此窝囊就泄了气，开始后悔跟他出来了。

汽车在悬崖峭壁上冲着蓝天飞驰，山间的云雾在身下飘荡，上下将阳光折射得十分透亮。有那么一刻大家都没再说话，面皮绷得紧紧的，待绕过一段急弯两旁的树丫遮挡了险境后，才松下一口气来。马伯伯把我重新按回到他的大腿上，说我第一次看见汽车的时候比你大不了多少，那是我一辈子的教训啊。

我惦记着刚才的屈辱，丝毫没把他的话听进耳里，眼睛望着窗外心里暗暗地恨着这两个兵蛋子。汽车螺旋下山的速度和急切刹车的冲力频繁交错，我感到快要吐了。

"那还是在赣南打游击的时候……"马伯伯沉浸在自己的往事中。我看见两个兵蛋子也是鼓着腮帮子一副爱听不听的样子，便侧回脸来故意饶有兴趣地望着马伯伯。"有一回我们去山下打埋伏，几分钟就结束了战斗，缴获了一辆白狗子的汽车，大家都很新奇，东摸西看，可没人会摆弄它，眼看队伍就得撤了我急了，心想这到手的宝贝怎么也不能再给白狗子留下。""那还不简单，"我插嘴说，"你把它炸了不就得了？"马伯伯在我癞痢头上拍了拍，说那怎么行，当时条件艰苦，弹药更是金贵得很，除非直接战斗，谁舍得浪费啊。我自作聪明，报告队长说这汽车肯定跟咱们人一样，人没眼睛走不了路，它没灯泡了准成废物。队长半信半疑，让大伙拆灯泡，可查看半天不知如何下手，只好喊里喀喳砸了。原以为它完蛋了，谁知道我们前脚刚走它后脚就开动起来，那个装死的司机，居然把没眼睛的汽车开跑了。两个兵蛋子哧哧笑。我本来也想笑，见他俩先笑了我就收住了。我觉得马伯伯不应该在兵蛋子面前讲这种跌份子的事儿，这太让人瞧不起了。可马伯伯收不住嘴，还继续往下说，说没想到队长会这么信他的话，说汽车都瞎了能跑多远哇，带几个人亲自追了上去，没想到汽车突然又倒着开回来，一下把队长轧车轮下去了……我扑到车窗上吐了，两个兵蛋子厌恶地捏住了鼻子。马伯伯一边拍我的背后一边说血的教训啊。我在他对队长怀念的长叹中，差点没把胆汁也给吐出来。

　　汽车在中午时抵达了自治州首府，下车时我眼圈已经黑得像个小熊猫了，可很快就被熙熙攘攘的人流给吸引住了。好长时间没见过这么热闹的场面了，兴奋立刻掩去了疲惫。马伯伯先是一再邀请两个兵蛋子共进午餐，被拒绝后又极不放心地叮嘱他们转告接替者老地方见，随后我俩就沿着青石板铺成的坡道急行起来。两旁是瓦房连成的街景，挑柴卖木的，野鸡野兔的，各种土货杂物琳琅满目。男人大都穿着黑衣黑裤，头上却戴着不伦不类的绿军帽，帽檐处还有一圈发黑的油渍。女人色彩略多些，袖口上编了一些织锦，筒裙把屁股衬得翘翘的。我几次咬着手指放慢了脚步，都被马伯伯提溜着又小跑起来，稀里糊涂跟他进了一家黑乎乎的狗肉店。原来他偷跑出来，就是为了吃上这顿狗肉哇。

　　马伯伯点完菜后急切地搓动筷子，说狗肉好，大补，吃了全身通窍。我望着到处横飞的苍蝇，嘟哝说狗肉大发，这么热的天我头上的脓包准得发破了。马伯伯嘬一口地瓜酒，笑呵呵说不碍事不碍事，以毒攻毒啊。看来他是个什么都敢吃的人。我肚子掏空之后正叽里咕噜，也没钱争骨气跟他分手，只好低头跟他一块狼吞虎咽起来。半小时后马伯伯头顶开始冒烟，汗珠里都是酒味了。我吃完后一直心不在焉地等着，见他没完没了的样子便先出去了。马伯伯打着饱嗝走到太阳底下，见我正在一家副食店袒露馋相，便过来善解人意地挨个给我称了几样点心。我态度坚决死活不要，非逼他说出"我生气了"才怏忸忸怩怩极其勉强地接受下来。心想这趟没白来啊。

在预定的时间预定的地点，我们多等了一个小时，才见汽车姗姗来迟，而且来的还是那两个兵蛋子，帽檐歪到了脑后，脸蛋红得像猴子屁股。我本来想埋怨他们几句，马伯伯朝我挤挤眼睛，小声说他俩肯定在生气呢。

上车后两个兵蛋子一声不吭把车开得飞快，马伯伯用鼻子在他俩身上嗅了嗅，说你俩没喝酒吧？我笑，心想你自己才喝了酒呢。兵蛋子没理他，车子开得更快了。马伯伯紧紧顶着靠背说不急不急，还早呢。路边有一些招手搭车的百姓，司机先减速朝他们跟前开，等人家挑起扁担迎上来，他方向盘一打油门一轰又快速划过，惊得人家人仰马翻。马伯伯伸出头去察看，说你们这样可不好，影响解放军形象哩。兵蛋子没把他放在眼里，照样又来了一次。马伯伯说你们领导让你们多跑一趟自有他的道理嘛，何必要生那么大气呢。副驾驶呸了一声，说狗屁道理，还不是那两个小子有后台嘛，老子都替他们跑过多少回了，欺人太甚！司机也嚷这种屏山路能连着开吗！惹急了别怪老子不客气！马伯伯慌了，说哎哎你们两个可不能拿自己的生命开玩笑啊——你说那两个司机有后台，什么后台？"人家爸爸是团长。""团长？一个小团长就这么嚣张！我回去就给你们领导打电话，也太不像话了。"司机不领情，斜眼说算了吧，老马，你也不看看自己现在啥身份，谁尿你呀，就你出来还是我们捎带的，还得看我们高不高兴呢。

马伯伯闻言就愣了，半天没有反应。副驾驶接着说老马，你过去欺没欺负过战士呀？"怎么会呢，警卫员和勤务兵我待他们像自己的亲儿子，都跟你们年龄差不多。""像儿子？那还不是欺负啊！凭什么要给你当儿子？"司机没好气地说，老天也真是有眼，对你们这些当官的就得惩罚惩罚，尝到滋味了吧老马？"停车。"马伯伯憋着猪肝脸闷了一句出来。前方一个身着苗族服装的女人在频频挥手。司机嗦了一声，速度丝毫未减地冲过去了。"我叫你停车你听见没有！"马伯伯提高了音调，豹子眼也抖了出来。我感觉到后脖梗上的粗气快跟喷火筒一样了。两个兵蛋子看了看他，有些犹豫了。当他再次喊出停车时，司机一点提前量都没打就踩下了刹车。马伯伯推开车门，回头恶狠狠地说了一句：要在过去，老子非毙了你们不可。

苗族女人见汽车停了，一路小跑赶了过来。副驾驶站在车门上无可奈何地说：上面有规定，不许随便载客。马伯伯斜了他一眼说有什么事我负责。那兵蛋子嘟哝：你能负什么责！马伯伯装作没听见，朝那女人招手"慢点慢点，别摔了。"副驾驶跳下车问那她坐哪呀？马伯伯想想，说要不你到后车厢上去将就一下？兵蛋子立刻嚷了起来：那怎么行，不行不行，绝对不行！这车没法开了。他转身冲驾驶室喊：老鳖，下车，下车啦！叫老鳖的正慢慢地轰油门以示不满，闻言就熄了火。

苗族女人三下两下自己爬上了后车厢。马伯伯给她递上了背篓后，拍了拍双手冲车头前两个正在对火点烟的兵蛋子说开车吧。兵蛋子背过身去装作没听见，走到崖边吞云吐雾去了。我听见那个叫老鳖的小声问副驾驶：你刚才看见什么了没有？副驾驶回头张望，说没看见什么呀？"笨蛋，我说的是那个女的。苗族女人的筒裙里可什么都没穿噢。""——真的！"副驾驶又赶紧回过头来往车上打量。"刚才老马可是在她底下呢。""我操，从下往上看那还不一清二楚哇。"两个兵蛋子嘻嘻坏笑起来。"难怪这么卖力，老不正经呢。"

马伯伯看了几次手表，很不耐烦地等着。兵蛋子抽完烟又比赛往山谷里扔石头。马伯伯背着手喊：还不走哇？叫老鳖的头也不回说车坏啦。"坏了就赶紧修呀！""修不好啦。"我见公路上半天也没有一辆汽车经过，荒山野岭的叫人发毛，便紧跟在马伯伯身后一个劲地问怎么办呀干爹？怎么办呀？他伸出手在车头上拍了拍，副驾驶见了就嚷：别砸灯泡啊！马伯伯在他们的取笑声中朝我递了一个上车的眼神，然后我俩就分头快速爬进了驾驶室里。马伯伯手忙脚乱把汽车发动起来时，车子竟猛地朝后退了一下，差点没把我的脖子折断。不过汽车很快又往前开了，而且越来越快。

我以为他还是当年打白狗子的水平，两手抓牢了扶手。马伯伯见我紧张万分，就说放心吧，我还会开飞机呢。我见车子果真不在中间道上跑了，心里稍微踏实了一点。倒车镜里那两个兵蛋子跟先前的虎子一样，也在尘土中时隐时现，我顿时开心不已，直夸马伯伯真棒！并跺着脚催他：开快点开快点，鬼子要追上来了！

车顶上突然咚咚下起了冰雹。我把半个身子都探出了窗外，朝拼命擂车顶的女人喊：不要吵不要吵！那两个家伙是坏蛋！苗族女人立刻不动了。我缩回头，见马伯伯得意洋洋哼起了小调，表情像个老顽童。为他高兴的同时，顺口就说了一句：您以后肯定出不来了。他想了想就把车子靠上了路边。刹车，挂挡，拉手闸，熄火，然后就跳了下去。我知道他不会扔下两个兵蛋子，可也没想到他会这么快就缴械投降，那待会儿还不被他们欺负死呀。我忧心忡忡地跟了出去。

马伯伯站在车尾处，双手叉腰一脸严肃。我与他站成一排，心虚地也把两手顶在了腰眼上，回头一看，苗族女人手拿扁担杆在车上，也是一副英姿飒爽的派头，不由就有了"军民团结如一人，试看天下谁能敌"的感觉。

等了好一会儿，那两个兵蛋子才一步三摇叉着肚子，从转弯处冒了出来，胸前叫汗水洇湿了一大片。看样子再跑一百米他们就得趴下了。他俩快到跟前时我的小腿肚子打起晃来，心想这回该轮到我和马伯伯在后面追了。没想到两个兵蛋子竟在马伯伯面前把帽子匡正了，毕恭毕敬像一对做了错事的孩子。真他妈脓包孬包，草包软蛋。

马伯伯把车钥匙往他们手里一扔，很平静地说走吧。两个兵蛋子听话地回到驾驶室里，待我们都坐稳后，才把汽车发动起来，起步得十分循规蹈矩。马伯伯一直闭着眼睛，嘴角向下撇着，像电影《南征北战》里正向凤凰山开进的张军长。我担心兵蛋子们口服心不服地死灰复燃，再玩什么新把戏，便请他们吃我的点心，顺带把马伯伯"活阎王"的外号添油加醋胡吹了一通，还故作神秘地告诉他们，马伯伯这颗人头可值钱了，国民党都开过一百多块的现大洋呢。瞌睡中的马伯伯头一耷拉，哈喇子就滴到了我脖颈上，我赶紧侧侧身子给他遮住了。

"你们知道我干爹怎么找的他老婆吗？就是我干妈呀。"我接着吹，"嘿，那气派，你们想都不敢想。当年我干爹骑在高头大马上下部队视察，在一群夹道欢迎的女兵蛋子里，马鞭子一抡，啪的一声，'我就要她了！'漂亮媳妇就到手了。怎么样，牛逼吧？"两个兵蛋子死劲舔了舔嘴唇，一脸的羡慕，吃我的点心更勤了。回归路上我一人唱了独角戏，制服人的感觉真好。

〔十〕

第二天我是被外面乱糟糟的吵闹声给惊醒的。如此大的动静使我意识到，学习班出事了。

院子里马伯伯像个瘟鸡似的耷拉着脑袋，身边围了不少地方上的人，有公安还有老苗，好像是为昨天苗族女人搭车的事。我一时不得要领，立刻觉得自己一定也有什么地方做错了，赶紧蹲下身子，搂着虎子从栏杆缝里往下张望。

有几个苗族男人很激动，手指点在马伯伯的蒜头鼻子上说要打死他。另一拨苗族女人则坐在地上哭得惊天动地，两只手臂一会儿朝上一会儿朝下，拜天地似的。门口的手扶拖拉机上躺着一具盖着草席垂着长发的女人，露在外面的脚丫白惨惨的一动不动。难道这就是昨天

豹子湾

那个搭车的苗族女人吗？好像死了耶。

我想起昨晚汽车到驻地时，大家才发现后车厢上的女人不见了。山区坡路多，有时候车速比人的步行还慢，也许苗族女人自己跳车走了吧。司机不以为然，说山民常这样搭车，这个上坡爬车那个上坡跳车，司空见惯。马伯伯见他们说得轻巧也就没再当回事了。可怎么就死了呢？好好的呀。

我看见父亲像个主心骨，劝这边劝那边，最后和管理员一道把几个公安还有老苗的代表请进了楼下的会议室。众老头也迅速把马伯伯保护性地围了一圈。那两个原本一早要赶回去的司机也被困在大门那儿委屈得直嚷嚷，说都怪马老头，我们说不拉他偏要拉，还大耍军阀作风，强行抢夺我们的汽车呢！我见马伯伯一声不吭白头发乱得像秋风扫过的稻草，就腾地站起来居高临下地喊：你们胡说！马伯伯是在做好人好事。两个兵蛋子一点也不像昨天被镇住后那样乖巧了，迎着我吼：出人命啦！我瞥一眼拖拉机上的女尸，立刻又蹲下了。想起昨天跟他俩吹嘘马伯伯是杀人的活阎王，没想到还真给说中了。

父亲从会议室里出来，与老头们交头接耳了一会儿，然后就散开各自回房来了。我急忙跑回房间重新上床虚合起双眼。虎子不懂事，前爪不停地挠我，被我一脚给踹到墙角去了。父亲进来时我的睫毛抑制不住地抖动，生怕那只断掌飞来。

父亲看都没看我一眼，急急拉开他唯一上锁的抽屉，哗啦啦点起钞票来。他点得似乎有些心疼，反反复复地沾口水。母亲生气时常说父亲像个农民，我觉得父亲这会儿就是个农民，沾口水点钱多不卫生啊。我爬起来抠着眼屎看他。父亲冷冷一瞥，说你们昨天干的好事！我装糊涂问怎么啦？父亲锁好抽屉开始穿军装，来豹子湾后我还没见他这么正式过呢。

"昨天那个搭你们车的人让树杈穿了肚子在山上整整吊了一夜。""什么？让树杈给穿死了！"我惊呆了，父亲瞪我一眼，说老老实实在屋里待着，哪也不许去了！他摔门而出后我盯着门后晃动的衣服发呆，苗族女人一夜吊在树上的情景让我毛骨悚然。吊死鬼啊。马伯伯好不容易勇敢一回，跟两个兵蛋子做斗争，没想到好心办了坏事。

我心惊胆战回到走廊上时眼睛突然一亮，楼下的老头们全都穿起了军装，庄严列队给苗族女人三鞠躬呢。威武的橄榄绿上一颗红星两面红旗，革命的队伍到深山啦！与平时那种罗汉衫白背心的稀拉萎靡迥然不同。我莫名地兴奋起来，这可是豹子湾里第一次统一正装啊，雄壮、气派、好看！

父亲依旧在唱主角，率一帮两鬓霜白的老头们把一个厚厚的信封递到一个苗族男人的手中（显然是大家的集体捐款了），然后抬手敬了个军礼。所有老头都神色凝重地抬起了右手。我躲在柱子后面照葫芦画瓢碰了一下右额头，手掌一甩颇有点美军的味道。

那男人手捧厚厚的信封有些诚惶诚恐了，在一群老军人面前茫然无措。跟他来的那些人也一一过来，争相抓着每个老头的手都握了一遍，满是感激满是歉意，先前还火药味十足的场面，瞬间变成了军民鱼水一家亲了。

拖拉机走的时候，老头们又列队行起了注目礼。嘭嘭的马达声刚一消失，就有人迫不及待地解开风纪扣脱下了军装，如释重负地垮塌了肩膀。在我眼里又还原成一帮毫无生气的糟老头了。

晚上马伯伯小偷一样溜进了我们的房间，对父亲充满了感激之情。后来他提出要去我的菜园里解手我就陪他去了。他的尿撒得滴滴答答有一阵没一阵的，既湿了裤子又淋了脚背。我见他垂头丧气的，就指着天上说，干爹，您看那些北斗星，我都起了新名字，最亮的那颗是您的，许个愿吧，它一定会保佑您的。马伯伯从裤裆那抽回手来直接摸上了我的脑袋，然后抬头看了看，叹了口气说，回去睡觉吧。我有些失望，与他拉开了距离。

豹子湾

159

苗族女人一夜吊在树上的情景让我毛骨悚然。吊死鬼啊。

〔十一〕

　　这年豹子湾里下了一场罕见的大雪，直到开春山峦的积雪仍久久不化，像片静止不动的白云。我的瘌痢头在这样的季节里有所收敛，疤痕处也长出了新毛。父亲根据母亲的指示，不知从哪搞了一块厚厚的黄蜡来，高温溶解后严严实实敷在我的板寸头上，然后再用一管紫光灯猛烤，真是万箭钻心苦不堪言。

　　母亲又来信了，每到这时父亲总要掐头去尾给我念上一段。母亲说他们那今年雪不大，温度比往年高，她很担心夏天会有流行病发生。我想起自己过去写作文，开头总要"东风吹战鼓擂"一番，不管是"记一件小事"还是"十月颂"，这顶开宗明义提纲挈领的大帽子是一定要戴的，它代表一种觉悟一种高度。母亲这样忧国忧民给我感觉觉悟与高度比我还高，好像她这会儿正坐在中南海里日理万机呢。父亲也有这种毛病，信里称母亲为同志，结尾千篇一律的"致以革命的敬礼"，我们家生活了两位同志呵。国事好不容易关心完了家事才提上日程。母亲除了关注我的瘌痢头就是让父亲再看我的屙屙屎，说里面文章大着呢，什么毛病都可以看出来。估计父亲没这个本事，也没这个兴趣，果真，他念着念着就嗯嗯啊啊敷衍过去了。信中母亲再次强烈表达了不许我和虎子过分亲昵的要求，就狗身上的细菌问题，她危言耸听地罗列了一大串，开始还真把我给唬住了，借易伯伯看报用的放大镜，死命在虎子身上找母亲说的这个菌那个菌，还揪着尾巴连狗屁眼都看了。给虎子定期用肥皂洗澡后，我就觉得它比我还干净呢。以夏天冲凉计算，给虎子洗澡通常都在半小时以上，而我自己前后不到五分钟。所以父亲闻着虎子身上的花露水味也就睁一眼闭一眼了。

有关两个哥哥的情况我听得比较仔细。信上说他俩插班进了一所地方中学，成绩还不错，现在都满口"饿（我）饿（我）饿（我）了"。我哈哈直乐，阎锡山的队伍。父亲若有所思地看我一眼，说你也该去读书了。我嘟嘟嘴巴不置可否。这个鬼地方我又能干什么呢，读就读呗。

父亲举着烟光看不念了，我知道接下来没我什么事了，只等他回信时我狗尾续貂歪歪扭扭署上大名再写一句问候的话语就行了。我拉开门准备出去时，父亲突然冲我喊："你妈入党了！""真的？"我赶紧跑回来看信。要知道我妈入了多少次党啊，入得我们都烦了，每次说要了要入了，结果没入成还被造谣中伤得千疮百孔，蜕掉了一层皮。长久以来母亲的政治面貌一直是我们家的头等大事，那顶"破落地主"的帽子压得我们抬不起头来。这回好了，总算破门而入啦。

要说我母亲十三四岁参军，从北到南还真没少为党和人民做过贡献，都说母亲矮矮一窝，我的身高就很能说明她在成长发育时，是如何艰苦卓绝从而耽误了身体也贻害了我们的。一个丫头片子经常要昼夜行军几十里，在练就了一边睡觉还能一边走路的本领时，也失去了可能出落成亭亭玉立的电影演员的机会，我也不可能当王心刚了。不过我还是很感激我的姥爷抽上了大烟，如果他不把殷实的家产抽成"破落地主"，那我母亲怕是一辈子也入不了党了。直接的危害是：我父亲进步也可能深受其害；老二梦寐以求想当飞行员，别看他身体壮得跟头牛似的，可人家要查他祖宗三代，他准得跑肚拉稀，立马瘦成麻丁棍不可。姥爷亡羊补牢真是"先知先觉"啊。

我觉得有必要庆贺一下。我蹿到门外，挨家挨户推门，跟虎子一块探头探脑。我是这样宣布的：×伯伯，我妈入党了。如果对方只噢一声，我抽身就走。如果对方说是吗？饶有兴趣的样子，我就会多待一会儿。不过虎子配合不好，几次关门都夹了鼻头。我通报的情绪全视对方的态度而定，这么神圣的事儿我哪能不矜持一点，过去虽说父亲是个老党员，可母亲不是，这多少有些残疾。现在不同了，父亲母亲都是党员，我也就正经八百成党的人了，是党的儿子。你想党的儿子能拿热脸去贴人家冷屁股吗？绝对不能！

父亲不如我那么激动，相反倒显得心事重重。近一段时间他烟抽得异常凶猛，整间屋子跟要着火了似的，虎子的嗅觉估计也只能闻闻烟味了。我听见他朝马伯伯发牢骚，说再怎么样你们还有个老资格垫底，船到码头车到站，我算怎么回事？跟你们泡在一起，显然是搭错车嘛。马伯伯也说看来不再是转弯子这么简单，要打持久战了。父亲听了就一根接一根地对烟，把自己咳得像得了肺结核。

有一次父亲闷闷不乐地乖打我屁股时，我说您干吗不转弯呢？父亲怔了一下，说小孩子不懂。我说这有什么不懂的，该转不转就不对。我把自己有一回试着在山路上扮盲人摸象走直线，结果差点没失足摔进山沟里的事说给他听，父亲立刻就板起脸说以后不许再这样了，危险。我说那您现在不是危险吗？"胡说，"父亲强词夺理，"这是两码事。"我泄了气，心想一时半会儿是离不开这豹子湾了。转个弯子怎么就这么难呢？

我发现我已经喜欢上烟草的味道了，父亲每天都让我沐浴在那缭绕的烟雾里，一旦不闻竟若有所失。父亲抽烟的姿势很帅，有一种男子汉的味道，我觉得横刀立马也不过如此。我想我也应该找根烟来试试，我以后也要当男子汉啊。

我菜园的篱笆上有许多过季的瓜藤，枯黄焦脆有些已经开始霉烂了，我选取一截点上火嘬了一口，很不顺畅，只能加大力度猛嘬，口腔的酸水和辛辣的烟雾混合在一起，直到中午吃饭时还味同嚼蜡。见父亲饭后一根烟赛过活神仙的样子，我顺手就在他烟盒里偷了一支，跑进菜园的茅坑里重新尝试。这回吞的倒是顺溜了，但吸进去的烟不知该如何排出，像吃饭那样全往肚子里咽，结果全堵在了胸腔，秤砣一样压得差点没背过气去，鼻涕眼泪流了一大把。我气得把烟屁股捅进了虎子的鼻眼里，虎子嗖的一下从我头顶上飞过，蹦到篱笆外面去了。我只听过狗急了能跳墙，还没见过真格的呢。我提着裤子跑出来，与虎子对视了一会儿，它鼻头一抽一抽的，我手一伸它就往后躲，眼里全是警惕的目光。看来学抽烟也是需要勇气的。

几天后我又试了几回，仍然又苦又辣还多加了一条头晕。直到我把自己抽得难受得不能再难受后，舌苔突然开始发甜，鼻腔也能感受烟雾丝丝缕缕的滑过，有种通窍的舒畅，终于舒服啦。可过了几天再抽，那罪还得从头再来一遍。原来这玩意儿还不能停下来。我一点也不担心父亲闻出我嘴里的烟味，他自己浑身上下无一不是那种味道。我比较犯愁的是香烟从哪来呢？

我发现从父亲拆开的烟盒里拿烟，有一定的危险性。他似乎很敏感，捏着迅速瘪下去的烟盒总有些疑疑惑惑。我试几次就做几回噩梦，跟朝鲜反特电影《看不见的战线》似的。后来我灵机一动，在他整条香烟上打主意，将每盒烟的封条小心翼翼地撕开，从最边上掏出一支，揉乱次序，然后再用干净的米饭把封条重新粘好，看上去就跟没动过手一样。几天下来父亲未发现异常，胆量顿时倍增，发展到后来就敢每包里面取两支了。

其实我之所以敢如此胆大妄为，还有一点就是也想在吞云吐雾中寻找父亲那种对失落的排遣。我知道父亲心里不好受，来豹子湾以前他原本是要提拔的，据说命令文件都打印好了，后来为什么会偃旗息鼓，我就不太明白了。不过有些事情我也能依稀感觉到一点。

还记得我说过我们家的那个老阿姨吗？她的宝贝儿子所在的那个造反派组织叫香江风雷。他们在我们那座城市里曾一度横冲直撞血流成河。后来上面发话说"香江风雷"是反革命组织，于是我们所在的部队便受命出来收拾残局了。那天晚上整个大院禁光禁声，黑灯瞎火中聚集了十几辆美国二战时留下的"道奇"十轮大卡车，雨篷遮得严严实实。戒严令生效后便轰隆隆驶上了灯火通明的城市大街，那声势只有在电影里战略大反攻才能见到。

执行任务的部队成立了"前指"，父亲被赋予了现场指挥的权力。他系上了武装带，身边站了个背步话机的小战士，微翘的肚皮看上去极有风度，举手投足像个将军，特别是那声铿锵有力的"出发"长久定格在我的脑海里，令我终生难忘。说实话我从没见过父亲这般高大，在我印象里，部队紧急集合野营拉练从来没他什么事儿，倒是把母亲经常忙得手忙脚乱，背包打得像炸药包，结实极了。父亲在机关久了稀拉惯了，不比基层干部立正稍息调门大得都能扯破嗓子。我都有点担心父亲能不能把反动派一扫而光了。

据说那天晚上还发生了一件很搞笑的事儿。临近黎明搜捕行动已告结束，父亲看着他的罗马表，正要发出收队指令时，晨曦中跑来一个戴红袖套浑身湿漉漉的中年男人。他见父亲被人簇拥着，认定是个官儿，立刻套近乎地问：解放军同志，我是来找"香江风雷"总部的。众人都瞪大了眼睛。父亲背手绕他一周，问："外地来的？"那人点点头，说："我是长沙分部的，我是来搬救兵的。"他看了看四周全副武装的士兵，啧啧道："要是你们能支援我们一些小钢炮就好了。"父亲乐了，说你上车去吧，你们总部在那呢。那人两眼放光一蹦三尺，"太好了！"转身就往车上爬去，嘴里还叫着："这下好了这下好了，把当兵的都搬动了！"大家哈哈直乐，说这是意外的收获。

可意外的事情一开始就意外个没完了。仅仅消停了几天，"中央文革"就发话了，说"香江风雷"是革命组织。很快部队大院就受到了攻打冬宫式的冲击，损失惨重。如你所知，就是我们家老大老二乱对口令摔了大马趴压出了屁屁屎的那次，战士们端的枪里一发子弹也没配，吓唬不灵就只能用血肉之躯去阻挡了，头破血流者比比皆是。我们家老阿姨的儿子对大院轻车熟路，几次都差点把部队首长还有我父亲给掳走。

这事过了没多久，知识分子出身的政委突然被停职审查了，上面

豹子湾

下来的工作组带着父亲的任职命令来找父亲谈话，暗示只要能揭发政委反戈一击，提拔依旧算数。此前，政委已在部队内部被造反派揪斗过无数次了，有一回还被造反派的家属"坐了飞机"扇了巴掌。事情起源于"文化大革命"开始前部队倡导的年轻化、知识化、专业化，政委乾纲独断一口气开出了一百多个准备处理转业的团职干部名单，"文革"突然开始，打乱了他的部署，可名单却已泄露，政委自然被人恨得要死，告状信一天也没消停过。这次来的工作组显然掌握着政委的命运。记得父亲当时一连几天都没去上班，全家人都轻手轻脚生怕惹他生气。据母亲讲父亲与政委气味相投惺惺相惜，父亲的任职也是政委力荐的，现在，摆在父亲面前有两个选择，要么倒戈（还得一击），任命到手；要么沉默，听之任之。父亲选择了第三条，为政委评功摆好。结果政委被递解回原籍劳动改造去了，父亲的提拔命令自然成了废纸。后来他就去三支两军了，又当了好几年军代表，再后来就到这豹子湾里来了。

值得一提的是，我们撤离大院的头天晚上，老大老二满眼充血地掐着指头找人算账，连续作战打了四场恶架，除了老二被人咬破了耳朵，对方基本都头破血流。我们家落难了，正穷凶极恶呢，一些聪明的都躲得远远的，也有一些装傻充愣的，肉搏一度惨烈不堪。当时我也豁出去了，不停地给两个哥哥送石头递木棍还帮着揪头发踹屁股，老爹的气全让我们给撒尽了。老大老二公私兼顾，先找自己的仇人，再估摸父亲的对手，结果一晚上又砸了几家窗户。

第二天都要出发了，母亲还忙着给受害人赔礼道歉，然后就是自家人的道别，父亲和母亲道别，我和两个哥哥道别，再然后就上车各奔一方了。两个哥哥很不甘心，眼泪汪汪中挥舞着拳头，冲老远围观幸灾乐祸的人们喊：我们还会回来的！可我们再也没有回到这座城市这所大院了。

〔十二〕

父亲给我找的乡村学校是一个大牛棚，房顶是发黑的稻草，腰墙是半截干打垒，坐在里面一抬头四周能一览无余。通风倒是通风，只是外面全是学生拴的老水牛，哞哞的，我一聚精会神，就能听见扑哧牛屎拉在地上的声音。我的虎子很可怜，牛尿满地毫无它的立锥之地，只能躲到山头坡上去与我遥望。虎子每天都要陪我来回走上十几里山路，还得在臭气熏天的野地里苦苦等候，这忠心令我感动，可我实在没理由把它也带进课堂来。好在老师上课也不怎么守时，迟到早退家常便饭，而且一下雨就算放假了，赖在被窝里可以继续睡他个昏天黑地。

这里只是一处临时校舍，原来的学校被山洪冲垮了，学生们见缝插针给疏散到了山区所有能将就的地方。我们这大大小小有近五十人，通通五年级的干活，这很令我茫然。我的课本有两种，四年级和五年级的，我都上过初一的人了，总不能越学越退步吧？这课我上得就有些三心二意了，而且老师的话我一句不懂，只好睁着眼睛打瞌睡。我的同桌叫细伢子，身材矮小手脚却大得出奇，第一次见面就请我吃螺蛳，用盐水和干辣椒煮的。他示范性地把螺蛳头顶进桌缝里，使劲一挤螺蛳头就碎了，嘬起来两头通气十分顺溜。我如法炮制，课堂上就时时响起吸吸溜溜的声音。我吃着上瘾，还陪他一块去田里摸过一次，被蚂蟥蜇得血流如注。细伢子鬼精，只在桌面以下挤，我是哪有缝往哪塞，很快桌面上就坑坑洼洼放不平课本了，我担心老师说我破坏公物，细伢子便用茅草烧了一把白灰，伴上自己的童子尿猛擦了一气，那新痕立刻就黯淡下来，可尿臊味却挥之不去，和着外面冒热气的牛粪，真正构成了我的"乡土气息"。每到课堂作业时，细伢子就主动把他尚好的桌面让给我，很够哥们。作为回报，我除了让他抄作业抄试卷，放学后还会陪他砍上一会儿柴火，一来二往就成好朋友了。

给我们当班主任的是个民办教师，疤拉眼，语文算术通吃，眼睛总像水牛似的红红的。他穿一套皱巴巴的土布中山装，原来是什么颜色快分不清了。帽檐也失去了韧性耷拉着，两根袖套油光锃亮，很像蹭刮胡刀的泥布。他骂学生最得力的一招就是拿我父亲来敲山震虎给自己长威风。我父亲带我来报到时曾给他递过一根香烟，他推托一番后把它夹在左耳朵上，我父亲见他舍不得抽又给他递了一根，他又推托一番后夹在右耳朵上，最后我父亲一边点火一边又递了一根，他这才诚惶诚恐含进了嘴里，还恨不得要把吐出的每一口烟雾给追回来。告别时，我父亲习惯性地给他行了个军礼，他惊得一跳，左右耳朵上的香烟全掉在了地上。这以后见谁调皮不服管束他就搬出我父亲来，说我父亲多大官呀，还给他敬礼，你算老几！虽然我有些小兴奋，但疤拉眼这种身份抬举我父亲也并不值得太过虚荣。为了臭显，我送了顶军帽给他，估计他从今往后睡觉都要戴帽子了。可我居然一次也没见他戴过（难道珍藏了），倒见他在课堂上发过一次猪婆风（癫痫），上着上着课眼睛忽然一阵翻白扑通就倒掉了，直挺挺的，脑袋落在地上发出西瓜开瓢的声音，两只胳膊死死夹着自己，口吐白沫螃蟹似的。那条穿着补丁加补丁裤子的细腿还一蹬一蹬的，像在给自己拼命地加油鼓劲，照我看完全像在垂死挣扎了。见大家都见怪不怪，我也抑制住了害怕，看戏一般地围观起来。几分钟后疤拉眼睁开了眼睛，冲一圈离开了座位的学生死劲眨了眨，吃力地坐起来背过身去，用已吐得脏兮兮的袖套边揩嘴角边说没事了没事了，都回到座位上去吧。于是又接着上课了。我那时不懂猪婆风的厉害，以为他轻伤不下火线呢，又赠了一个军用挎包给他。

农村孩子上课都有些木讷，不像城里小鬼那样油头滑脑，我就喜欢摇头晃脑抖大腿，不过细伢子喜欢在板凳上蹭屁股，像磨盘一样挈挈个不停。这严重分散了我的注意力。我见他脏黑的脸蛋上有几块十分醒目的白斑，就认定他肚里有了蛔虫，从学习班医务室里拿了几片打虫药来给他，上午吃的中午就逼他去草丛里屙屎，直到下午放学都屙了三四回了还不见蛔虫出来。第二天上午他蹭得更猛烈了，几乎震耳欲聋，嘴里还发出了嗯呀、嗯呀声，也不知是爽极了还是难受死了。我很担心他会把裤子磨穿，让他轻点。他无奈地看着我，颧骨上的肌肉全往上挤，鼻子变成了一块肉疙瘩。突然他又一动不动了，嘴巴噘成了小樱桃。我用肘子捅他，问他怎么了？他说屁眼好痒。说着手就从后面伸进屁沟子里去了。我捂着嘴巴偷看四周的反应，没想到他竟把一条蠕动的蛔虫提了出来，还说："你看！"我眼睛一闭差点没把早饭喷到他脸上，连中饭都躲得他远远的。

细伢子一心想跟我去"军事禁区"里看看，有一回我都差点答应他了，围着学习班转了几圈，最后还是叫他站在铁丝网外看我的菜园了。地方小孩历来对部队大院都充满敬畏，我可不想叫一帮糟老头子破坏了我的光辉形象。细伢子隔着铁丝网对我还会种菜大为惊奇，眼里净是不解。我告诉他我这是为了保持劳动人民的本色呢。细伢子想了半天，说那咱们不是一样的了？我说当然，我也是贫下中农的儿子——不对，按辈分我该是贫下中农的孙子了。细伢子笑说那我辈分比你大哩。他不由自主就流露出翻身做主的神情，对我种的东西行家里手的品头论足起来，还说我要靠这个吃饭准得去喝西北风。我见他得意忘形了赶紧说你这么认真干啥？我这只是业余爱好。细伢子从铁丝网里往院里看了看，转眼就恢复了对我的崇拜。

我上学的事在学习班里也成了关注热点，每当我放学归来，老头们就堵在大门口那，这个问：三子，放学啦？那个问：考试了吧？还有问多少分的。这么隆重的场面常弄得我发怵，话都不好意思说了。

豹子湾

这更助长了老头们的兴致，七嘴八舌问得更勤了。那个跟父亲来自同一部队的周伯伯，总想出我的丑，见我老不吭声就以为我考试不及格了，带头过来掏我的书包，要找成绩单。我死死捂着，见他们人多势众我拔腿就跑，老头们便散开来追。我原本就没打算真跑，考了一百分我臭美还来不及呢，所以没跑几步就故意让他们给逮住了，书包里立刻盛进了三四只大手。

"哎哟，满分嘛！还谦虚哪。瞧瞧，这字写得多漂亮！""不错不错，小三子有出息，有出息！"那些大手又全摸到我那刚有些起色的癞痢头上来了。我扭捏作态，越发显得不好意思了。周伯伯翻了翻我的课本，说三子，你这个年纪都该读初一了，怎么还是五年级呢？我立刻心虚了一大截，这明摆着说我是个留级生嘛。本想给他翻个白眼，考虑到人家说的实事求是，我只好夹起尾巴跑开了。学习班里，我最讨厌的就是这个周老头。

由于我特殊的背景，学校上上下下都对我另眼相待，尤其是那个疤拉眼民办教师，中午总要往我自带的饭盒里夹两片腌肉，上课还时常让我领读课文，并号召全班同学向我学习普通话。女孩子们看我个个都柳眉舒展，可惜她们太黑太邋遢。既然大家这么器重我，我也得露两手才行。搞个忆苦思甜会吧，这在城里可是学校屡试不爽的节目，何况学习班里放着这么多现成的老革命不用，真是可惜了。找谁呢？我想来想去想到了干爹马伯伯，可自从吊死了苗族女人后他就像霜打的茄子，整天蔫不拉叽的，寡言少语了。算了吧，找易伯伯，学习班里数他文化最低，解放以后去军事院校深造，读了几天就泡了病号，所以官总是越当越小，说不准哪天就会缩回到娘胎里去。老头广东人，抗日那会儿还下过香港呢，只是口音实在难懂。本来还有一个人也比较合适，那就是周伯伯，他是东北人，二道贩子出身，口才好得像说书，没看过《三国演义》却能讲得头头是道妙趣横生。他说他当年保卫四平，硬是打到全营只剩下了他一个。没错，我还听说他那次是喝醉了酒，睡过去了，被当场连撸三级。要不是他后来身先士卒又连挨三枪，怕也不能官复原职了。关于喝酒误事他倒挺能自圆其说。他说喝酒是军人的传统，当兵要喝送行酒、打仗要喝壮行酒、胜利要喝庆功酒，英雄好汉都离不开酒。算了吧，吃了败仗难道还得喝谢罪酒不成？山区孩子要都给他调教成小酒鬼了，还忆个屁苦啊。还是易伯伯吧，听他那外号"一根弦"就知道他有多耿了。而且他也当过放牛娃，跟现在这些孩子们有共同语言，估计能收到立竿见影的效果。我把做报告的事跟老易头一说，老头顿时兴奋得不行，拼命咳嗽清嗓子，恨不得立刻开讲。好长时间没做报告了，正憋得慌呢。

忆苦思甜那天公社的头头脑脑都来了，还跟了一串喽啰兵，搭了主席台搁了个半导体话筒，地坪上坐满了锅盖头和小辫子，大多都是分散在各处被统一集中到这来开大会的学生，有些还是自带着干粮大老远星夜兼程而来。会场打出的横幅也很有气势，一红一白对比强烈。红笔写的是"向老红军学习、致敬"，黑笔泼的是"不忘阶级苦牢记血泪仇"，场面庄严而肃穆。"天上布满星月芽儿亮晶晶，生产队里开大会，诉苦把冤伸……"歌声如泣如诉。主席台边上还支了一口大铁锅，准备熬野菜汤用的。老易头一见这么隆重就傻了眼，我俩赶了七八里山路，他气都不想喘一口就要打道回府。我以为他怯场了，说别怕，有我呢。老头指指那迎风招展的横幅说我又不是老红军啦，你马伯伯才是老红军啦，我是游击队的啦，后面才改成新四军的啦，搞没搞错？我说那还不是一样啊，老头较真，说怎么能一样呢，随便搞搞，咋搞出这么大动静嘛——完蛋球。最后这句像是西北话。

同学们念经似的"忆苦歌"戛然而止。地坪上响起了雷鸣般的掌声，公社头头跑过来与老易头握手来了，不由分说把他推上了主席台。

我对这个场面相当满意，动静越大我也就越露脸，这么多目光看我我也想到主席台上去，只是没人请我，再看疤拉眼，人堆里蜷着，也没他什么事了。这就像两个主谋，成事之后连个座次也没排上，我心里不免有些悻悻的。一屁股蹾在地上更有了坐冷板凳的感觉。

公社主任先做了半天当前形势一派大好不是小好的讲话，随后才把小喇叭推到了易伯伯面前。易伯伯一声不吭把小喇叭给推回去了，主任一看又给他推了回来，易伯伯立刻又推了过去。两人众目睽睽之下来而不往非礼也，最后老易头把小喇叭往另外一边一戳，再也不动了。全场都怔怔地看他，他却捧起茶杯呼呼绕圈喝起水来，还反请那个主任"你来你来"。主任丈二金刚一时不知该如何是好了。场面冷得快要结冰啦。老易头的行为令我光火。小鬼头们开始喊喊喳喳交头接耳了，看我的目光就像看一个骗子，远处的老牛也不耐烦地哞哞叫了。

"你们没看见易伯伯的腮帮子上有凹进去的两大块吗？"我急得跳起来帮老易头打开话匣子，"告诉你们，那可是和日本鬼子拼刺刀拼的。"我拿手比划着，"这边进去那边出来——扑哧。"话音一落就赢得了一片惊叹声，老易头抬起头来看我，我视而不见，"易伯伯也是放牛娃出身咧，十三岁参军，人还没枪高！"大家亲切地鼓掌，老易头终于咧嘴笑了，很谦虚的样子。我又嚷："白求恩大夫还给易伯伯开过刀呢。"老易头眼一瞪我就意识到张冠李戴了，被白求恩动过刀的是马伯伯，谁让他闷声不语呢。

那个主任冲老易头一个劲地赞赏："了不起，太了不起了，您这么小就参加了红军——"老易头赶紧摆手打断："哎，不是红军，不是红军，是游击队，新四军啦。"主任顿了一下，说这么小就有这样的革命理想，不简单啊。老易头盯怪物似的冲着他，说那么小能有什么革命理想？又不是天才！一天下来就想的是吃一顿饱饭，每天饿得头昏眼花，要是碰上白狗子说不定也跟了去了。见主任张开了大嘴，老易头仍没转过弯来，"这有什么好奇怪的！那个时候要吃没吃要穿没穿，我们村里有好多个细喽仔（后生仔）都跑出来了，白狗子说跟着他们有白米饭吃有衣服穿还能发大枪，好家伙，呼啦一下全村跑了一半。"年轻的公社主任不得不提醒他："可你还是参加了红——游击队嘛。"老头不领情，自顾自地说："我那是运气好，赶上过的是革命队伍，要是白狗子，够呛。"全场鸦雀无声。老易头全然忘我，沉浸在自己的思绪中，还训导那个主任说你没吃过苦你不知道啦，我那时牛吃什么我吃什么，屎都拉不出来啊，我老母和老姐天天帮我抠屁股屁眼都抠烂了。老易头摇头感叹："人穷志短啊。"手指头还在桌上敲了一下。

全场傻眼。你看我我看你一片茫然。我把头埋进裤裆不敢见人了，使劲拿指头在地上打叉叉。我总算明白老易头为什么叫"一根弦"官越当越小了，好坏全说口无遮拦嘛，难怪父亲有时要瞧不起这些土包子，有文化没文化到底不一样啊。我真恨自己选错了人，丢人丢到家了。老易头举杯喝水时瞥见我直冲他瞪眼睛，终于明白了点什么，第一次把嘴巴对上了话筒。"同学们！"他喊出操令似的高叫了一声，"我刚才讲的那可都是真的呦，旧社会老百姓那个苦哇，比黄连还苦！我当初参军只知道要填肚子，革命觉悟革命理想那是后来才有的，是在党的教育培养下才进步起来的，也就不再怕吃苦饿肚子了。那时候敌人围剿我们十天半月都揭不开锅，树皮草根也没少吃啊，女卫生员给大家抠屁股，手指都抠烂了。"老易头又谈起了屁股，好像他的故事里不能没有屁股。老母和老姐还好说，这女卫生员来抠屁股难免就叫人想入非非了。要知道那可是个在课桌上划三八线男女授受不亲的年代呵，屁股与女人，多撩人呵，太黄色啦。我看见到处都有不怀好意的讪笑，女孩害羞的眼神东躲西藏极不自然，老易头接下去还说什么都不再重要了。

公社主任带着他的喽啰兵中途就退场了，连根手指头也没再跟老易头碰一下。他们前脚走疤拉眼民办教师后脚就猪婆风发作，一头栽倒在了地上，口水汹湿了一大片。

〔十三〕

张伯伯死了，死在那半截篮球场上。时间正是易伯伯在学校开讲忆苦思甜走了嘴，用女人与屁股和参军是撞大运而把主题冲得一塌糊涂的时候。

那天又是工作组下来的日子，学习班的管理员觉得有必要在营区里加强点绿化。张伯伯主动请缨去山村苗寨采购树苗，一进寨门就被好客的苗人连灌了三牛角进山酒，临走他又意气风发又回敬了三牛角，扛着树苗几十里山路走得磕磕绊绊。回来后本想躺下歇一会儿，见工作组的人直夸他身体好，便又换上短裤背心精神抖擞地出现在篮球场上，强行要与几个正在玩投篮的兵蛋子打比赛，还拽了周伯伯来当裁判，工作组的起哄声把全院人都招来了。张伯伯像头发情的公牛，抱着篮球横冲直撞，大耍个人英雄主义。那副近视眼镜摔裂了一道缝，系在后脑勺上的绳子也给崩断了，掉在一边憨态可掬。工作组的人拼命给他鼓掌，他越发起劲地埋头苦干了。几个兵蛋子开始还有些谦让，到后来见他比年轻人还野就有些不客气了。

摔第一跤时，张伯伯像装了一根弹簧，很快就跳了起来。老头们都揪心地喊："老张，悠着点，不要命了！"他拍拍屁股不屑一顾："这算什么！"摔第二跤时，爬得就有些吃力了。兵蛋子都过来扶他，却被他甩开了，还抬头冲楼上的工作组嘿嘿笑了一下。虚惊过后工作组的掌声又起，直夸他"这老张，身子骨不减当年啊！"结果他跌跌撞撞更加收不住脚了，动作完全没有了章法。据事后分析，他这时其实已经不行了，失控的脚步拖着沉重的身子胡乱转圈，像个没头的苍蝇，几次都错把二楼当成了篮筐，篮球直接投进了工作组长的怀里。

所以第三次摔倒时他没能像人们料想的那样，又一咕噜爬起来，而是努力了好几次，最后身子一软，瘫成了四仰八叉，脑溢血了。

学习班原本就是短期行为，并没配置什么急救设施，唯一一个男性医生手忙脚乱干着急。大家差不多是看着老张头光出气不进气脖子一歪没气的。这场面太过刺激，老头们纷纷指责这学习班短期变长期的无理，战争年代养成的脏话粗话鄙话甚至"娘希匹""妈勒个巴子"都蹦了出来。工作组一看势头不妙，带上已整装完毕的周伯伯和直挺挺的张伯伯就跑了。原来他们这次已经内定了周伯伯去官复原职的，理由是他身体健康头脑清晰。看来这次用人是奔着年富力强来的，难怪老张头一个月来寒风刺骨却突然洗起了冷水澡，每天早上都能听见他嗷嗷的叫唤声，前胸都拍出了淤血；篮球场上不是跑步就是做广播体操，那么大年纪还要走正步；屁大点的事儿，扯开嗓子就笑，笑得花枝乱颤自己都能背过气去。眼见着鹤发红颜返老还童了，结果还是把自己给还到马克思那儿去了。看来要以身体健康因素为复出条件的内幕他早就知道了，拼着命地在表现自己哪。老头们对此都心情复杂，摇头不语。

第二天上面送来了大量的医疗用品，还新增了两名医生和卫生员，老头们趴在二楼栏杆上默默注视着，感觉又是一记闷棍。如此兴师动众，意味着这个学习班要没完没了地办下去了。

接下来的几天老头们都不肯出来吃饭，房门紧闭一点声音也没有。学习班的管理员挨门挨户求爷爷告奶奶也无济于事。工作人员走路都蹑手蹑脚，生怕再惹出什么事端来。饭菜做得院里每个角落都能闻到香味，球场上放映机架着，凳子摆得整整齐齐，可就是没人来坐。山坡上的百姓不明事理，直为这突然增加的放映频率欢呼雀跃。

我也被父亲关在房里，陪他们一块和平示威。我感到父亲比老头们还要难过，如果真要把健康当成重新复出的条件，那原本就比老头们年轻一截的父亲毫无疑问该首当其冲了。显然事情并非这样简单。

父亲的烦恼与日俱增。

虎子追随前主人的尸体直到第三天也没回来，我很担心它殉情自杀了。耐不住寂寞总想出去找一找，可一看父亲那威严的目光，又一点私心杂念也没有了。

生性耿直的易伯伯，终于跳出来骂大街了，有了领头的大家都跑出来一块儿骂，个个目露凶光一脸杀气，声音比平常抬高了八倍。易伯伯逼着管理员备车，说老子要去北京。众老头附和，说都去！管理员东躲西藏最后红着脸喊：司令员要来了，你们找他好了。老头们愣了一下：兔崽子，想吓唬我们！管理员被围在当间急于脱身：司令员下午就到，我刚接到电话。老头们面面相觑仍有些将信将疑，虽然嘴上还在骂骂咧咧可很快人就走光了。我注意到马伯伯溜得最快，他负罪在身已经胆小如鼠了。

这里边大多都是司令员的老部下，听见司令员要来自然是屁滚尿流了。我完全可以想象得出，一个大家长指着儿子的鼻尖问：你们想造反不成！要我也低头认错了。可司令员干吗不把自己的部下从这山窝窝里解放出去呢？

父亲眼里突然有了光泽，好像充了电一样，又刮胡子又整军装，不停地在镜子里面照自己，按摩浮肿的眼袋。我也很兴奋，打算给刚失踪回来的虎子好好洗洗，以崭新的面貌迎接司令员的到来，可父亲却把我撵回了房里，厉声警告：不许出门！喀里喀喳把门反锁了，真是如临大敌。

我倒很想见见这个神话般的司令员，从小就把他当英雄看呢。传说他嗜枪如命能左右开弓，百米之内说打鼻子不打眼睛。有一年他在自家院里躺着睡午觉，院门一响他抬手就是一枪，正中来人脑门，那可是一个来暗杀他的国民党特务呢。我觉得给他们家工作也得有点胆量，弄不好吃一冷枪也说不定。他家的陈列室里有各式各样的手枪，全是缴获来的，当然，也有获赠的，像个手枪博物馆。

司令员差不多是太阳落山时才到的，一时人声鼎沸还有汪汪的狗叫，虎子像遇到了天敌，刚要张嘴还击就被我给捂住了，那一定是司令员带来的狗。我爬上窗台探望，碰了几鼻子灰，光有动静不见人影。虎子象征性地警惕了一番后，下巴颏贴在了地板上，目光忧伤眼角还挂着长长的浓屎，我怎么拽它它也打不起劲来，似乎仍沉浸在失去最早主人的悲痛中。我觉得虎子很够意思，要轮到我，它还不定会伤心成什么样呢。

　　后来天越来越黑，黑到伸手不见五指了。我也不知道能不能开灯，只好和虎子在黑暗中默默无语焦急等待，我们两个都能听见彼此肚里的咕噜声。

　　我开始抽烟，每抽一口就拼命扇扇子，然后把耳朵贴在门背上听一会儿动静，接着再抽再扇，很快又无聊下来。

　　我忍着饥饿幻想着父亲和司令员谈得十分融洽，司令员像我母亲那样，对父亲的才华大加赞赏，奇怪他怎么会和一帮糟老头们混在一起，乱弹琴嘛！让父亲明天一早就和他回部队去。我幸福得直咽胃里涌出的酸水，甚至希望时间再长点，时间一长，父亲结识司令的机会就会越多，机会越多，父亲离开豹子湾就越有希望啦！

　　后来我饿得实在受不了了，爬上床去睡觉，越睡越饿突然就想到了远在天边的母亲和两个哥哥，眼泪不禁流了出来。

　　一声枪响划破了夜空，我还没反应过来嘭嘭的响声接连而起，像我过去放过的二踢脚冲天炮。我爬上后窗台往那一线天望去，漆黑的天幕上璀璨出了亮丽的光斑，那棵歪脖子松树刚好像把雨伞，遮住了飞流直泻的尾烨。我用凳腿别开了临靠走廊的窗条，和虎子一道钻了出去。

　　原来老头们正兴致勃勃地放信号弹呢。在那块离烈士坟茔不远的小山坡上，红色的火团带着长长的曳光划出了一道道优美的弧线，天空都被照亮了。这肯定是司令员带给老头们的礼物。看来他对老部下们太了解了，战争年代过来的人久久不摸一次枪把子，手痒得还不惹

豹子湾

177

祸啊。我猫在小树边上，没看见司令员的身影，山路的尽头倒有一串逶迤跳跃的灯光。估计司令员已经先走了。

正当老头们放得起劲时，不知谁叫了一声：不好，着火啦！前方黑漆漆的山岭上跳出了一个亮点，起先只是一闪一闪，像飘拂的鬼火，可一会儿工夫就燃成大火球了。老头们全都呆住了，个个屏声静气地傻看着，天空划出的闪电和滚滚的闷雷丝毫没引起他们的注意。

"完了完了。""糟了糟了。""怎么办呀！"老头们乱作了一团。"那枪谁打的？"有人开始追究责任了。"不是我啊，我都歇半天了。老张，你上蹿下跳的，不会大意失荆州吧？""放你的狗屁，老易还差不多，从头到尾数他最欢，裤裆底下都撂了三枪，打出花了。""那我也没往那打呀。"一声炸雷在老头们头顶上响起，老头们竟纹丝没动！真是久经沙场。几颗硕大的雨珠砸了下来。"老天有眼，要下雨啦！""太好了太好了！"那团火苗眼看要变成山火了。"他妈的，快点下呀！"老头们仰天长啸，伸出迎接的双手，在阵阵电闪雷鸣中像一群呼风唤雨的巫师。

一阵阴风扑面，大雨倾盆而下。老头们的欢呼声很快就被满世界的沙沙声给湮灭了。山火在雨雾中忽明忽暗，老头们定定地注视着，待那光点终于消失后，老头们才发现自己早已成了落汤鸡。

〔十四〕

听父亲讲司令员来的时候是被人搀扶着下车的，而且自始至终都用一种很虚弱衰老的目光看着大家，在大家终于有"见到组织"了那种热泪盈眶时，他依旧面无表情。这似乎与他飞檐走壁万人之中能取上将首级的传说相去甚远。照理司令员应该脚穿草鞋打裹腿，站如松立如钟才对，可他竟然眼里也有了泪花。司令员的泪花令他的老部下们诚惶诚恐，很快就没了怨气。没了怨气的老头们开始关心起老首长的身体来，踊跃提供了不少偏方，有人拿来了茅台酒，司令员脸上绽开了笑容，"能喝就死不了人！"他举起了酒杯，于是，大家跟随他都举了起来："祝老首长健康长寿！"。会议室里终于有了爽朗的笑声。后来老头们都觉得司令员都像自身难保的样子，大家还有什么可说的呢，鸟尽弓藏，兔死狗烹啊。

司令员走后学习班又一切如常了，给我的感觉是老头们仅有的那点老资格的横气也消失了，像霜打的茄子，整天蔫不拉叽的，看见管理员也客气起来。

逃学了十来天，我觉得该去上上课了。临走我又在父亲的烟盒里偷了一支大前门，偷完后就听见父亲追着我的脚步出来嚷：现在的烟厂真不像话，一包烟里居然只有十九支！我吓得拔腿就跑，到大门那还能听见世风日下人心不古的大合奏。

逃学久了的人都知道，再去上课时自己都有一种陌生的恓惶，我不光恓惶，还多了一层揪心。要知道逃学前我搞的那场声势浩大的忆苦思甜运动，效果与初衷成了反比，屁股、女人和撞大运的话题也许早已臭名远扬了。说实话，我都有些不好意思再见到大家了。

一路上犹犹豫豫结果又迟到了，疤拉眼民办教师没看见，倒见了一个刚长出几根胡子的年轻崽子。年轻崽子表情怪怪的，捏着嗓子说你终于来了。我瞥见细伢子在座位上朝我摆手打哑语，就问年轻崽子你是谁？我不认识你。细伢子顿时不动了。年轻崽子很傲气地做了自我介绍，他是回乡知青，已经顶掉了疤拉眼。回乡知青举着一张省报说自己主动要求回乡办教育，事迹一版一版的，你服不服？我有什么不服的，不就一个山村教师嘛。他罚我在门口站十分钟。我想我又旷课又迟到，还害了疤拉眼，该罚，好长时间没罚了啊。我老老实实杵在那里，眼睛滴溜乱转。全班同学都不像过去那样看我了，一副

豹子湾

很鄙视的样子，这使我格外伤心。好不容易可以回座位了回乡知青又开起了我的批斗会。他用手指在空气中指指戳戳说："同学们，你们闻到了什么吗?"大家伸长鼻子你嗅我我嗅你，然后傻×一样看着回乡知青。回乡知青作痛心疾首状，"你们难道没闻出花露水的香味吗!""闻——到——鸟!"黑脸蛋们齐刷刷冲向了我。我害羞地申辩了一句："路上蚊虫多么，防蚊子用的。"大家哄堂大笑。回乡知青得意地继续启发道："同学们，你们动动脑筋想想，你们一边放牛一边读书，回到家里还要帮着带弟弟带妹妹，帮牙老子（父亲）插秧锄草割禾，可有些人呢，却过着衣来伸手饭来张口的生活——就连上课还带着一条大狼狗，这公平么!"所有目光再次针扎似的刺向了我，里边都有仇恨了。回乡知青语重心长地告诫大家："同学们啊，陈胜吴广为什么起义? 太平天国为什么造反? 就是因为不平等呵! 现在山外面正在如火如荼地批判资产阶级法权，而我们身边就有这样一个活生生的资产阶级阔少爷，还要给我们搞什么忆苦思甜，笑话! 这简直就是对我们广大劳动人民的巨大侮辱!"

我脑子里嗡嗡直叫，真他妈见鬼了。但我还是想申辩一下，我嘟哝说我也是贫农出身，学习班里的那些老革命也都是苦大仇深的——"算了吧你，"回乡知青打断我，"你知道什么是新生的资产阶级分子吗? 我都掌握了，你们那里关的是军内一小撮走资本主义道路的当权派! 他们正在接受人民的改造呢。"我血往上涌，一急就想到了造反英雄黄帅，脱口而出："去你妈的，你才改造呢!"回乡知青愣住了，你你你了半天才举着报纸冲过来，想起那上面还有他的先进事迹，忙又就近抄起了一个同学的课本。我腾地站起来，个头没比他差多少，身边的细伢子也很够意思，跳起来陪我一块挺在那儿。回乡知青一跺脚拍着屁股说你们想造反么! 我底气不是很足地说：造反有理。回乡知青扔了课本，边退边威胁说好、好、你们等着，你们等着! 这场面我见过，无胆之人都这副德性，虚张声势找台阶，只为溜得快而已。我可不想让他再逞能，就势撂了一句：老子就等着！说完自己就先虚了一下。说实话，等会儿会等成什么样子我心里也没底，万一真冲来一帮基干民兵那还不把我五花大绑扔到山洞里去呀。可那么多被赢回来的目光，令我很难再退缩，只好硬着头皮继续冲回乡知青的背影嚷："有什么了不起的，城里混不下了跑到山沟里来臭美，还臭美到我头上来了，呸！"

接下来的时间里我一直忐忑不安，眼神不时瞟向山道。大家似乎都嗅出了某种不祥，埋头给自己上自习，课堂出奇的静。我冲细伢子安慰自己：别怕，在城里我们经常这样，这叫造反，上面提倡的。细伢子抬头看房梁，我说你看那干吗？他说你不是说上面提倡的吗？我见跟他一两句说不清楚，就说最高指示你总懂吧？细伢子点点头，"不"地放了一个红薯屁就跑出去放牛去了。细伢子一带头大家呼啦一下全跑光了，直到中午也没见那回乡知青回来，大概是躲到哪里睡大觉去了吧。

危险解除后我和细伢子都有些得意，一块去了疤拉眼家，我觉得有必要去慰问一下。他家离学校不算太远翻过一个山头就到了，房子十分破旧，从台阶往里望去跟防空洞一样黑乎乎的，到处都是酸腐的气味。一个失明的老太太坐在门口，毫无意义地东张西望。她身边那条瘦骨嶙峋的黄狗，见了我的虎子，尾巴一夹溜进房里，从门缝处往外窥视。细伢子把背篓里我俩一路拾得的松针毫无保留地倒在了房檐下，跟老太太讲了几句我听不懂的方言，然后就告诉我老师出工去了。我问：他老婆呢？细伢子笑，说他有猪婆风，讨不到老婆的。我走进屋里，眼睛适应了半天才发现一件像样的东西也没有，酸腐的气味倒更浓了，呛得我一连打了几个喷嚏。打喷嚏时我瞥见一束光柱从破瓦缝里钻进来，斜照在墙上一幅已完全发黄的老照片上。照片底下还挂着我送的军帽和挎包。细伢子告诉我，这是疤拉眼的牙老子，还是当年的剿匪英雄哩。这令我十分意外。我认真看了一下，照片上的人穿的是老式布军装，没戴领章帽徽，但胸前的军功章却是货真价实的。细伢子见我疑云密布，就说他牙老子是给剿匪部队当向导的。我明白过来，再看那幅遗像，就有了与任何一个老干部家里常见的那种穿旧式军服肩扛几星的肖像照差不多的感觉了。对疤拉眼肃然起敬的同时，心里还是有些排斥，到底不是正规军啊，否则疤拉眼也就不会混成这个模样了。

有了这些感觉对疤拉眼的房间就有了一些亲切感和不平感了。那张跟我课桌差不多的写字台，和码放得工工整整的课本，给这所破房里带来了几分书卷气。我在学生作业本里，找到了我写的记叙文"豹子湾"，疤拉眼的高评语吓了我一大跳，好像我人小鬼大什么都懂，很快就能成为一个作家了，看得我心里美滋滋的。可随手一翻，整篇文章又都被他用红笔涂改得一塌糊涂，分不清他到底是在表扬我还是在表扬他自己。不过我还是很高兴，有一种值得立刻回去向父亲炫耀的冲动。我把作文本塞进了自己的书包里。

虎子在茅房那边骑到了小黄狗的身上，像座大山似的把小黄狗压得四肢大开十分受累。我操起一块石头准备撵它，细伢子赶忙拦住了，说人家正在配种呢。我见虎子屁股一耸一耸脸上表情亲娘老子也不认了，石头更狠地砸了过去。虎子抱着小黄狗躲避似的换了个角度，眼神装傻也不看我，动作更快更凶了。细伢子看得津津有味，死活不让我过去，还说小黄狗下崽子时他一定过来讨一条。我说为什么？他说虎子种好。我觉得这话像在夸我，立刻命令道：虎子，加油！虎子却不动了，有些难为情地斜了我一眼，一骨碌滑下来用嘴去嗅人家屁股。小黄狗像害羞的姑娘，夹着尾巴迅速跑开了。我和细伢子为它们搞没搞成争论了半天，直到民办教师疤拉眼扛着犁耙从落日余晖里走来才打住了话题。那条小黄狗从我们身后迎过去，围着他又蹦又跳。才几天啊，疤拉眼教书匠的模样全没了，成了一个地地道道的农民。

疤拉眼对我的到来似乎受宠若惊，猫腰洗了好几遍手才与我相握。碍于当过我几天老师，情面上还是有点矜持。细伢子把我今天在课堂上的英勇表现告诉了他，他静静听着只是笑，什么话也没有。我对忆苦思甜害了他深表歉意。他赶紧摆手说这是迟早的事，怪不得别人。我问他为什么？他沉默半晌突然翻起了白眼，猪婆风又来了。我和细伢子生怕再听见那以卵击石的声音，赶紧抱住了他，把他拼命摆动的身体轻轻放到了地上。瞎眼婆婆不知何时冲了过来，一把把疤拉眼揽进了怀里，死死搂着还咿咿呀呀唱起了小曲："狗崽子你莫嗷，哥哥出去讨嫂嫂，嫂嫂你莫怕，唉个堂堂是你屋……"唱什么我不懂，不过疤拉眼像听了催眠曲，很快就不抽搐了。他缓过劲来后先把老母亲搀回到座位上，再用手背揩净了嘴巴，用脚尖把洇湿的地方蹭了蹭，这才不好意思地朝我笑了笑。我看见瞎眼婆婆侧着耳朵死劲朝这边倾听，就想起相依为命这一说，眼里不由犯起酸来。

疤拉眼告诉我回乡知青的叔叔是县里管教育的头头，回乡知青的爷爷就是他父亲当年给大军当向导时镇压掉的土匪头子，他们现在来寻仇了。我一听眼前就闪出了电影里"我胡汉三又回来了"的镜头，反攻倒算啊，不待疤拉眼说完我就嚷了起来：还乡团！还乡团！这就是还乡团啊！我拍着胸脯说你们等着，我这就回去报告，让伯伯们把这个胡汉三给灭喽。疤拉眼站起来一把抓住我的手，似有千言万语。这更增添了我义不容辞的责任，我豪气地说您明天就别去出工了，那些老革命最痛恨这种事情了，只要他们一跺脚，这豹子湾的天都得塌下来，您就等着回去继续当老师吧。说完我就像让他一百个放心似的很有力地握了握他的手。

从疤拉眼家出来，我健步如飞地往学习班赶，心里头全是老头们听了之后义愤填膺的叫骂声和打抱不平自告奋勇的场面，自己就先激动得大脑发热手脚发抖了。我相信老头们绝不会撒手不管的，拼死拼活打下的江山居然会有人跳出来反攻倒算大搞阶级报复，这还了得。

豹
子
湾

老头们骂完之后到底会采取什么措施呢？晚风一吹我大脑又清醒了一半，这才记起老头们正阿弥陀佛自身难保呢。自身难保的老头们还会那样热血沸腾挺身而出吗？我放慢脚步心里有些吃不准了。

在学习班门前伫立着一片黑压压的人影，由于我的晚归大家正准备倾巢而出拉网搜索呢。父亲看见我老远就吼了一嗓子，这一吼我就把疤拉眼的事全忘了，只把他给予高度评价的作文本亮了出来。

父亲气势汹汹牵着我，刚进家门就冒出一句："你干的好事！"突然就抓起我的作文本跑厕所去了。刚才等我一定是让山风吹坏了肚子。我想了半天没干什么事呀，要干的好事还没开始呢。我抓了个馒头溜进易伯伯的房间。易伯伯正在灯下咬笔头子，见我进来便用胳膊肘把字给压住了。我说易伯伯那个民办教师被你忆苦思甜害惨了，退回去种地了。见他两眼发直若有所思，我以为他惭愧了，便准备等他一抱歉就把还乡团回来搞阶级报复的事儿说出来，到那时不由他不被我牵着鼻子走。可他只管发呆，一句让我发挥的话也没有。难道想要赖不成，我很不满地说您怎么啦？他瞪了瞪眼睛，猛地一拍桌子说丢他老母，他们把老子也给告了！说我放毒，我放毒了吗？我眼珠一转，赶紧往回跑，这大概就是父亲刚才说我干的好事吧？

父亲正摔门出来找我，二话不说一把就揪住了我的耳朵。

我又开始逃学了。每天都背着书包在大山里游荡，像个孤魂野鬼。有一次我看见疤拉眼守在我上学的必经之路上，等到日头上了头顶还在那徘徊。我和虎子躲在小树丛里大气都不敢出。父亲说我是惹祸包，沾上谁谁倒霉，看来这话一点不假。马伯伯本来溜出山吃一顿狗肉解馋，好好的带上我就弄出了个吊死鬼；张伯伯把虎子给了我，没人玩了玩自己，结果玩出了脑溢血；易伯伯被我拉去忆苦思甜，一拖二，搭上疤拉眼双双遇难。真是邪了门啊。

转了几天实在无聊，我还是偷偷靠近了学校。细伢子光着脚丫正牵着他的老母牛准备离去。他被回乡知青开除了，家里还被扣了工分。我想到那一拖二，就感叹道一拖三了。细伢子问我什么一拖三？我摇了摇头，说我也不想上学了。我把书包摘下来递给他，细伢子像大人一样客气起来，口口声声说不要不要。我知道这军用挎包他早就打过无数遍主意了，便找个台阶给他下，说算我送你的还不行吗？做个纪念吧。细伢子眼珠飞快地转了几下，坚持要用他那个手工缝制的补丁加补丁的黑布书包来交换，我只好皱着眉头答应了。

挎上交换的书包两人都有些别扭，细伢子像假洋鬼子，我像乔装打扮的小特务。见他心满意足我也笑了。我说我再帮你打一次柴火吧。然后就拽他钻进了一片小树林里。他刚拴完牛鼻子我已经砍翻了一棵小松树。他瞪大眼睛看我，说这你也砍呀？我说大的经烧呀。细伢子说都这样砍那我们以后连树枝也没得捡了。他指着村旁一个光秃秃的山头说，然后手指又横着一划，"我们现在砍柴都要到那边去了。"我目测了一下他的指向，估计来回得一天时间。想起那些赶尽杀绝的豹子，我说下不为例好了。细伢子始终也没有拾起我砍下的那棵小松树。

看着天色将晚，细伢子说他该回去了，这条路是回乡知青的必经之路，他可不想再见到那个人。我望着他心想这就算永别了吧？喉咙里不禁发出一声隆重的咕噜声，像平时哼歌哼到动情处，总有哈欠不期而至，咽泡口水压住后又俨然热泪盈眶了一般。我突然有些蠢蠢欲动，从地上蹦起来拍着屁股说咱们去教训教训那个王八蛋吧？细伢子正在捆扎树枝，顾不上搭理我。我上前帮了一把，然后两人坐在柴捆上，我把偷来的香烟一人一半分了。"怎么样，干不干？"我点上火后喷着烟圈怂恿他。细伢子抽烟像憋气，眉头紧锁苦苦思考的样子。"你是不是害怕会扣你们家工分？"我掏出五块钱来，"给你，拿这个垫上。"细伢子很陌生地看了我一眼，把烟屁股弹出去了。弹出去后他又追了过去，拿脚踩了又踩还尿了泡尿。我原先有些担心打不过回乡知青，见他那泡尿射得又远又直心里就有数了。

豹
子
湾

185

　　我们俩商量了半天，觉得得师出有名，然后行动再分两步走。师出有名是匡扶正义打击还乡团。两步走是先打埋伏再出其不意地用书包罩回乡知青的脑袋，最后如果需要的话（主要是视其认罪态度），再把他捆在树上过夜，让露水给他醒醒脑子。细伢子被师出有名和周详的计划刺激得两眼放光，立刻将捆好的柴捆解开了，抽出麻绳来用力扯了扯，然后又倒空了我给他的军用挎包，准备罩那狗日的脑袋。我制止了他，把他交换过来的那个脏兮兮的破布袋子掀了个底朝天。细伢子有些心疼地说这可是我给你的纪念品啊。我心想就你这破玩意儿，我都不敢往家拿啊。见他固执己见，我也不想再挫伤他的好心好意，只好又把课本装回了破布袋里。

　　细伢子把他的老母牛和柴火坚壁在远离战场的地方，我则带着虎子在一个制高点上瞭望。远远看见回乡知青一蹦三跳地跑来，手臂还不时朝前方山头上挥舞。那地方同样有一个不断响应的女人身影。小蹄子耶！狗日的想给还乡团续香火呢。想到他们家很可能就这样一代代传下去，疤拉眼细伢子永世也不得翻身了，我气就不打一处来，按着虎子和细伢子一块窝在灌木丛里守候着，浑身直颤。细伢子手上的书包口被他撑得老大，像张血盆大口。回乡知青哼着一首吊儿郎当的曲子，屁股还一扭一扭的。我原以为他做了这么多缺德事，应该表情沉重面带愧色才是，或者假惺惺唱一支革命歌曲也行啊，那样我也许会手下留情一些。现在我手中的那根小树棍已被我攥出火来了。

　　回乡知青春风得意地离我们还有十几米远的时候，细伢子不待我发号施令就举着书包冲出去了，模样像去炸碉堡。这完全打乱了我在沙地上推演的战略部署。原本他上三路我下三路，前提是个"偷"字，偷袭，可现在他却明火执仗正面交锋了，这既暴露了我们的身份也不一定能赚到便宜。果真我看见回乡知青抱头一蹲细伢子就像皮球一样从他身上飞过去了，把自己摔了个狗啃屎，手上的书包居然还在举着。他顽强地爬起来，一根筋地还想按既定方针去罩人家脑袋，回乡知青一拳打在他毫不设防的小肚子上，他顿时躬成了虾米，但他狮子头一甩又顶住了回乡知青的下巴颏，一声"哎哟"形势又成了势均力敌。

我犹豫片刻，觉得情况还是不妙，扯起虎子就跑了，一口气跑回了学习班。我觉得细伢子擅作主张，属盲动主义，由此产生的一切后果就不该由我来承担了。

〔十五〕

夏去秋来，两个哥哥突然来到了豹子湾，风尘仆仆像一对徒步串联的学生，尤其是大哥，胳膊里还夹了把雨伞，很有一副当年毛委员去安源的样子。他们是去广西插队落户，顺道过来看看我们的。二哥见了我的瘌痢头，说咋搞的么？是不是被人欺负啦！那架势依旧是要为我豁出去的样子。我夹在他俩之间感觉又回到了从前，幸福极了。我踮着脚尖说，我现在都大人了谁还敢欺负我呀。"小样！"大哥把我揽进了他的胳肢窝里。父亲看着两个已高出他半个头的儿子合不拢嘴巴，可一天后就阴沉了脸，原因是大哥表示自己要在农村扎根一辈子。父亲告诉他，隔壁欧阳伯伯的儿子当时也是这个想法，在农村年年先进岁岁表彰，又入党又当支部书记，重活累活抢着干，把身体搞垮了。身体垮了还要坚持去田间地头搞宣传，人家说他一句"耍嘴皮"、"偷懒"他就受不了了，突然跑回家来在爹妈眼皮底下自杀了。父亲说这事时嘴皮很不顺溜，生怕过分刺激两个哥哥。没想到大哥听了却满脸不屑，还斥责欧阳伯伯的儿子"可耻""逃兵"，声言自己"会当击水三千里，自信人生两百年"。父亲这才觉得老大难缠了。

在烈士坟茔的那块坡地上，父亲一连给我们开了三次家庭会议。

母亲缺不缺席并不重要，我们家一贯父亲做主。可现在情况起了变化，大哥敢跟父亲顶嘴了，而且张嘴就一套一套的，常把父亲噎得一愣一愣的。

涨红了老脸的父亲依旧没有发脾气，仍然耐心细致地给他做思想政治工作。老大用伟人撑腰，大谈马克思的《共产党宣言》、恩格斯的《反杜林论》、列宁的《国家与革命》。父亲则语重心长地讲孟什维克、布尔什维克、布哈林托洛茨基以及"二十八个半"，两人话题都令我云里雾里，几次都在草地上睡过去了。老二跟我差不多，一直强打精神当三好学生，什么态度也没有。

尽管父亲口衔白沫，我还是对老大充满了敬佩，他竟敢顶撞老子了啊。想他还半大的时候就有绯闻了，就敢学"瓦西里"跳楼表决心了，这长大了能不干出一番惊天动地的大事来吗！尤其是他那种广阔天地大有作为的劲头，刺激得我彻夜难眠，都想跟他一块去了。

从父亲脸上我看出了他的无奈。奇怪的是，父亲怎么不让老大跪搓衣板顶饭碗了？都说革命不是请客吃饭不是做文章，哪个叛徒不是打出来的？父亲的革命意志显然在这豹子湾里消退了。

本该父子相聚快快乐乐的三天，成了父亲与大哥无休无止的论战。我原想带两个哥哥去参观一下我在豹子湾战斗生活过的足迹，顺便去教训教训那个回乡知青的想法也成了泡影。直到他俩离去父亲脸上都没有云开雾散。

分手时父亲冷冰冰的，可一旦两个哥哥消失，他的魂也跟着去了，送信车一来他跑得比谁都快。大哥的信真来了他又是口诛又是笔伐，回出的信件厚得像个小包裹，得多贴好几张邮票。父亲长期以来一直有个观点，老二本分让人放心，老大好赶个潮流，要么英雄要么混蛋，到死都不会让人省心（至于我，我没听见，很久以前姥姥倒按顺序给我们编过一组外号："大骗子二傻子三尖子"，前两个我觉得还比较实事求是，后一条联想到我那"狗吃了"的事件，足以证明我离尖还差得远啦）。

父亲每次回信我都要瞥一眼那信的抬头，"亲爱的儿"几个字，使我怎么也不能把它与刚毅的父亲联系起来，它们似乎应该出自母亲的手才对啊。

易伯伯接到上级传召的通知时，像得了神经病似的嘟嘟囔囔直骂"娘希匹""丢老母"。管理员老鼠见猫似的躲着他，直到他在大家的相送下走得不见了踪影后，才敢钻出来十分有数地说：争气呀，断气！

秋天的豹子湾到处都是金灿灿的山野，微风一来摇曳出一片麦浪似的荒芜，散发出早晚两头料峭的寒意。父亲说又一个冬天要来了。

在我印象中从学习班出去的基本上都是去官复原职的，而且一去不返，没有人再回来过，唯独易伯伯走得拖泥带水，窝也没动一下，像要早出晚归。父亲说他出山只是去汇报思想，很快就会回来。不过，一个月后父亲就摇头叹息地改了口，说老易头凶多吉少了。据说易伯伯给上面写过一封信，说豹子湾这种学习班是变相整人班，随后"死不悔改"的批示就扣在了他的头上。我每天都要扒一次老易头的窗户，望着里面叠成豆腐块的床铺，期盼着他能平安归来。

一晃又是一个月过去了，父亲的预感终于得到了证实，易伯伯的确没能再回来，他那"一根弦"认死理的劲头令上峰十分恼火，把他禁闭在招待所里不再搭理他了。老易头耐不住寂寞，溜到紧靠小院的一条铁路线上去丈量地球，一走就要走出了十几里。回头时大概是累了，在铁轨上一坐就再也没有起来。铁路边有一处正在搭建的民居，一家人添砖加瓦的劳作令他十分着迷，火车拉着饱笛呼啸而来时，他在那家人拼命示警的招手中，竟然挺直腰板侧过脸来对着庞然大物笑了……事后人们收集起他大卸八块的尸体，以无名尸的名义送到殡仪馆里冷藏起来，认领启事登出一个星期后才知道他竟然是一个军队高级干部。

我听到易伯伯死讯时，第一个反应就是易伯伯终于缩回到娘胎里

　　火车拉着饱笛呼啸而来时，他在那家人拼命示警的招手中，竟然挺直腰板侧过脸来对着庞然大物笑了。

去了。从忆苦思甜以后我越发感觉会有这么一天。易伯伯是学习班里最冥顽不化的人（管理员背地里骂他是茅坑里的石头又臭又硬），他的学习材料就从来没有让父亲修改过，但退回重写的次数也最多。惹急了他就会展览他的伤疤，有这么多伤疤的人怎么就会被自己的同志所不容了呢！老头想不通就"丢他老母"，丢来丢去丢出了这样一个下场。不过这个结果老易头是应该能够接受的，不然他何以会面对扑面而来的火车视死如归？也许他这会儿正化作天上的某颗星星在冲我眨眼呢，那里对他也许每天都是快乐的日子。

我把这个看法告诉了父亲。父亲听后眉头紧锁一言不发，眼里的困惑与迷茫勾兑出他日渐衰老的容颜。

难道父亲真的老了吗？

与张伯伯栽倒在篮球场上不同的是，易伯伯的死整个学习班里都噤若寒蝉鸦雀无声。那天管理员把老易头的房门撬开，收拾出了两个大纸箱交给上级来人打包走了。大家一旁默默看着，都面无表情。

这天晚上父亲又把我按在了他的膝头上，给我讲起了他孩提时代的往事。父亲家境贫寒可天资聪慧，村里人都认定他能成为一个秀才，把振兴族人的希望寄托在了他的身上。父亲大腿上那块碗大的伤疤我一直以为是他战斗负伤的纪念，其实是小时候饿极了，闻到一股油腥味就往锅里蹦的结果（联想到大哥学"瓦西里"跳楼，原来两个都是不要命的主啊）。父亲之所以能读到高师毕业正是仰仗全村人的资助。乡亲们大事小事都器重他，小小年纪就被众星捧月一般。父亲自己也很骄傲，写帖子出楹联像老先生一样满腹经纶。有一年暑假赶上国民党来村里抓壮丁，他带领几个学生百般阻拦。人家见他们是中正学堂的，礼让了三分，父亲不知好歹见好就收，反而跑到大樟树下作演讲，气得人家要抓他去军法从事，他居然主动把手伸出去，挺着胸前的校徽趾高气扬地说抓呀你抓呀，谅你们也不敢！丘八们大脑短路，相持一阵还真给气跑了。父亲说他现在才感到了后怕，人家手里

豹子湾

191

有枪杆子，手指头一抠崩了你又能怎么样？学生啊就是不知道天高地厚，以为自己是上帝的宠儿，幼稚得很。

我知道父亲这是在说老大间或说我呢。我下午忍不住把疤拉眼遭打击报复的事儿告诉了他，他听后就一直沉默不语。现在他讲了这么一个故事，我也不好再说什么了。

翌日醒来我听见外面又闹哄哄的，吓得没敢立刻起床，脑子里迅速把自己的行为过目了一遍，平安无事后，才战战兢兢拉开了房门，父亲正和一帮老头聚在走廊上议论纷纷呢。看见我后就有人过来抓我，说三子，你把情况仔细说说。我见他们都瞪着眼睛，本能叫了一句不关我事儿！就想缩回去。父亲却把我喝住了。原来他连夜起草了一篇"关于豹子湾一所农村小学大搞阶级报复的情况反映"，老头们看后都说这是阶级斗争新动向，还责怪我为什么不早说呢。我喜出望外，终于有反应了。我立刻添油加醋极力渲染了一番，在省去易伯伯有关屁股女人撞大运的那段"毒草"后，还挑拨了一句：回乡知青说你们全是走资派，是军内一小撮，是来豹子湾接受改造的。我原以为老头们听了更炸锅不可，可我话音都落好半天了他们还一点反应都没有，倒像心里有鬼似的成了闷葫芦，刚才还要"管一管"的气势消失得无影无踪了。

管理员很严肃地说这地方上的事儿还是少掺和为好。父亲拍了拍熬夜写出来的材料说，这怎么是掺和呢？这是原则问题啊。管理员哼了一声说你现在用什么身份去告人家，学习班可没有公章啊。他似在提醒的用目光扫了扫大家。马伯伯立刻接嘴道：这鬼地方，天高皇帝远，说了也白说，算啦。众人看着他，都颔首赞同：鬼地方鬼地方，说了也白说。然后就散了。我很不高兴地瞥了马伯伯一眼，见父亲举着材料一脸尴尬，便觉得很对不起他，赶紧心灰意冷地回房睡回笼觉去了。

在我睡觉的时候，父亲要车出去了，直到天黑才回来。吉普车一进院里，立刻响起呱呱的鸭叫声。老头们好奇地围上前去，看稀罕似的对着车后厢里的四个大筐子问父亲搞什么名堂。父亲闷声不语，径直回房来了。马伯伯后脚追进，父亲便把去县里送材料的事告诉了他。马伯伯闻言瞪大了眼睛，责怪父亲太冲动了。父亲说你们都不管总要有人管吧？马伯伯直摇头，说现在是敏感时期，你这样做有给老易鸣冤叫屈的嫌疑。父亲火了，说我给老易鸣冤叫屈怎么了？老易这人怎么样你我心里应该有数吧？马伯伯手一挥，说好好好，不谈这个不谈这个，你买这么多么小鸭子干什么？父亲说养呀，反正闲着也是闲着。马伯伯又瞪大了眼睛，说你怎么这么不安分呢。父亲说又怎么了？我给自己找点事干都不行吗？马伯伯心潮起伏说不出话来，只好掉头走了。

父亲的仗义令我大为感动，我殷勤地为他端上了热茶倒好了洗脚水。父亲把他给我买的点心摆了一桌子，过大年一样。我乐得一刻也没闲着，大鸣大放把虎子也喂了个饱。

〔十六〕

原以为父亲只是随便一说，没想到他还动真格地养起鸭子来了。在学习班外面的马路边，有块不大但很深的清水塘，几天工夫父亲就组织人马用篱笆给围了起来，成了像模像样的养鸭池了，与我的菜园子南北呼应成掎角之势。小鸭们晚上上岸睡在竹棚里，白天漂在水面上抖翅膀扎猛子，十分逍遥。父亲半躺在一个大木盆里，两脚插在水中，一边看书一边看鸭子，跟鸭子们一样快乐。

父亲当神仙的举动遭到了老头们的集体反感。那天在学习班例会上，管理员公开号召大家向父亲学习，这就更让老头们坐不住了。马

豹子湾

193

　　父亲半躺在一个大木盆里，两脚插在水中，一边看书一边看鸭子，跟鸭子们一样快乐。

伯伯半夜闯进我们小屋来再次找父亲谈话，说我们可是来学习的，不是来劳动的，你这个例一破，咱们不是自己给自己改变定性了嘛！父亲不以为然，说权当打发时间吧。后来见马伯伯太较真，就说我劳动我的，跟你们不搭界。马伯伯不满，说那你也得为大家想想嘛，谁怕劳动了？南泥湾那阵我还是劳模呢，怕的是这性质一变也影响你我的前程啊。父亲说前程？这样下去还有什么前程。

父亲不理不睬，继续放他的鸭子捡他的鸭蛋。老头们见说不服他，只好冷眼相向，吃到新鲜鸭蛋时，也故作不知一脸讳莫如深的样子。这段时间父亲与老头们疏远起来，这其中也包括了马伯伯。我发现马伯伯对我也不像原来那么亲切了。

因为鸭塘水深，父亲也不让我靠近鸭棚，为此他还经常要在我干燥的手臂上划几道指甲印，以验证我是否有下水行为。虎子就没我这么老实，经常蹿过去骚扰鸭子，尤其是晚上，黄鼠狼一样，把鸭棚掀得鸡飞狗跳，不是咬断了鸭脖子，就是一嘴叼出两只来，到学习班的走廊上玩猫捉老鼠的游戏，嘎嘎嘎嘎的惊翻了老头们的好梦，个个冲出来同仇敌忾地追虎子踢小鸭，趁机把对父亲的怨气发泄出来。我也教训了虎子几次，可虎子毫无记性照干不误，父亲也拿它没办法。

小鸭们只要一瞧见虎子，不论时间地点嘎嘎就往水上飞，屁眼上下了半截的鸭蛋扑通扑通就沉入了水底。父亲每天起来干的第一件事就是下水摸蛋。有一回摸着摸着人就不见了。站在学习班门口值勤的哨兵远远看着，暗暗给他计时，直到换岗时，还翘着下巴直夸父亲的水性怎么这么好。换岗人反应过来，大枪一扔，冲过去跳进水里把父亲摸了出来，父亲的脸已经憋紫了，嘴里的脏水咕嘟咕嘟往外冒，肚子挺得像十月怀胎的孕妇。

老头们终于逮着机会自发性地开了一次父亲的批斗会，说他小农意识强烈，不珍惜生命，大搞自由主义、个人英雄主义。父亲不以为然，老实了两天后，又我行我素去了。老头们对父亲的倔劲十分生气，大有"好，你等着"的势头。

父亲被人从水里捞上来时，我当时都吓傻了，气急败坏地狠揍了虎子一顿。虎子吃惊地看着我，等我揍累了它才夹着尾巴跑开了。第一天没回来我没当回事儿，第二天我就想这家伙还有出走的毛病啊，第三天上午依旧没有动静，下午我急了，拽着马伯伯和卫生员到处找它，直到第四天才在烈士坟茔那发现了它，已经奄奄一息了。我把它紧紧搂在怀里，对自己如此狠心懊悔不已。虎子也极尽委屈地在我怀里拱着，那嗯嗯声叫人肝肠寸断。

虎子的鼻子被剜掉了一边，嘴巴也歪了。卫生员说这伤显然是让野兽抓的。像虎子这样的猎犬，一般动物不可能伤害它，除非是遇上了某种大型动物。对这种说法我表示怀疑，豹子湾早已名存实亡，何况虎子擒拿格斗的本领也不是花拳绣腿。我坚持认为是这家伙和我赌气，跳崖自杀的结果。想不到它和我父亲一样倔强。对这点我由衷感到钦佩。

由于差点闹出人命，在老头们的强烈要求下，管理员把养鸭大权强行转给了食堂炊事员。他也害怕承担责任，学习班已经发生太多的事了。没了管理权父亲也要常去鸭棚那儿蹲着发呆。老头们端着棋盘找他，冒着被他奚落的危险也要把他从鸭棚那儿拉回来。慢慢的父亲又与老头们重新打成了一片，马伯伯也重新来串我们的小屋了。

虎子伤愈后左眼皮耷拉了下来，鼻梁缺损耳尖也变成了双瓣。浑身的伤口结成了亮疤，长不出新毛了，像我的癞痢头，成了一条癞痢狗。虎子不光模样变得丑陋不堪，胆量也没有了，整天蜷在学习班里，不愿出门半步，稍远一点它背毛就会竖起，喉咙咕咕作响，常弄得我拽它的脖套像拔河一般。

父亲送出的材料如泥牛入海，一点回音也没有，我要想再回到那所乡村小学已成了奢望。每当我漫不经心地走出学习班的大门，脚步就不由自主地要往那儿去，像有一块强力的磁场。忍到秋季开学后，我终于去了一趟，一路上像要重新开始似的，兴奋得有些不知所措。眼见就要到了，我开始了鬼子进村似的行动，猫腰躬背，利用一个又一个屏障掩护、靠近。转了几圈居然找不到那个偌大的牛棚了，只有残垣断壁和厚厚的碎石土块，跟有推土机铲过一般。我以为走错了地方，前后左右重新确定了一下方位。离牛棚不远的那块洼地还在，那是细伢子课间休息时偷看女孩子撒尿的地方，树丛杂草一如以前那样茂密。我清楚地记得细伢子第一次骗我同流合污时，打着要让我看一样好东西的幌子。我跟他匍匐前行，听那边女孩欢声笑语就觉得有些不对劲，抬头看时便目睹了一个个白花花的屁股，近在咫尺。我当时胸口怦怦直跳，心想这山村女孩脸蛋黑乎乎的屁股怎么这么白？我埋怨细伢子偷窥会长挑针眼（麦粒肿），结果他百毒不侵啥事没有，我倒把眼睛肿成了一条缝，好些天都没脸见人。

这地方显然没错了。我骑上一截断壁茫然四顾，心想也许是碰上山洪泥石流了吧。寂静的山谷，咕咕的鸟鸣，感觉就像有一阵风把什么都吹走了。

一只鹧鸪在我身边跳跃飞舞，这使我也有了想飞的冲动。我东摇西晃地站立起来，张开了双臂，极目远眺层层叠嶂的山峦就有了逆风飞扬的感觉。

正当我运足气力想大叫一声飞出天外时，却与一对阴森森的大眼碰了个正着。那股蓄势待发的豪气卡在喉咙眼里，差点没把我的眼珠子给顶出来。虎子早已瘫成了一堆烂泥。我半吊着手臂长时间地与那对大眼对视，脊背阵阵发凉脑子里面一片空白。虎子大约记起了救驾护主的责任，脑袋紧贴地面屁股撅到了天上，浑身毛发炸得看上去比平时块头大了一倍。只是它进一步退两步最终还是退到了我的脚底下，呜呜的原地扯起了风箱。

豹子不大，骨瘦如柴，就像一头放大了的家猫。额前那由小到大的黑斑，像我嘴里生过的溃疡，点点状状呈现放射般的重影，血盆大口不时龇咧到小耳朵上，更显凶狠无比。不过它看上去十分慌张，脑袋不时后望，待虎子终于发出一声类似哀嚎的狂吠后，它纵身一跃就从我们面前跳过去了。小花豹跳过去后还停下来回头看了我一眼，我两腿一软一屁股就坐在了断壁上，随后我又弹了起来，兴奋地想，我终于看见豹子啦！豹子湾有豹子！正想跳下墙回去报告，迎面赶来一拨山民，手上操什么家伙的都有。我用手指指小花豹逃走的方向，他们呼啦就追了过去。没过多久那边就传来尖叫声和喊打声，空谷激荡。

我停止了发愣，也赶紧跟了过去。再看见小花豹时，它已经喘着粗气躺在了茅草地上。山民们举着家伙畏畏缩缩探地雷一样，豹子每挣扎一次，大家便哭爹叫娘往后跑。终有胆大的，抢起锄头就要过去致命一击。我也不知哪来的胆量，猛地大叫一声：不许打！那人锄头一扔，一屁股坐在了地上，在众人的大笑声中，回头一看是我这个毛孩子，很恼怒地骂了一句，重新拾起了锄头。我跺着脚说不要打了不要打了，它都快死了。山民说我们就是要打死它哩。我说你们不能打死它。山民们认出我是那个神秘院里的人后，又看了看我身边依然有些畏畏缩缩的虎子，笑着说这种东西可不是你能养的。我说不养也不能打死它。山民们有些不高兴了，说我们为什么不能打死它？它咬死了我们的牛，还伤了我们的人！它是野兽啊！我眼珠一转说这是豹子湾里最后一只豹子了，没有豹子你们还叫什么豹子湾！山民们莫名其妙地看着我，说我诳讲。几个不耐烦的人冲上去又是一通乱打，小花豹就只会动眼睛了。山民们不放心，用锄头铁铲抵住豹头，把它的四肢捆扎起来。

正当我孤立无援的时候，父亲赶到了，身后还跟着几个兵蛋子。他们是得知附近有豹子出没并伤了人后，惊惶失措来寻我的。我像盼到救星似的又嚷又叫，希望父亲能阻止他们。父亲想抓我的衣领，我立刻双脚离地，沉得他一时奈我不何，只好回头又看了小花豹一眼。小花豹鼻孔下那两股殷红的鲜血似乎打动了他。他松开了我，围着豹子转了一圈后，建议山民们还是把豹子送到自治州首府去，养在动物园里也可以让孩子们看看，随后又补充了一句：部队可以派车去送。山民们面面相觑，对军人的话不得不尊重起来。有人舍不得，说这豹子活不了了。也有人迎合父亲，说豹子跟猫一样有九条命，让它闻闻地气吧。于是大家便在豹子的鼻子底下培了几锹新土。

豹子再次睁开眼时，仍然野性十足地龇开了大嘴，它试着挣扎了几下，无奈四肢已被捆死。在众人不由自主纷纷后退时，一件意想不到的事情发生了。只见小花豹将脑袋重重一甩，磕向了一旁的裸石，鲜血从它头的一侧涓涓涌出，很快它的眼睛就在阳光的照射下一点一点闭上了，再也没有了任何动静。整个过程令所有人目瞪口呆，足足有半分多钟的沉默。随后山民们不再征询父亲的意见，拿木棍往小花豹前后腿中间一插，歪歪扭扭抬出了茅草地。

望着收获后逐渐远去的山民背影，在黄遍漫山满坡的雏菊花中我止不住流出了感伤的眼泪。对小花豹最后的举动我实在难以理解，就像我难以理解冥顽不化的易伯伯一样，他们的刚烈有着太多的相似之处。父亲说小花豹也许是怕去动物园，因为它的生命属于森林属于原野。我听后怔住了。难道动物也有人一样的思维吗？父亲沉思良久，说不，那不是思维，是本性。

一直想见到的就这样失去了，内心的失落掏空了我的身子。我曾与小花豹近在咫尺，并在它行将死去的时候与它对视，感受了一双能像人类一样传递情感的眼神。我知道，这双眼睛我将永世难忘了。

〔十七〕

这一年"十一"，山里的气温出奇的平和，有一种草长莺飞的气象。学习班的老头们也一改往日的颓丧，变得眉开眼笑起来，与过去节日里那种苦瓜脸形成了鲜明对比。

有消息说学习班即将解散，所有人员都将重新分配工作。很快就来了木匠，还运来了山里上好的木材。管理员挨家挨户收集家具式样，院子里到处都是浓浓的樟木香味。父亲也开始整理他的书籍了，装了满满四个纸箱可一件家具也没要。老头们正在兴头上，一见他这样不合群就觉得话不投机了。

陆陆续续老头们都知道了自己即将报到的岗位，唯独父亲还一点消息都没有。我注意到父亲的脸又开始绷紧了，打了包的书又翻了出来，当作夜晚上床的催眠曲了。

食堂一日三餐开始了吃鸭子运动，煎炒焖炸卤炖，吃到最后我放屁都是鸭子味了，一听到吃饭二字我就想吐。有关这都是我父亲干的好事的议论不绝于耳，我也开始埋怨父亲养鸭养坏了，养到人人厌恶的地步，能不是坏事吗?

很快我的菜园子也被洗劫一空。

种种迹象显示学习班里正进行着杀光烧光抢光的运动。

我发现马伯伯也开始异乎寻常地关注起虎子来了，目光总在它身上瞄来瞄去，"废了""没用了"一类的泄气话他每天都要说上几遍，弄得我怎么看也觉得虎子奇丑无比惨不忍睹了。虎子现在嘴巴歪斜得更厉害了，哈喇子存不住，一刻不停地往下淌，而且走起路来也有些跛了，再跟这样的废物泡在一起，我也有些难为情了。尽管如此，马伯伯那好吃狗肉的眼神还是弄得我十分紧张，深感有必要将虎子看牢点。管理员现在不叫他老马了，改叫马军长，一见马军长议论虎子就说马军长，是不是想吃狗肉了? 马伯伯便冲我瞥上一眼。我发现干爹身上出现了让我甚感陌生的东西了。

这天早上我懒觉睡过了头，起来后不见了虎子，不祥之感立刻慑住了我。我飞身直扑厨房，虎子果真被一条大铁链子拴在那里，身边咕嘟咕嘟正煮着一大锅开水。我又喊又叫破口大骂，把全院人都惊动了。管理员见我不好惹，只好放开了虎子，说逗你玩呢。我不依不饶，冲旁观的父亲嚷，他拍马伯伯的马屁，他想杀我的虎子。父亲没吱声。马伯伯先是一脸尴尬，后就冲管理员嘟哝一句：乱弹琴嘛。拂袖而去。

保住了虎子似乎也得罪了马伯伯，我们那间小屋他再也没有来光顾过，甚至我主动叫他他也不像过去那么亲切了，有了居高临下的表情。在老头们三三两两聚在一块儿，笑声朗朗畅叙未来的时候，父亲也逐渐成了局外人，缩在房间里一个劲地抽闷烟，漫漫长夜的叹息和频繁缭绕的烟雾使我越发感到情况不妙。

大哥的农村来信也加重了父亲的心思。他现在不光能一年赚五千多个工分、一千三百多斤稻谷，还能操一口流利的当地话到处去传经送宝作报告了（这被誉为与贫下中农打成一片的标志），扎根的态势十分强劲。原本已不大和老头们合群的父亲，突然又开始往隔壁欧阳伯伯的房间里串了。欧阳伯伯自打独生儿子自杀后，一直都有些神经叨叨，听了我们家老大的情况后，立刻就表现出一种义不容辞的主动。

大哥下放地的县武装部长，是欧阳伯伯的老部下。欧阳伯伯在值班室里敲电话，命令老部下要不惜一切代价把那两个"小兔崽子"弄到部队去。回音很快就来了，二哥很简单，一听说可以去当兵，二话不说立马走人。大哥就不行了，死活不干。欧阳伯伯冲老部下发火拍桌子，说他不去你不会把他绑去呀！老部下为难地说那小子是自治区的红人，刚还去过北京开表彰大会呢，还受到了领导人的接见，名气比我都大，别逼急了说我们破坏上山下乡——再说，这又不是抓壮丁，总得孩子自己愿意才行啊。欧阳伯伯摔了电话，冲父亲两手一摊，那意思：你这儿子没救了，要跟我儿子同样下场了。我忍不住咯咯笑，父亲一把就把我拨到一边去了，气得手直发抖。

宣布命令的日子终于到来了。老头们早早聚在会议室里，按捺不

豹子湾

住兴奋，都说最后一次会了最后一次会了，流露出归心似箭的急迫。当我得知父亲被留守下来当主任后急了，这意味着我还得在这鬼地方继续待下去。当晚我就推开了马伯伯的房间，见高朋满座我又缩了回去，马伯伯是这帮老头里安排最好的，由副职直接转为正职任命，可谓苦尽甘来。想到他过去跟我们的关系以及许下的无数诺言，我认为他应该可以帮我们一把。我坐在走廊的栏杆上苦苦等候。天上晴空朗朗，闪烁的星河宛如长长的飘带在天际飞扬。那儿颗错落有致的北斗星忽明忽灭，竟有六颗被房檐遮挡了，露头的那颗正是我给马伯伯的命名。但愿这是一个好兆头。

马伯伯终于出来上厕所了，我尾随其后与他并排站在小便池前。我说干爹您还想吃狗肉吗？虎子一旁摇着尾巴，跟我一块抬头看他。马伯伯哆嗦一阵后，裤扣都没系就来摸我的痢痢头，"你马伯伯做梦都想哩。"他没有再自诩为干爹令我有些意外，我犹豫了一下说那虎子您就吃了吧。他怔了一下，说你舍得？我说给您送行啊。这次他拍我的脑袋就有了亲切感。"三子懂事了嘛。"我不失时机地说干爹您也把我爸带走吧？他停下脚步有些吃惊地看我，随即就乐了，"鬼灵精。"他说你爸也快啦。"那万一呢？""万一什么？""走不了呢？""怎么会呢？"他见我一直跟着他，就收住脚步说那好，真有你说的万一，你们就来找我，好吗？"真的？"我刚想伸出手去与他拉钩起誓时，他已经头也不回进了房间去继续欢聚一堂了。我站在门外，听着里面酣畅淋漓的笑声，怎么想都觉得马伯伯最后那句有敷衍的成分。

我把虎子带到光秃秃的菜园里举行了告别仪式。我找到当初挂在它胸前的那块木牌，已经发黑腐朽了，我揩去上面的泥痂，举起来对虎子比划说"虎子之墓"。虎子歪着头看我，模样丑陋得可爱。它伸出舌头来舔我，想表达它的亲昵，我一把推开了它，"说正经事呢。"我很严肃地瞪了它一眼，"人固有一死，或重于泰山，或轻于鸿毛——"当虎子再一次把头拱进我怀里时，我的泪水就涌了出来。我扔了木牌，一会儿握它左手一会儿又握它右手，很惭愧地说虎子你可千万别怪我，不是我狠心，我也是没办法，谁让干爹爱吃狗肉呢，为了父亲，你就做一回牺牲吧，啊？虎子闪着一大一小的眼睛似懂非懂地看我，突然仰天汪了一声，那样子像是很悲壮地答应了。

第二天拖到中午开饭时，我还磨磨叽叽不肯出门。我一直幻想着马伯伯会突然跑来说不吃虎子了，那约定依旧算数。我甚至还想，马伯伯一定会体谅我需要虎子，需要虎子的朝夕相伴，他怎么忍心吃掉我的伙伴呢。

刚跨进食堂就瞥见了马伯伯，他亲切地朝我点头、微笑，那眼神好像跟我有了某种默契。我打掉了幻想，咬牙给虎子系上了绳套，等它几口吞完我拨给它的菜汤拌饭后，我故作轻松地把虎子牵到了显然正受命等待的管理员手中，然后头也不回一口气跑出了院子，跑上了山坡，瘫倒在烈士坟茔前的那片枯草地上。

虎子接下来会怎样我心里一清二楚，先被骗到预制好的双杠前，然后将绳套出其不意地往上一拉，虎子四脚就离开了地面。开始它一定会以为谁在跟它开玩笑（这游戏我已经做过无数遍了，考验它的耐力），嗓子眼里发出那种只有在撒娇时才有的嗯嗯声。后来憋得实在难受才发觉有些不对劲了，可为时已晚，蹬腿、扭腰、狗刨，更加快了它的死亡。自作多情的嗯嗯声逐渐被呜呜的哀鸣所取代，那双逐渐突起的眼睛在最后一丝希望中，艰难地转动，寻找我的存在……

凄风朔朔，虎子被杀戮的情景撕扯着我，令我喘不过气来。我几次都想站起身来冲下山去大喊不干了坚决不干了，可最终我还是仰卧在草地上，任凭泪水哗哗地流淌。

"汪、汪汪"，几声变了调的哀嚎钻进了我的耳朵，我腾地再次弹起，侧耳倾听。呼呼的风声一声紧似一声，恰似虎子不尽的挽歌。我蹲下身去双手使劲薅起一把杂草，泪水再次模糊了我的视野。虎子，你赖皮。我呜呜地哭着，你昨晚明明答应好的呀。

当肉香四溢的时候我回到了学习班，本想悄悄回到自己房间里去，管理员却端着一大碗狗肉叫住了我：三子，快来吃呀，虎子真肥呀。我瞥见他幸灾乐祸的模样，顿时怒起：不是人！连虎子都吃！父亲正在找我，闻言就给了我一巴掌。我瘪了瘪嘴，心里的委屈发泄了出来。我捂着脸边跑边嚷：不是人！就不是人！谁吃虎子谁就不是人！父亲在后面追我在前面跑，两圈之后就给逮住了。父亲推开那些劝阻的人，提溜着我的领子，快步上了二楼，一进房间就把我踹到了地上。我爬起来擦着眼泪看他，不明白他何以会发这么大火。父亲说你还有脸哭！我说他们杀了虎子。父亲恨恨地重复我的话："杀了虎子？——你小小年纪从哪学的这一套！"我说我学什么了？父亲咣叽又甩了我一巴掌。"拿虎子做交易！你爸我什么时候低三下四求过人了，啊！你还出息了！"我眨眨眼睛停止了抽泣，不吭声了。

人的一生总有许多啼笑皆非的事儿，父亲过去从不打我，可到了豹子湾却一连打了我几次。我不知道这是不是人在成长过程中所必需的经历，但有一点我很明白，那就是父亲每次打完我，我都会有一种错误越犯越高级的感觉，要不然他怎么会说"你从哪学的这一套"呢？明摆着，我要还在玩泥巴，父亲就犯不着用这样平庸的理由来揍我了。所以我坦然接受了父亲的惩罚，像两个哥哥一样，跪在了地上。我知道，总有一天父亲不再打我时，我就能像大哥那样特立独行了。

第二天天一亮，学习班外面的土路上就排满了清一色来接老头们下山的吉普车，漂亮的橄榄绿前站着同样橄榄绿的警卫和挟着公文包的四眼秘书，一队挎着红十字箱的女兵蛋子翘着羊角辫，笑靥如花地恭候着老头们的检阅。

从没露面的地方领导也平地冒了出来，还带来了大量的土特产品和锣鼓乐队。山坡上也有了赶热闹的乡里乡亲。

老头们个个身着军装挺胸凸肚，像登台亮相一样精神。这是他们第二次的统一着装，第一次是在马伯伯"吊死鬼"被人家堵上门来索赔的时候，那还是父亲临时召集的。当时给人感觉就像强打精神、强颜欢笑、临场作戏极不真实。这回就大不一样了，自信、亢奋，以及那眉宇间流露的威严，八字步的沉稳，气宇非凡的举止，货真价实的首长之风了。

我抠着眼屎穿行在嘈杂的人群中，怎么看都恍若隔世。没人再搭理我了，我已经成了一个无足轻重的小孩子啦。

我贴在马伯伯身后，出神地盯着他的一举一动。他不停地与人握手寒暄，就是不再来摸我的脑袋。临近上车时，我忍不住叫了一声干爹！马伯伯这才低下头来看我一眼。我刚想再说点什么，秘书已躬身为他拉开了车门。秘书的动作很夸张，使我一时又忘了要说什么了。马伯伯笑了笑，就钻进了汽车里，窗帘也放下了，所有汽车的窗帘都放下了，随着有节奏的鼓声，车队开拔了。

我在山坡上注视着渐行渐远的车队，始终不愿离去。父亲把手搭上我肩头时，我流着泪说马伯伯一定会回来接我们的。父亲说别胡思乱想了，把我留下来就是你马伯伯的主意。我针刺般地跳了起来：不可能！父亲没有接茬。"——为什么呀？"我急于弄清原委，父亲牵着我的手往学习班里走去。"你还小。"他并不打算揭开谜底，只说有些事你长大了就会明白的。逆光中我的眼睛一片迷乱。

夜晚我又走进了废弃的菜园，蹲在干涸的毛坑里举着香烟发呆。油毛毡上已千疮百孔，穿洞望去，学习班里静得像个死去的城堡。没有虎子舔我屁股，那种陡然的失落越发在心里弥漫了。在我搜寻北斗七星时，一块黑影遮了过来。起先我以为是瞬间飘来的一朵乌云，在曝动的烟火中我才终于发现原来是父亲，正双手叉腰地站在我的面前，泰山压顶一般。

〔十八〕

后来我才知道马伯伯要留下父亲的原因。在得知学习班即将解散的消息后，马伯伯立刻就像变了一个人，迅速拉开了与父亲的距离。父亲起先也不明白，碰了几次不尴不尬后，就悟出了点道理。当然，他也从别人那里得了佐证。马伯伯由副转正去任职，无疑是学习班里最幸运的人，也是打倒"四人帮"后全军最早启用的正军职干部之一。这么张扬的突变难免预示着他朝中有人还会有更大的升职空间。光鲜背后，当然不能让自己倒霉落魄时过于负面的形象外泄，而最了解也最有可能犯上的就只有父亲了。父亲年轻，有文化，又桀骜不驯，这都对他构成了挥之不去的阴影。为了最大限度地减轻这个阴影的存在，马伯伯利用这个学习班正好作为历史遗留问题划给他所管辖的机会，将父亲留了下来，当然也有给父亲处置完后新工作安排的承诺。

当我听说母亲要来豹子湾和我们会合后，就断定要在豹子湾里永远扎下去了，伤心得不行。尤其是父亲抓了我抽烟"现行"后的沉默，更使我有了莫名的冲动。香烟捅破了那张纸，父亲老了，我长大了。长大了的我，燃起了逃出豹子湾的欲望。

那天一辆大货车开来要拉走老头们打好的家具。我撬开父亲上锁的抽屉，在那封皱巴巴的牛皮信封里鼓足勇气拿出了五十块钱，然后又偷了一包整烟，没忘了在《毛选》底下压上一张"我去找大哥"的纸条，便在一个已装上车的五斗一门柜里蜷了下来。开车的还是那两个当初拉我和马伯伯出山的兵蛋子，不过其中一人已摘掉了领章帽徽，显然是光荣退伍搭车出山的。他们到达州府后酒足饭饱，回来时还带了一个女人。走了没多久汽车就在一处僻静的地方停了下来。退伍兵拉着女人从驾驶室里跳了出来。司机趴在车窗上叮嘱道：快点啊，老子还他妈穿着军装呢。之后也没了人影。估计也不会闲着，没准正躲在哪棵树后面偷看呢。我对着散发樟木香的家具撒了一泡长长的尿，暗笑这些东西将带着我的尿骚味奔赴祖国的四面八方。肚子一空饥饿感就来了，瞥见驾驶室里有那三个狗男女吃剩下的卤牛肚，便跳下车拉开车门一把抓过来几口就干光了。刚要打个饱嗝，冷不丁被抽了一嘴巴，看见眉毛倒竖帽子歪在一边的司机正做着凶神恶煞状。"哪来的叫花子，偷东西呀！"我摇了摇下巴颏，一颗槽牙落进了掌心。加上做梦吃辣椒被磕掉的那颗，我他妈就这样早早失去了两颗大牙。我呸了一口痰血，抬起头刚想说你不认识我了？退伍兵已冲过来朝我撩开了大腿，我一闪身躲过了。尽管我现在身高蹿蹿，嘴唇上也冒出了几根小杂毛，可两个兵蛋子不可能认不出我来。这两个家伙肯定是被人撞破了好事恼羞成怒了，要不然就是记恨上次，搞打击报复。我闪开身体的同时，猛然想到了勇往直前的细伢子，一猫腰用肩头向退伍兵的裤裆撞去，那家伙双手一捂，便趴到了司机身上，嘴里嗷嗷叫唤着，像虎子操疤拉眼家的小黄狗一样，哆嗦个不停。我顾不上结果，拔腿就逃，沿着公路直跑得上气不接下气。一辆长途汽车驶来，我挥挥手便跳了上去。买票时我才得知，这车并不开往山外，而是驶回山里。

夜幕降临时我又回到了豹子湾。孤单的灯光预示着父亲的不眠之夜，也勾起了我坚定逃出豹子湾的信心，尽管这前后不到一天的时间，我好像走了有一年的路。

今夜去裸奔

〔一〕

韦瑞半梦半醒，觉得自己此刻还应该躺在床上。

房间内无处不在的光点仿若白天喧嚣的延续。空调器上的黄绿指示灯、饮水机、电视机、电脑、层层叠加的音响甚至无绳电话、红外线防盗钮、充电器、开关盒、接线板……所有光点都在蛰伏中不怀好意地注视着他。

他牙关紧扣眉头紧锁，意念中总觉得这些防不胜防的光点，恶狠狠地织成了一道道钢针般的磁场，肆无忌惮地向他射来，穿透了他的大脑，击碎了他的五脏六腑。

他不停地辗转着。有好几个晚上他都拔掉了所有插头，并用绝缘胶布封住了这些锥心刺骨的光源，让室内湮没在一片伸手不见五指的黑暗中，可这丝毫没有减轻他的失眠症状，相反，更平添了一种陡然的失落，深不见底、无依无靠，愈发焦虑了。

似乎夜晚总这样在他与光点的搏击中一分一秒地流失。精疲力竭后他昏沉沉地走出了房门踏上了街头，正在呼吸新鲜空气时冷不丁有人用硬物顶住了他的腰眼。

"莫（不要）动！"

声音明显透着一种方言味。

他低下头，呆呆地看着两个紧贴住他的人影。

来者如临大敌，动作慌张呼吸急促，其中一个气管还发出了肺炎般的哨音。

三个人一时僵立着，在浓浓夜色中呈现出一幅皮影般的状态。

"怎么啦？"韦瑞终于百思不解地率先发言。

拦截者们身材不高，而且衣着邋遢，浑身上下无不散发着刺鼻的酸臭味。他后退了一步，想避开这股令他头脑越发混沌的气味。

"你、你、你莫动喃！"

那个呼吸带哨音的拦截者也进一步退两步地跟了上来。由于戒备得过于紧张，喉管里的哨声竟像是一种近乎哀求的颤音。

韦瑞左右看了看，"我为什么不能动呢？"他极力思考着。

黑暗中又有两个人影蹿了出来，东南西北，韦瑞夹在中间，场面成了四比一。

"我认识你们吗？"

作为这座城市颇有名气的人物，常被人故作熟络地相认，倒也是家常便饭。

"少啰嗦，捞（拿）钱出来！"

一个只到他胸口的矮个子，十分生硬地撑开了他的双手。韦瑞右手张开的同时，左手也十分同步地向上举了起来，嘴里还自言自语了一句：

"钱？什么钱？"

几只黑手迅速在他身上摸索起来。他低头看着，像在看掏别人的口袋。

城市已灯火阑珊，大地也在静谧之中，似乎一切都应该在梦乡里。

　　隐约中韦瑞觉得自己好像是遇到了打劫。意念一到，血液便开始在大脑里回流了。正待发作，他忽然又想，会不会是哪个朋友在跟他开玩笑恶作剧呢？现在不是流行真人秀吗？

　　"手机！"呼吸带哨音的家伙从他口袋里兴奋地掏出了一个黑乎乎带把的家伙，紧接着又"咦"了一声，"这是啥子哦，这么大一砣？"

　　韦瑞探过头去看了看，"家里的无绳电话。"

　　"你带个无绳电话出来做啥子？！"

　　"拿错了。"韦瑞很认真地回答。

　　"瓜西西的，脑壳不对嘀！"

　　几个人很不满意，又接着往下掏。不一会儿还是那个呼吸带哨音的家伙扯着哭腔抱怨起来："妈哟，才拾块钱，冤枉老子跟了半天！"他一屁股瘫在了地上，像个泄气的皮球。

　　韦瑞见他哨音越发嘶鸣，便说你病得不轻啊。

　　拦截者们见他神智错乱，更加有恃无恐地把他当成了垃圾桶，大肆翻弄了起来。

　　"看上去有钱得很嘛，嘟个（怎么）这个样子嘀？"

　　韦瑞身子被他们摸得东倒西歪，两手慢慢放了下来。

　　"咦，他手上有块手表！"

　　韦瑞下意识地抬起手腕，劳力士在月光下很炫耀地泛着金煌煌的光泽。呼吸带哨音的那位腾地从地上一跃而起，动作敏捷得令所有人都来不及反应。

　　抢到手表后他一刻也没停顿，转身就跑。矮个子急了，子弹似的飞了出去，一下把人摁住了，然后骑在身上你来我往争夺了半天。

　　其他两人很快又围住了得手后的矮子。矮子两手贴在背后很不情愿，嘴上说："我想看看啥子牌子。"

　　韦瑞站在包围圈外，像个局外人似的看着热闹。

一个领头模样的人对着矮子的脑袋就是一拍，"啥牌子你又晓得说！"随即又做出了一个蹬腿踹的样子，矮个子顿时觉得自己又矮去了一大截，赶紧把手表交了出来。

领头者将手表贴在耳朵上听了听，"再搜搜，看有没得芥（戒）指。"

几个人这才记起一旁的韦瑞，连忙退回来将韦瑞重新围住。矮个子气急败坏地将韦瑞十根指头反复撸扯了一遍。

"没得了。"这回他的嗓音里也全是哭腔了。

拦截者们痴痴地望着韦瑞，总觉得他身上还应该有点什么。

韦瑞被盯得有些不好意思，耸耸肩膀咧开嘴笑了笑，那模样很像是施舍过后未能给予对方更多的帮助而惭愧。

他从头到尾的表现令拦截者们疑窦丛生。他们闹不明白他何以会这样临危不惧泰然自若。原本要作鸟兽散的他们，对善后工作格外关注起来。他们频频交换眼色，那个鬼灵精矮个子，终于说出了大家都想说的问题："他会不会报警喃？"

韦瑞似乎仍没反应过来，两眼无神地看着他们。

"有办法了，剥光了他！"矮个子一不做二不下休地嚷："外国的光碟片里看到过，光溜溜地喊他追不成。"

"要得要得！"立刻有人附和，"他这身运动衫看夺（着）还可以，搞不好还是个啥子名牌哩！"

韦瑞很快就被架住了四肢，随即就被剥得只剩下一条三角裤衩。

"哎，哎，哎……"

他语焉不详双手抱胸象征性地挣扎了几下。矮个子不过瘾，觉得他身上那件最后的遮羞布也很有搜刮价值，坚持要把他的三角裤衩也给扒下来。韦瑞像被护士揉着屁股抚弄半天后的一针猛刺，终于明白：真的遇上打劫了！起先还担心被人拍照或录影，以为揭谜之人该从天而降了，可见这几位做的丝毫不留余地，与恶作剧有本质区别，不会是哪位竞争者，用如此下三烂手段来获取不雅视频上网曝光吧？

然而，为时已晚，他被摁在地上啃出了一嘴泥渣。

打劫者们在他愤慨的目光中遁去了，丢下他像条丧家犬那样坐在地上，大口大口地喘粗气。

"混蛋！"他气愤地站起身来，感觉自己一丝不挂的空荡后，双手一捂又赶紧蹲下了。

寂静下的夜幕并不能阻隔夜生活里的瑶光异彩，一些飙车的鼓噪也不时刺破城市的上空。韦瑞左顾右盼更关心的已不是自己被打劫的问题了，而是如何才能做到神不知鬼不觉地溜回家去。

他猫在灌木丛里一动不动，有几次闪着警灯并无呼啸的警车缓缓驶来时，他都忽闪着一对明亮的眼睛想冲出去，可手在胯下一摸，念头此消彼长最终还是放弃了。赤身裸体午夜惊魂的见诸报端，明天岂不要让全城百姓笑掉大牙。

微风摩挲着赤裸的肌肤，丧失包裹的躯体在鸡皮阵阵中绷得紧紧的，尤其胯下那团失去包裹处在自由落体状态下的空坠，更让他心慌意乱六神无主。万般无奈中，他以近乎爬行的姿势利用一切遮挡向家的方向移动。犀利的树梢坚硬的枝蔓，犹如鞭刑般的刻骨锥心。

天空骤然下起了小雨。原本空无一物的韦瑞，瞬间就被雨水浇透了，牙齿打颤，浑身发抖。他勾腰跑动以期暖过身来，可呼吸困难又迫使他猿人进化般的逐渐直立起来。一条雪白的身影，顿时在雨雾的黑暗中异常光鲜。

惊弓之鸟状的奔跑、跳跃，引起了清洁工和流浪汉诧异的关注，失魂落魄的韦瑞发现，一旦他来不及回避，干脆放弃下面，改用双手捂面时，周身并没有太多的不适。原来人要的只是一张脸啊。时不我待，他不再东躲西藏弯弯绕了，改成直线的狂奔。遇有同类或单手拂面或双手织网，抬腿、挺胸、提胯，一溜烟地快跑中尾椎仿佛接上了地线，一股一股的电击令他括约肌紧缩，有一种跃跃欲试的兴奋。

我跑，我跑，我跑、跑、跑。他似乎听见了空气的流动，感受到

打劫者们在他愤慨的目光中遁去了，丢下他像条丧家犬那样坐在地上，大口大口地喘粗气。

了空气在皮肤上的摩擦，像汽车的刮雨器在挡风玻璃上的次次划过，曼妙而又清新。

我跑，我跑，我跑、跑、跑。那种离开束缚后无底下坠的空虚，负重垂吊的疲软都在这自由自在的摇摆中，舒张了麻木，变得生机而茁壮起来。一种轻飘展翅的充盈在丹田里诗意地聚集，像晨曦的烟岚，在周身异样的升腾、弥漫。

现在，他已淡去了刚才那场身临其境的凶险，身外的一切都变得迟钝了，城市的轮廓也游离出了他的视线……

当他伤痕累累泥猴般跑进自己的家中时，一头就扎进了被窝，两腿紧贴胸口，双臂环绕，赤条条睡去了。

这一觉睡得就跟有一万年之久。

〔 二 〕

"我到底该叫什么？或者——我应该叫什么？"

在一次由国内知名企业家组成的俱乐部活动里，面对身着高贵晚礼服的嘉宾和袒胸露背的美女，觥筹交错间韦瑞再次犯起了迷糊。

"过去，我叫李大为，大有作为。因父辈望子成龙过于心切，我很小便在'功臣''志伟''成龙'一类象征图腾的吉祥字眼中被取舍、斟酌，以示命中注定天降大任。

"后来，'独生子女'作祟，我又被降格成了'李葆存'，取'保证存在'之意，图的是基本人权，平平安安保命要紧。

"大学毕业后，父辈与时俱进雄心勃发，重新恢复了我的本名，可我同样在内心里感到漠然。它既像失而复得，又像老款车型已难再时髦的翻新，早已失去了它的初始氛围。

"如今我叫韦瑞,这是我经商成为职业经理人后的'艺'名。就读 MBA 时,一个能掐会算的师长,将几个寄予厚望的学生归拢起来,用脑力震荡的方式启发大家对自己的名字进行颠覆。据说大部分当红演艺明星,都是经过高人的指点,重新命名后发达起来的。享誉经济界的一代宗师,自然也想这样在自己的学生身上点石成金。'韦瑞'便成了我脱胎换骨的新名,隐含'伟大人瑞'的不可告人的目的。因为在外企工作,附庸风雅又有了英文的音译'拜瑞'一说。由于它经常在圈内和报纸杂志电台电视台上出现,便约定俗成,最终成了我身份的代码和象征。可在内心里,我依旧对此抱以警觉。它同样既不是我真实的称谓,也不是一个非这样叫不可的必然,甚至它常常让我感到滑稽,忍俊不禁,怅然若失。"

"拜瑞先生,您好!"

一个胸围傲人、长裙飘逸的靓丽女子手举香槟朝他粲然一笑。韦瑞微微颔首,礼貌大方地弯开了左臂。女孩立刻挽起了他,簇拥着坐上了摆满美味佳肴的餐桌。

与韦瑞同桌的有一位 IT 企业的强人,满脸傲气自命不凡。席间一览众山小地大谈自己企业的科技含量和创新精神,颇有要为民族产业鞠躬尽瘁死而后已的自豪。听得其他几位枭雄们正襟危坐,频频顿首。韦瑞却挂着冷笑一脸蔑视。凭他商海见识,一旦听到商人微言大义,都会本能排斥,不是异想天开就是别有所图。显然,在座各位的心里,想得更多的还是科技创新如何能给自己带来大把大把的银子,但凡有一点可能,他们当然义无反顾地会把诸如胚胎干细胞、克隆技术揽在怀中,站在垄断的制高点上利润最大化才是他们内心世界里唯一的真实。

韦瑞见身边作陪的美人们被这些一心想成就霸业的老板们侃得如痴如醉,大有要把他当小人物遗忘的趋势,便气不打一处来。

"我提议,"他闷头将一棵冰镇芥菜塞进嘴里,一段一段往里吞,

"人类不能这样利欲熏心永无止境，到一定时候得将创新发明统统宣布为非法，就像取缔邪教那样见一个灭一个。"

大家都停下来怔怔地看他。有人反驳，"开玩笑，科学技术、创新发明可是核心竞争力，是咱们民族屹立世界之林的根本，办企业没这个还怎么办下去？当今世界竞争的就是这个。"

"科学技术只会抹煞人类的情感。"韦瑞掀起台布很农民地揩了揩嘴巴，他不想故作矜持，尽管这种场合绅士是唯一的标准。

"各位下一次聚会是不是可以不用再亲手夹菜？"韦瑞瞥一眼身边女孩近乎 E 罩杯的胸部，"现代科技已足够我们享用了，我们不能为了贪婪而贪婪地去发明去创造，到时候我们彼此相见都难再相认喽。"

有人插话：是啊，过去那种田园，那种家书抵万金，那种真正意义上的出远门多叫人怀念。手机段子怎么说来着，"交通基本靠走，通讯基本靠吼"……

哈哈。全桌人都以韦瑞的抛砖引玉玩起了空当接龙。

〔三〕

是梦非梦的裸奔事件，的确美妙非凡，就像有过翱翔体验的经历，尝过就再难放下。激情迸发过后的韦瑞，再也忘不了那番如洗的清凉，自然的蓬勃，周遭的空洞，以及由此给极度过敏的睡眠插上心息相依，意气相随的翅膀。每到夜深人静的时候，他不会再像以往那样，假寐在这座城市的寂寞深处，忧伤莫名地深陷在何去何从的焦虑中，而是执着地出现在那条受到过打劫的街道上，仿佛在期待那场打劫的重现。

然而，几天过去他不厌其烦地走了无数个来回，那场打劫也未能如期而至，偶尔遇上的一些夜行者，老远就开始躲闪，模样更像担心他是一个打劫者。这让他无比忧伤。他试着着装整齐地去了一趟流浪者聚集的高架桥下，面对诈尸一般的人堆，他招摇地吹起了口哨，可也一样没能引起任何不怀好意的关注。

百无聊赖的他把车开到了郊外，在这座城市的水库一角停了下来。水塘微风和煦、波光荡漾，寂静秋意中构筑了一幅心灵的田园。韦瑞沉迷久了，有一种投身的欲望。

他卸去了身体的盔甲，向水的深处走去。随着冰冷刺激的消散，韦瑞隐约有一种并不十分自在的包容，似乎阻隔了他与这自然景色进一步的交融。

在赤裸放松的意念下，他从水中褪去了短裤，立刻就有一股自下而上的细节般的紧张弥散开来，尾椎仿佛又带上了电，他分外感觉到有一块要挣脱他身体的部分将离他而去。他赶紧本能地收紧控制，在张弛的纠葛中逐渐安静了下来，身体并未因人为的放纵而四分五裂。韦瑞在水中浸泡着，一度萎缩的肌肉开始涣散，慵倦，进而温暖蓬勃地开放起来。他在水中前后左右摇摆着臀部，裸奔时那种蹦跳甩动的快感再一次电击了他的交感神经，他迎来了身体的欢娱。

他把短裤高高举过头顶，像在剧烈蹦跳的迪厅里，大跨度地摇臀、摆腿、前仰后合，搅动的一池秋水，在胯下剧烈冲撞、交汇、翻卷的旋涡，深陷出一股吮吸的力量，令韦瑞在重金属般的拍打声中，完成了自我陶醉的过程。他一会儿仰泳，命根所在像一个在水涌中猎猎迎风的旗杆，凝聚的一端，似乎要把他牵引出水面绝地而去；他一会儿蛙泳，旗杆又变成了插进水中的航舵，每一次的摇摆荡漾，都指引着心灵前进的方向。

他知道，这一夜他又可以回到温暖的睡眠中了。

〔 四 〕

"现在的女人越来越让人看不懂了。"

阔大的写字间里，韦瑞同一公司的竞争对手段叙在向他诉说自己的一夜情。

段叙是位"海归"人士，英文名叫哈里，此人心术中西合璧，手段土洋结合，作为外资公司中国总部的行政总裁，他比运营总裁韦瑞更多了一层国内权贵的家庭背景和中英文混杂的风流倜傥。毫无疑问，他的存在给韦瑞心里带来了巨大阴影。

"昨晚无聊，网上钓了一女孩儿，感觉那个纯啊，百分之九十九点九九九。可我约她出来，她说她要收费！"

韦瑞扑哧一笑，像打了一个饱嗝："虚拟世界里的唯一真实。"

"NONONO，你听我说完，"段叙兴趣盎然，"既然如此，那咱只当是应招、援交了，我问她多少钱，她居然说要五千！好家伙，人民币，也忒贵了点啊！"

韦瑞心不在焉："是不是呀？"

"是呀，我说你下面都长了什么呀，这么金贵！"

段叙的猥亵让韦瑞很不自在。他微眯起眼睛，冷冷地看着段叙。竞争对手的一言一行都让他敏感。

"哎，哥们儿，那女孩敢标价五千，那咱怎么也得去见识见识吧？不然，跌你我的身份啊。"段叙说话喜欢佐以西洋手势，处处显露自己有国外生活的经历。

"别往我这扯，"韦瑞讨厌这种厚颜无耻，"你是你，我是我，啊？"

"哟，蛮矜持的嘛！得得，不扯你，"段叙大为不满，可接下去

"现在的女人越来越让人看不懂了。"

仍津津乐道，"我从一点约她，她凌晨四点才来，还忸忸怩作态三步曲。先是电话里反反复复跟我天南海北地扯，像一个要去红杏出墙的良家妇女；到了楼下又不肯上来，怕我是个劫财劫色的坏人；等到我花儿要谢了的时候，她他妈自己又敲门送上来了。"

韦瑞撇着嘴，半信半疑地冲着他。这神态显然伤了段叙的自尊，他立刻抬高了声调：

"给你一百次机会你也猜不出来，那小女子事后竟不、要、钱！"

"为什么？"韦瑞不信。

段叙耸耸肩膀："我说也是啊，开过价的，五千块呢！"

韦瑞懒得再听下文，扭头去看电脑了。段叙见状把手一挥："跟你聊天真是无趣，工作生活分不清楚。"

"怎么了，"韦瑞不紧不慢，"我们现在不是上班时间吗？"

段叙愣了一下，说："好好，算你工作认真。可我还是很想把结果告诉你，因为我觉得对你会很有帮助。"

"扯淡！"

"绝不扯淡，"段叙一本正经，"那小女子只是因为寂寞，才想出来找人慰藉，她说她都快憋疯了。所以她并没打算真的要钱，两情相悦嘛。至于为什么开价，那是因为她怕被别人看不起，可又不懂这个市场的行情，所以胡乱开出了一个价码！"

段叙打出了一个很响亮的榧子，脸上满是猎奇后的得意。这时，董事会秘书杰茜卡敲门进来，惊讶地看着两个路人皆知的竞争对手。

"你们怎么会在一块儿？"

"谈工作谈工作。"段叙跳起来给杰茜卡让座。杰茜卡却径直走到韦瑞面前，将文件夹递到了他手上，声音无比轻柔："拜瑞，这是老板从美国给您传来的备忘录。"

韦瑞用眼角余光扫了扫有些吃醋的竞争对手，装着不经意地看了看，可随即就把文件夹扔到了写字台上。"授权我去抗议政府？开什么玩笑！"

"噢？"段叙把文件夹抓到了手上。

"不公平对待哪是我能去抗议的。"韦瑞嗤之以鼻。

段叙看完内容后说："没错，在中国办事只能疏通，不能抗议。"

韦瑞眼珠一转，冲杰茜卡说："对了，这事得哈里出面，他路子大！"

段叙刚想矜持一把，杰茜卡却把文件夹捧回到自己怀里去了。她眼神里充满期待地冲韦瑞说："要不您再考虑考虑？我等您消息。"她扭起腰身款款出去了。

段叙喊了一声，嘟哝道："有什么了不起。"

见韦瑞似在冷笑，赶紧遮掩道："你难道没看出来，她对你有意思？"

"胡说八道！"韦瑞当即把抗议用在了这里。

段叙当仁不让："这可是你说的啊，到时候可别怪我不客气哟。"他挤挤眼往门外走去，突然又像想起什么，刚叫出"拜瑞——"就被韦瑞给制止住了，"我说过，两人时别叫我拜瑞，我不喜欢。"

"好好好，"段叙无可奈何地说，"韦瑞就韦瑞，就你精神守望，不过，我还是要劝劝你，给自己找点乐子吧，人活着不只是工作。在西方，工作狂并不受人赞赏，相反，还会被人质疑，因为它破坏了一种默契，使竞争变得很不公平。"

"是吗？"韦瑞本想调侃说，我要有一个好背景，关键时刻替公司摆平国内那些让老外无比头痛的体制麻烦，还能赢得洋人老板的器重，也一样可以去当花花公子了。可这些话他懒得说出来，段叙显然跟他就不是同一道上跑的车。

段叙有些气愤地出去了，在他看来，韦瑞同样不可理喻，他不会打高尔夫，几乎从不去娱乐场所，不久前他还缩短了老板特意给他安排的加拿大度假行程，因为感到无趣。他每天工作十二三个小时，弄得别人左右为难。

"去死吧。"

正在门外候着的杰茜卡听见了段叙出来时用英语骂了一句。

她重新出现在韦瑞面前时显得一脸关心："你们吵架了？"

韦瑞从电脑前抬起头来，"没呀！"

"我看哈里出去很不高兴。"

韦瑞哼了一声。

"您是不是觉得让您去与政府交涉不妥？"杰茜卡在他对面坐下了，"不好意思，这是我特意安排的，我原本想——"她停顿了一下，"老板对您可是寄予厚望的。"

韦瑞皱着眉头一脸无奈，"杰茜卡，你我都是中国人，你说咱们替外国人去抗议中国政府，不滑稽吗？骂你个汉奸绰绰有余。"

杰茜卡嘴角一抿，嗔怪道："有这么严重吗？"

见韦瑞闷头不语，她立刻摆出了大包大揽的神态。

"行了，这您不用管了，我再找别人去办。"

韦瑞看了看她，一双饱含情分的眼神弄得他有些手足无措。这女人总是这样善解人意。想到段叙刚才说他要不客气的话，便脱口而出："晚上我请你去酒吧坐坐吧？"

杰茜卡睁大了眉眼，随即双手合十夸张地问："真的？"

"当然是真的。"韦瑞表情并不热烈，他此时想的是绝不让段叙那小子得逞。"不过，杰茜卡，我能向你提一个要求吗？"

"好啊！"杰茜卡余庆未消。

"没人的时候我还是叫你梁琴吧，叫杰茜卡别扭。"

"好啊好啊，我都快忘了自己的中文名了。"

两人嘿嘿一笑，似乎有了默契。

还原回来的梁琴兴奋不已。"那去哪家酒吧得由我决定！"

男人一要求，女人就有了撒娇的资本。

"行啊。"韦瑞并未明确自己到底要干什么，所以无所谓。

梁琴自然体察不到韦瑞此时内心的想法，只顾顺着兴奋沉浸在自己的设计当中。"咱们去一家你保准没去过的地方，'红珊瑚酒吧'，气氛好极了。"

"哦？"韦瑞语义不明地应付了一句。

"那里把大海的沉静和火的强烈这两种极端个性完美地融为了一体，有一种浓浓的超现实主义的氛围。本市绝对的'不二吧'。"

梁琴眼眸发亮，语调充满了亢奋。

"看来你是那里的常客了。"韦瑞盯着她张扬的表情，感到有些不大习惯。大概是看惯了她平时轻声细语笑不露齿的样子。据说最近半个世纪的女性都压低了嗓门，为的是让男性主导的社会接受她们，就连铁娘子撒切尔夫人也是通过训练，磨平了她尖厉的声调。难道梁琴也明白，声音中没有低音区的女性很难在职场中寻求发展的道理？

见韦瑞眼神移向了电脑，梁琴把话题转移到了一个更高潮的地方。"拜瑞，哦不，韦总，"她吐了吐舌头，"向你透露一个消息，总部要扩大在华投资的规模，公司要设 CEO 首席执行官了。"

"咋了？"韦瑞并不觉得奇怪。

"据说，"梁琴停顿了一下，"CEO 会由中国人出任。"

韦瑞心动了一下，表面却不露声色。"本土化终于呼之欲出了。"

正想竖起耳朵多听点，梁琴却起身去拉房门了，回眸一笑道："我可等着您噢，九点！"她又恢复了董秘那副深藏不露的神态。

〔五〕

偏安城市一隅的"红珊瑚酒吧"，清风孤影霓虹迷离，颇有一番鹤立独行的意味。

韦瑞一进大门就以为走错了地方，烛光灯下，清一色的女人！偶有几位男士，也多半左顾右盼，显得三心二意。

梁琴发髻高束气宇轩昂地快步迎上前来。

"韦总！"

她似乎一直在等待。韦瑞上下打量，好生惊奇。公司里那副小家碧玉的模样完全消失了。

"这地方，别叫什么韦总，还是叫我——拜瑞好了。"

韦瑞突然觉得这种称谓的频繁转换有些像倒时差，自己又开始晕头转向了。

梁琴下颌一点，含笑微微地把他往里引去。韦瑞跟在身后，四处张望，无数女人也向他侧目而来。那眼神，他分明是个闯入者。韦瑞隐约有些周身不适。

在一圈沙发相拥的卡座前，梁琴停住了脚步。面对高朋满座的女医生、女编导、女律师、女金融分析家，还有企业女老板，她一一向韦瑞做起了介绍，末了，她向这些年轻和已然并不年轻的女人们宣布："这就是我向大家多次说起过的，未来经济界的领袖级人物，也是本公司的少女少妇杀手——拜瑞先生！"

鸦雀无声中，韦瑞尴尬地颔首致意，脚底却是想拔腿开溜。他只习惯那种开场前人模狗样煞有介事的推介，对这种轻佻、耍贫的推广，立刻就有心虚三分、不入主流、难登大雅之堂的窘迫。

显然，韦瑞撅着屁股坐下时，脸上一定露出了伤心欲绝的神情，一个大姐大模样的人很直接就发问过来：

"您是不是对杰茜卡感到了不满？"

韦瑞收敛了表情，故作轻松地反问："我为什么要对她不满？"

大姐大举着香烟蔑视地哼笑了一声："有必要掩饰吗？您刚才的表情已经让我们印象深刻。"

"哦？"韦瑞被揭了老底，脸上笑得十分做作。

大姐大慢条斯理："您显然对她这种在外人面前未能对您推崇备至的炫耀而大为恼怒，而且，原本该两个人的约会，变成了事先您并不知晓的一群陌生人的拼凑……"

"你想得太多了，"韦瑞硬着头皮以攻为守，"我和梁琴……杰茜卡在工作中非常默契。"

他偏过头去想找梁琴求证，娇小的梁琴却似乎早已忘记了他的存在，正与身边另一位粗枝大叶型的女郎打得火热。两人窃窃私语不时还夹杂一些很亲昵的举动。也不知梁琴是真的洒脱，还是刻意的夸张，韦瑞看大了嘴巴。

"工作？"大姐大跷着二郎腿摇摇晃晃，一脸的不屑，"那是丧失自我的地方，人人都戴着一副面具。"

韦瑞从梁琴那收回目光，不置可否地笑了笑。他举起酒杯抿了一口，竟然是未曾勾兑的烈性酒。他朝桌上看了看，似乎所有人都跟他一样。这让他有些兴奋起来。显然这里是一个张扬女人个性的地方。

他起身主动给桌上所有空杯子续酒，然后举起酒杯示意，准备像男子汉那样敞开胸怀自罚一杯，可还没倒进嘴里，对面一个女人又嚷开了：

"您这样可不像是对我们的尊重，倒像是对弱者的怜悯了。"

韦瑞手臂僵在半空，翘着下巴低眉与无数只眼睛碰撞，一时不知如何是好。可就这样半途而废甘拜下风实在有违他的性格。他略一迟疑，还是径直干尽了，脸上看不出内容的笑。

四周烟雾缭绕，空气中弥漫着混乱的气息。

韦瑞觉得这儿的气氛太怪异，平时自己那种驾轻就熟任何场合都能唯我独尊的本领，在这显得毫无用处，甚至窝囊憋气，生不如死。就连平常一贯矜持有加的梁琴，也变得放浪形骸无拘无束了。韦瑞陷入了做任何事情都会出错的郁闷当中。

"拜瑞先生，听说您十分健谈，而且极富新意，今天不发表点高见吗？"

一个颇有几分姿色的女人向韦瑞举起了酒杯。很不幸，从她的牙缝里韦瑞看到了一抹鲜艳的绿色，他原本冷淡下来的情绪平添了一堵厌恶。

他摆摆手，打算敷衍过去，他已经无法承受再成众矢之的被人无端诟病的尴尬了。

"怎么，不给面子？"女人透过酒杯直直看着他。

韦瑞坐怀不乱地左顾右盼，手里拿着杯子就是不动。

"哟，想不到拜瑞先生还是个大男子主义者。"女人韧劲十足，颇有不达目的绝不收兵的架势。

韦瑞被盯得无法操守，心想接下去还指不定她会说出什么更难听的话来呢，只好举起杯来与她应付地碰了碰。

当他闷头将酒全部倒进嘴里时，大姐大又发话了：

"跟女人置气可缺少风度噢。"

韦瑞痛苦咽完高纯度的酒精，眨巴着猩红的眼睛已无话可说了。

又一个衣冠楚楚油头粉面的男人进来，此人越发不识好歹，企图以能掐会算的半仙功力来猜测每位女士的职业，以期倾倒众人。可当他抓起第一个年轻女人的手刚说出："您显然是一个能自己养活自己的白领"，女人就变了脸，立刻回敬出一串话来："你才白领，你们家都白领，你儿子孙子也白领！"男人愣住了。韦瑞闷声一乐，现在的白领已泛滥成灾，真正的小资早不屑与白领为伍了。韦瑞掏出响声大作的手机，欢快地向大家躬了躬身："对不起，我去接个电话。"

出了酒吧，他就感到出了口恶气。

电话是他在频繁的商务飞行途中结识的一个空姐打来的，女孩叫线静，说正好飞临这座城市过夜，很想见见他。韦瑞对她很有好感，尤其是她的名字，总能让他在商海中沉淀一份心绪。只是他刚被那场乱阵搅昏了头，迫切需要清静一下，便本能地搪塞了。况且段叙那个激将法一定隐含了什么阴谋。他显然知道梁琴业余生活的另一面，让自己冲进来自讨没趣。也许——想到梁琴平时小鸟依人地与洋老板成双成对，韦瑞又感到了脊背发凉。段叙这小子该不会让自己夺老板所爱，第三者插足吧？

收起电话，他回头再看那些在昏暗的玻璃窗里要把大海的沉静和火的强烈两种极端个性融为一体的才女佳人，后背发麻义无反顾地溜走了。随后，他的手机便一直疯叫个不停，那是梁琴事后的反应。想到她今晚由杰茜卡还原到梁琴后的怪异举止和让自己身陷囹圄的难堪，韦瑞就十分不悦。他故意以"陪客户去桑拿按摩"来贬低自己，让她趁早死心。

月光下，在那个水库中，一条身影在自由自在地泛着青光。

〔六〕

启动、加速、腾空、爬升，速度将他狠狠推向了椅背，模糊的城市在逐渐消音的咆哮中飞出了他的视线……

韦瑞喜欢这首歌词的感觉，在他无数次乘机旅行中，这种努力要挣脱地球引力的体验屡试不爽。多半在这一时刻他的外观也会发生某种化学反应，嘴角松弛眼睛微眯，失去生机的脸上既忧郁又迷人。

线静就是在这种时刻闯进了他的视野。高挑、端庄、美丽，仿若一个身披天使制服的仙女飘然而至。这给他无边幻觉中又平添了一丝鲜艳的色彩，呆滞的脸上越发显示出半梦半醒的状态。

而在线静看来，韦瑞这副表情，昭示出了一个活生生成熟男人的内涵，这与她在航班上所见过的那些张狂的足球明星、做作万分的当

今夜去裸奔

红艺人、狐假虎威的暴发商户、矜持阴险的政府官员简直天壤之别。好感使她将客舱服务发挥得淋漓尽致，再见面时他们就像一对老熟人了。

当韦瑞随口一邀，请线静在方便时来这座城市一聚时，她毫无半点推托之意。韦瑞很清楚，干她们这一行的多半习惯的是拒绝。这让他好感频仍。

可这一天当线静终于调出休息时间，专程来看望他时，韦瑞却在写字台后奇思怪想，作了一个恶作剧的安排。

"咱们去游泳吧？"他说。

"游泳？"线静看了看秋风阵阵的窗外，忽闪着浓密的睫毛咕哝道："这种天气？"

她的畏缩让韦瑞兴奋。他不记得在哪里看到过，说所有人造美女都怕游泳，浸泡过后再精致的伪装都会暴露无遗。想起时下流行韩剧上的那些竖挑鼻子横挑眼的人造美女，韦瑞已是迫不及待跃跃欲试了。

"这种天气下水别有一番滋味呢，没经历过吧？"

"没。"线静嘟起嘴巴，老实得可爱。

韦瑞心里暗自发癫。线静长得过于美丽，大大的眼睛，俊俏的鼻子，还有一副性感的嘴唇，外加一个高挑的身段。这一切都使她显得那样的与众不同。问题是，上帝怎么可能集万千宠爱于一身呢？东方的柔美和西方的棱角分明都在这张脸上表现出来，那双层次分明的眼皮会不会是切割出来的？东方人又何以能长出这样一个希腊似的挺拔俊俏的鼻梁？还有，完全符合现代审美的大嘴，也布满了鬼斧神工的可疑。眼下无疑是批量生产美女的时代。

"想什么呢？"线静见他盯着自己，以为是自己魅力所致，不无挑逗地问："我漂亮吧？"

"那当然。"

韦瑞眨眨眼睛，把脸偏开了。他的大脑已处在高度的"浸泡"之中，满脸都是设计布局的阴暗。

线静喜欢他这种神态，目光孤傲嘴唇刚毅，浑身散发着成功男人的倔强。见韦瑞去意已定，她只好再次嘟起嘴巴惹人怜爱地说："那好吧。"

韦瑞争分夺秒，立刻驱车带她去了一家专卖店，买了价值不菲的意大利三点式泳装。心不在焉地吃过西餐后，就迫不及待地把线静拉到自己平时裸泳的那个水库去了。线静哆哆嗦嗦换上泳衣，半天也没能从车里出来。

韦瑞在水中欢快地游了几个来回后，便痴痴等着。他等待着线静的"艺术照"在浸泡中的"原形毕露"。

"来吧！"他大声怂恿着，"你很快就会热血沸腾的。"

线静双手抱肩在车窗里向外张望，眼中满是寒冷。

"来呀！"

线静经不住韦瑞的再三催促，踌躇地从车里伸出一只脚来。像试探那样，安全无误后另一只脚也跟了出来。

女人的好身材就像是一道永远亮丽的风景。尽管线静老妪般佝偻着腰身，借以减少寒风吹拂的面积，但年轻性感的曲线早已跃然夺目了。

"下来吧，"韦瑞急切呼唤着，"下来就是胜利！"

线静终于鼓起勇气亭亭玉立起来，三点掩饰的胴体让韦瑞心脏狂跳不止。

线静盘弄起了飘逸的长发，那副背过身去略显防备的舒展和自然，让人不由萌发出想从后面去拥抱的冲动。

"我怕，你过来接我一下嘛。"线静像蜻蜓点水似的用脚在水边尝试，身体左右摇晃，双臂张开像踏上了平衡木。

韦瑞一个冲刺游到岸边，把手伸给了她。

线静在他的搀扶下，一步一步往深里走去，洁白的身子紧紧贴住了他。

韦瑞从侧面注视她频频跳动的睫毛和脂粉妆扮的脸颊，心里既期待又担心。

当水快到胸口时，线静突然推开他，奋力一跃以自由泳的姿势畅游起来。

看得出，她显然受过训练，整串动作行云流水舒展有加。韦瑞一时看得心醉神迷。

随后他便开始了追逐。一阵拼刺过后，他不得不承认，线静比他游得更快更强。可他更关心的是，线静是否已铅华褪尽、原形毕露。

线静似乎有意在撩拨他，一刻也不停顿地像海豚那样在他身边一会儿冒出一会儿消失，始终不愿静止下来。

韦瑞找不到认真审读的机会，焦急地在线静再次潜进水中的一刹那，也一个猛子跟了进去，先抓住了她的腿，进而是臀、腰，最后擦过她的乳房抱住了她的脖子。线静挣扎了一下，很快就像条死鱼似的一动不动浮了上来。两人的嘴唇紧紧粘在了一起。

韦瑞始终睁大眼睛近在咫尺地观察着，线静不停跳动的睫毛，除了颜色已淡，依然浓密长翘，甚至比平常更多了一份自然、妩媚。还原的肤色也更显细腻、光泽了。

"你真美！"韦瑞由衷赞叹了一声，心里弥漫着幸福的悸动。

两人相拥上岸，向车里走去。韦瑞感觉到怀中的线静已经充分柔软了。

他急切地将汽车发动起来，打开了暖气，硕大的浴巾也派上了用场，线静躺在上面一动不动，突然双手捂脸害起羞来。

韦瑞停住了，他感到这一刻有些神圣。在他似乎深陷无从下手的窘迫时，线静伸出双手钩住了他。顿时一股巨大的吸力把他往下拉去。线静嘴里含混不清地在他耳边呢喃，喷出的热气几乎要将他融化。韦瑞闭上眼睛，急切地剥下了线静的三点式泳装，在性的激素蓬勃开放之时，他脑海里又跳出了上帝保佑"她还是处女"的念头。

事情进行得很快，因为韦瑞的处女情节，其他感觉便变得退而求其次了。当他看见洁白的浴巾上果真有鲜红的血渍时，竟感动得热泪盈眶起来，很快就有了第二次雄风……

眼见天色已晚韦瑞终于感到饥肠辘辘时，才猛然想起了一件事，脱口而出："糟糕！"

线静满面红潮四肢仍像八爪鱼一样攀附着他："怎么了？"

韦瑞感到她的手臂依然那么神采有力。"我们没采取任何措施啊。"

"看你，我今天还在例假呢。"

线静的话音刚落，韦瑞大脑便嗡地一声，泛出一片空白。显然，浴巾上的血渍已失去了它最初的价值判断，再作任何深究已毫无意义了。

"你一点都不会关心人，"线静并未注意到韦瑞急速呆滞下来的表情，她把脸贴到了他的胸口上，娇嗔道，"这么冷的天，你还逼人家下水。"

"哦，对不起，"韦瑞心灰意冷，嘴里敷衍道，"我真的一点也不知道。"他开始动手穿衣了。

线静从后面抱住了韦瑞，"我愿意。"她余兴未尽地说："上当了吧？游泳你可游不过我，水上逃生是我们的训练科目。"

忽闪的睫毛在韦瑞的皮肤上划动，丝丝痒痒，可他再也没能幸福起来。

"你挺能骗人的，"韦瑞意有所指，"其实你长得已经足够美了，为什么还要化那么重的妆呢？"

"工作需要啊。现在的女孩不都是这样吗？"线静不以为然，"我有一个同事，不化妆几乎就不见人，哪怕客人就站在门外，她也要化完妆后才会去开门。"

韦瑞掰开了她缠绕的手臂，嘟囔了一句："有什么好呢，时时刻刻都像在演戏。"他把头转向了窗外。夜幕已经降临。

这晚，韦瑞变得精神恍惚，久违的失眠症又回来了。

〔七〕

当韦瑞头戴面罩，赤身裸体从山林里蹿出来时，与一个田埂上荷锄而立的老农碰了个正着。对方起先吃了一惊，随后就熟视无睹了，韦瑞侧身从他身边经过后还不忘回头多看了几眼。接下去，他相继又碰上了摘菜的大嫂、拾柴的姑娘，他们接触到韦瑞视线时无一例外地把头低下了，或者装作正专注某一事务擦身而过，偶有一些回头的，也是一副"如今我们吃肉了，城里人却又开始减肥了"的见怪不怪的眼神。韦瑞撤掉面罩觉得自己真是多此一举，山野田园，难道不是一切最自然流露的地方吗。

从水里裸到地面上，韦瑞鼓了不少勇气。水中的裸泳已无法消退他内心日益增长的躁动，失眠的焦虑又重新出现，无所归依的落寞与恐慌透彻心扉。就像水到渠成那样，他必须要将自己袒露在光天化日之下才能获得片刻的安宁。

他在傍晚蹿进了山林，尾椎的电流像闪着弧光，展翅扑腾的鹌鹑，呼呼掠过的林风，仿佛都在为他而欢动，一种更乡野原始的情绪，令他敞开后更加饱满、愉悦。犹如天籁之地，一时心境如仪。

像朝圣后的洗礼，寂静尘埃下的梦乡又回到了他的躯体中。

〔八〕

生活每天都在发生着怪异的事件，当韦瑞发现梁琴与段叙时常鬼鬼祟祟地碰头并有几次从地下停车场溜出去时，大感迷惑。"红珊瑚酒吧"的那晚，他所得出的结论，梁琴应该是个"同志"。这倒破解了韦瑞对她与外方董事长可能存在暧昧关系的揣测。谁知刚破解了那头，这头梁琴又与异性的段叙发生了某种亲近，真让人云里雾里搞不懂了。也许，梁琴是个双性恋？

自打那晚他不辞而别后，梁琴再见到他就成了陌路人，一切都变得公事公办了。显然是他拱手将梁琴让给了段叙。这种结果本来对他并无所谓，只是公司最近开始人事调整，段叙有梁琴助阵他无法再心安理得了。有时候外企老板对中国政治文化和社会环境以及中国人职场生态的了解，比中国人还中国人。果然，在他获得公司本年度中国区销售大奖没过几天，段叙也问鼎了公司中国区董事会。这使韦瑞备受打击。

当晚，当他再一次在丛林中作野人奔跑状时，一声枪响，打得他灵魂出窍，一口气蹿出了十几里，猎人也一样在误判的惊吓中鬼哭狼嚎。

像被人坏了好事，韦瑞吊起的胃口不忍心半途而废，横在被窝里辗转难眠。下半夜后他又蹿出家门，驱车去了郊外。像豁出去似的在城乡结合部异想天开地裸奔起来。平时那些可怜兮兮的流浪狗，竟也像看见了要与它们争食的乞丐，狂吠一通后，跟着追逐起来。韦瑞跑跑停停，颇有后顾之忧。他频频哈腰瞪眼，胳膊抡得生痛，可狗们照样敌进我退，敌逃我追，纠缠得没完没了。眼见韦瑞已无力招架，几个赶集的农民适时挥棍过来，野狗们顿时四下散去。

农民们望着光溜溜的韦瑞，十分同情地说，这后生娃可惜了，细皮嫩肉这么年轻就得了精神病，城里人不比我们乡下人经折腾啊。

韦瑞自顾自地奔跑下去，那呼呼的劲头仿佛是在赶着去攀登一座高峰。

〔九〕

网络、媒体不知从何处得到消息，这家显赫外资企业的栋梁拜瑞即将跳槽，去掌管一家后起之秀的国内企业，在民族大义的情绪下说得有鼻子有眼格外引人关注。韦瑞的确与这家国内公司有过业务往来，但显然没到要去投靠的地步，况且，这些谣言几乎与刚传出总部要提拔他出任中国区 CEO 首席执行官的消息同步，这让韦瑞警觉起来。

这天，段叙又踱进了韦瑞的办公室，一脸憔悴地告诉他，其实，杰茜卡爱的是他而不是自己。

韦瑞冷眼相向，懒得理他。

段叙似有难言之隐，多次欲言又止，见韦瑞一脸冷漠，只好露骨表白道："她做爱喊的都是你的名字。"

"你蒙谁呢，她是同性恋。"

"……"段叙睁大了眼睛，"这你都看出来了？"

韦瑞哼了一声。

"不过，你错了。"段叙像在引蛇出洞。

"错了？我亲眼所见。"

"在'红珊瑚酒吧'？"

韦瑞不置可否。

段叙嘿嘿一笑，"你被她的假相蒙蔽喽，我也是。她参加那种派对就是想用一种惊世骇俗的举动引起我们对她的关注。就像我那天钓的那个良家女孩，生怕受到怠慢胡乱开价来提高自己的身价。她们很清楚，像你我这样优秀的男人，毫无特点的女性根本就无法引起我们的兴趣。"

"荒谬之极。"

"是啊是啊，聪明反被聪明误，一个爱走极端的女人什么事情都有可能发生。"

"也包括对你的爱吗？"韦瑞不无嘲讽地问。

段叙耸耸肩膀，避过韦瑞的直视后，又反盯过来，"也包括对你的恨。"

"嘁，莫名其妙。"

"由爱生恨的女人并不鲜见啊，爱就是恨的理由。"

见韦瑞不说话了，段叙站起身来告辞，"所以，兄弟只想提醒你，你的CEO任命并不一定一帆风顺。你应该知道杰茜卡与老板的关系。"

韦瑞抬头看他，眼睛眯成了一条缝。

"你不是这种关系的受益者吗？"

"你当然可以这样认为，尽管我有一千条理由能证明自己的不是。"段叙不想争辩。

韦瑞目送他往外走去。

"为什么要告诉我这些？你不爱她了？"他满腹疑虑。

段叙停下脚，双手张开，看起来像耶稣受难。"有谁会去爱一个心里无时无刻不在想着别的男人的女人！甚至，在做爱时！"

韦瑞眨巴眨巴眼睛，面露难堪之色。尽管完全可以想见梁琴不可能真爱上他，权宜之计下难免不露出马脚，但与己不无关系的表露一

今夜去裸奔

点同情还是应该的。

整整一天，韦瑞都在思考着要不要利用段叙想甩掉梁琴的契机，联起手来把梁琴排挤出去？女人一旦生恨，力量也是无穷的，不能在这敏感时期，让她坏了自己的好事。那些网络媒体的谣言，也许正跟她有关。

快下班前，他拨通了段叙的电话，出乎意料的是，段叙说他正等着这个电话。

韦瑞啥也没说，放下电话就去了董事长办公室。出来时，手机就响了。段叙打来的。韦瑞说我一听就知道是你打来的。两人都哼哼一笑，一切似在不言中。

很快，公司做出了决定，梁琴被派往公司驻加拿大美洲办事处任职。临走那天，梁琴闯进了韦瑞的办公室，不无哀怨地责问韦瑞，为何要这样对待她？为何要以辞职来要挟，逼迫董事长在他们两人之间必选其一？难道她对他的爱，到头来只配有这样的下场！

韦瑞以故作不懂的表情呆望着她，借此掩饰自己的过分。

梁琴浓浓的眼影被泪水冲散了形，黑糊糊的两块像熊猫的大眼。看上去，她的确伤心欲绝。

几天后，韦瑞办公室来了一个不速之客，咄咄逼人的大姐大出现在他的面前。

显然，这里不是"红珊瑚酒吧"，韦瑞没必要对她迁就、忍让。他甚至连"请坐"的意思都没有表达。

大姐大并不计较这种形式上的怠慢，但讲话一针见血的风格却没有丝毫改变。

"对待杰茜卡，你应该感到惭愧！"

"……"

"她所做的一切都是为了你！"

"为我什么？"

"你应该明白。"

韦瑞一笑置之。

"你该不会说你们之间，只是'充满激情的友谊'和'强烈的化学反应'吧？抑或，她只是你的'玩伴'和'智力上的伴侣'？"

"莫名其妙！"

"我早看出来了，你并不爱她！我多次劝阻过她，可她执迷不悟——"

"所以，"韦瑞冷漠地打断了她，"我并不负有任何责任。"

大姐大摇摇头，"我真为杰茜卡痛心，爱上一个并不爱她的人，太残酷了。你知道吗，杰茜卡为了吸引你，做了多少自虐的游戏，甚至不惜用假爱别人的这种最极端的方式来刺激你——谁知，你并不是一个热血动物。"

"我刚才不是已经说了？一切都与我无关。"

微笑，笑容中带着一丝残酷。

大姐大沉静下来。显然，已无再沟通下去的必要了。

她的临别赠言是："伤害一个弱者，于心何忍；伤害一个自作多情的弱者，禽兽不如！"

仿佛再多待一分钟她都会崩溃，像来时的一阵风，大姐大走时也是风卷残云。韦瑞伫立良久，由倦怠到不安，内心已是越来越深刻的迷惘。

〔十〕

洋老板对公司业务在中国内地频频受阻大为恼火，多次把段叙召去密商对策。段叙进进出出马不停蹄，成了公司里最忙碌的人。而韦瑞只能瞪着眼睛无能为力。

很快，有关段叙即将出任首任 CEO 的消息开始流传。与此对应的韦瑞跳槽一事也卷土重来，进而甚嚣尘上。特别是董事长几次私人聚会独独缺了韦瑞，公司上下便对他另眼相看了。这让韦瑞倍感寒意，以至于在很长时间里他都处在一种走神的状态。

这天，当线静来到办公室看望他时，他又冲着女秘书发起了怒火。

"我说过多少次了，啊?！这些文件不能躺着放、不能躺着放，只能竖起来，避免压件，可你为什么就是不听!"

女秘书抿着嘴，委屈得满眼是泪。线静一旁站着，好像自己也在挨骂。

令她大惑不解的是，自从有了那层肉体关系后，韦瑞本该和她一日不见如隔三秋才是，相反，就连一两个星期才能见上的一面，韦瑞都刻意跟她保持了距离，连再正常不过的眼神接触，他都有些回避了，变得陌生而隔阂。

韦瑞好得很中肯，坏得很中伤。过去，他还能隔三差五打一个电话或发一条短信，以示对她这个"空中小飞驴"的问候，现在她找上门面对面了，他却热情全无。线静几次想约他重温旧梦，见他一脸漠然，欠了八辈子的账，就张不开嘴了。线静是矜持女孩，但也不是传统女人，她不会把失身当要挟。只是她越不张嘴，韦瑞离她越远，好像他们之间是一场永不着陆的爱。当她有一次在飞机上看见一篇韦瑞对采访他的媒体说"我不会向外界承认我的任何恋情，我要有我自己的私人空间，一个完全不对外开放的空间"后，心里又宽慰了许多。也许，这是有个性人的一种生活态度。她只好用发手机信息的方式保持和他的联系了。"瑞哥，我现在在上海"、"瑞哥，我到广州了"、"瑞哥，我在丽江轮休"……只要不飞行，她手机始终都处在开机状态，她期待着韦瑞哪怕片言只语的回应。

线静其实哪里知道，韦瑞已深陷一种死去活来的状态中，白天死去夜晚魂归。

这天晚上，他又得寸进尺，胯上系了一条丁字形的小白条，像二战时日本兵的内裤，由郊区跑进了市里。路边很多游手好闲的盲流都盯着他看，起先只有偶尔几声起哄、拂哨，后来就听见一声怒吼："打你妈的日本鬼子！"于是，一帮人噌地追赶起来。韦瑞不明事理，以为与自己无关，左右一看，只有自己才是众矢之的，赶紧前头领跑。

狂奔一段后，韦瑞才明白盲流们穷追不舍的是自己胯下的那块小布条，赶紧一把扯了。效果立竿见影，韦瑞仿佛听见了身后一片凄厉的刹车声。

"神经病，深更半夜装日本鬼子吓人哪！"

"真是伤天害理！"

盲流们怒气未消地杵在那里骂大街。

接下去韦瑞跑得就有些心惊胆战了，像第一次遭劫裸奔那样，见人就闪。不过，他很快就发现，没有了那块白布条，这世界顿时宁静多了，没人再把他的赤身裸体当一回事。

第二天，他试着没有白布条地从这条盲流聚集的街道上穿过，果然，鸦雀无声。韦瑞放下心来，以为从此平安无事了，便甩开大步，向城市的纵深方向跑去。随着灯光的明亮，他尾椎的那种电击感也越来越强烈，臂膀甩得异常豪迈。可没过多久，他还是被一帮巡夜的协警给盯上了。他们挥舞着警棒，跑得比盲流们有力，韦瑞被撵得上气不接下气，最后，几乎要瘫掉的时候，协警们先崩溃了。

也不知是巧合还是韦瑞爱怀旧的毛病使然，当他再次亮相在这条被协警队员追捕过的街道上时，对方显然早已极富专业精神地做好了应对准备，就等着他前来自投罗网。这次韦瑞就没那么好运气了。他左奔右突，连累到吐血的机会都没有就陷入了人民战争的汪洋大海之中。

很多市民都自发参与了这场抓捕活动，韦瑞从他们愤怒的声讨中，得知自己严重污染了他们赖以生存的精神环境。

有人拿来了一件旧衣服，遮住了他的裸体，并协助协警员把他押解到了派出所，十分激动地要求执法部门好好管一管"这种伤风败俗的事"！

为了表示警方与市民同心同德，派出所的值班干警当即在韦瑞的白屁股上踹出了一个大脚印，随着一声噢的叫唤，韦瑞瑟瑟发抖地滚进了墙角，在人们剑拔弩张的表情下，他眼睛滴溜乱转，表现得像一个真正的低能儿。

"家住哪儿?！"

警察厉声问。

韦瑞摇头。

"知不知道自己的名字?！"

韦瑞摇头后又翻了翻白眼。

"都回去吧，没什么好看的了。"警察朝围观的人群做出了判断："这就是一个神经病！"

他准备按以往遇到类似问题的惯例处理，吓唬吓唬尽快放人，免得管吃管喝自找麻烦。

"神经病?"有人质疑，"不像吧，这人看上去一点也不邋遢，细皮嫩肉的好像还有香水味，该不是故意出来耍流氓的吧。"

听此一说，警察立刻用锐利目光把韦瑞重新审视了一遍。

"不管怎么说，你们得管，"一个居委会老大妈显得痛心疾首，"大老爷们光着屁股满街跑，多影响咱们的精神文明建设啊！万一让老外不怀好意地曝了光，登在外国的报纸上，这不丢了咱中国人民的脸啊！"

小警察被大家纠缠得没了主意，只好宁肯错杀一千也绝不放过一个地将韦瑞给拘留了。

所谓拘留就是将韦瑞关在一间空房里，小警察知道自己也问不出个所以然来，可又无法承受老大妈的政治高度，只能走一步是一步，反正天一亮自己就交班走人了。

韦瑞在一种举目四壁失去自由的恐惧中，做起了困兽的挣扎。他拼命晃动门把，发出了野兽般尖锐的啸叫。

小警察起先还大声呵斥、阻止，后来干脆捂起了自己的耳朵，再后来，他气汹汹冲进来狠踢了韦瑞几脚，跑到屋外躲噪音去了。

韦瑞蹲在黑灯瞎火的水泥地上，一边揉着发痛的屁股，一边仰着脖子不时发出几声呜呜的长鸣。他脱掉人们强行裹挟在他身上的衣服，攀缘在窗户的铁栏杆上，像四条腿的壁虎，眼中噙满了渴望自由的泪花。

清晨，当小警察打开房门，向他的同行交接班时，发现韦瑞赤身裸体地挺在水泥地上，睡得香极了，男根竟像个旗杆，直翘翘冲着房顶。

接班警察立刻笑将起来，冲小警察嚷："你小子，真逮了一个疯子唉，能耐啊！"

肩上没杠的小警察见韦瑞那副不争气的模样，很不好意思地搔搔头皮，"昨晚可把我折腾坏了。"

"活该！"接班警察老大不乐意的撂挑子，"你小子先别回去，善始善终，我可整不了。"

小警察赶紧递烟，赔笑说："那您说咋办？"

见老警察不言语，小警察又试探地问："把他放了？"

"你还想留着给你立功授奖啊，"老警察不耐烦了，"告诉你，像他这号的满大街都是，你抓得过来吗？精神病院都嫌。"

小警察看看还在呼呼大睡的韦瑞十分恼怒，走过去一脚就把他踢醒了。"起来，滚！"

韦瑞睁眼望望四周，一时想象不出自己怎么会在这种地方，很凛然地问了一句："你们是干什么的？"

"我靠！"小警察差点儿没背过气去。见老警察一旁乐得连大烟牙也不捂了，更是羞愤难当。"你走不走？你走不走？"他手指戳在了韦瑞的鼻尖上。韦瑞迟钝地接过他递来的衣服，把自己罩了起来。

出了派出所的门，他被旭日东升的景象所吸引，挺起胸膛做了一个深呼吸，顿觉神清气爽力量倍增。他扭了扭腰肢，健步汇入到晨跑的人流中去了。

这之后，韦瑞就有了经验，裸奔之前，他事先将车停放在一处便于逃跑的路线上，这样，就是协警员再长两条腿也追不上他了。

〔十一〕

公司第一财政季度收益大幅增长，受销售量增加获得的净收益推动，还维持了对第二个财年的业绩预期，公司上上下下无不洋溢着喜庆的气氛。当韦瑞接到董事长电话，让他去一趟时，他以为CEO首席执行官的职位仍将可能花落自家，心里不禁有些怦怦跳了。

然而，出乎他意料的是，董事长跟他弯弯绕了起来。他用英文说了一通美国国防部长拉姆斯菲尔德解释白宫之所以打击恐怖主义活动的至理名言：

"世上有人们知道的已知的事，那是我们知道我们知道的事情。世上有人们知道的未知的事，那就是说，有些事情我们知道我们不知道。可是世上还有人们不知道的未知的事。有些事情我们不知道我们不知道。"

韦瑞立刻明白了，董事长显然仍在计较他要跳槽的传言。望着高高在上的蓝眼珠子，韦瑞很不甘心自己就这样失掉一切，他从一个销售员做到今天，在这家公司的辛酸苦辣只有他自己最清楚。

"这是误会，懂吗？是有人精心设计的陷害，你不能就这么轻易丧失对我的信任！"

韦瑞几乎咆哮起来。

"NO! 你们中国有句谚语，无风不起浪，我们不能允许一个心存二意的人。"

韦瑞瞪着眼珠无言以对，对方态度如此坚决，再申辩已显徒劳。与其失宠被他们炒掉，不如自己主动辞职争个脸面。想到这，他恶狠狠地冲老外嚷了一句："你会为自己的轻率后悔的！"

当晚电视台就闻风而动，请他去演播大厅做了一场"对话"节目。主持人把主题拔得很高，称拜瑞作为销售界奇人，无意再为外资公司效力，准备将自己的聪明才智贡献给本土企业，并绘声绘色地声称已有多家上市公司向拜瑞发出了高薪聘请。主持人暧昧地留下了悬念，说至于拜瑞将加盟哪家公司目前暂且保密。

韦瑞起先很不自在，觉得那根本是胡编乱造。后来见主持人脸不红心不跳地持续撒谎，自己也乐得这样炒作，便尝试着一唱一和地跟进，最后终于在现场观众的提问中，跟上了主持人的节拍高尚起来，信口说出的一串国家民族振业兴邦的大道理，激发得连自己都血往上涌，眼眶发热，让观众觉得他十分动情。他首先要求大家不要再称呼他为"拜瑞"，因为它带有太过鲜明的外企印记，从现在起，他投身国内企业，要身心归依，事业归航，"韦瑞"才是他的本来面目。掌声震耳欲聋。

晚上韦瑞一连接了好几个电话，都是一些不知名的小企业打来的，而网络、媒体说的那些大型企业一点反应都没有。按理，他们本该迅速行动，打爆他的手机塞满他的电子邮箱才是。韦瑞觉得自己并不是想象的那样炙手可热。这晚他裸奔起来比以往都要生猛，横贯了整个东区。

整整一个月韦瑞都虚荣地把自己关在家中，除了夜晚出去梦游，基本过着暗无天日萎靡不振的日子。所有熟人都与他失去了联络，一直喧闹无比的手机也因为他的关机变得死气沉沉。韦瑞在寂寞中想到了那个"红珊瑚酒吧"，便鬼使神差地去了。大姐大依旧被一帮人簇拥着，见到他时一脸错愕，不过还是起身把他邀请到一旁的高脚凳上坐下了。

"我该叫你拜瑞还是韦瑞？"

韦瑞耸耸肩膀，"随便好了。"

"看上去你很不开心？"

大姐大给他要了一杯加冰块的轩尼诗杯摩廷。韦瑞四周看着，并不打算要说什么。

"如果寂寞，欢迎你加入我们，我们这里敞开、包容。"

韦瑞看见那群女人个个都在手舞足蹈地大声说话，觉得很头痛。

"我们正在策划一个大型环保活动，许多国外环保组织也会派人过来，我们打算让它与国际接轨，办成一年一度的国际盛事。如果你也能参加进来我将非常荣幸。"

韦瑞静静地看着她。

大姐大以为韦瑞有所心动，便迫不及待将创意表露出来。

"你可以想象，在千年古长城下，万人裸体守夜，用最原始的身体语言表达我们对环境日益恶化的抗议。让社会关注，让所有人关注，更让统治者们震惊。"

韦瑞挥了挥手，"low（小儿科）, out（过时）了。"

大姐大愣了一下，"你有什么更好的主意？"

韦瑞避开了大姐大热切的目光，再看那群张牙舞爪的女人，觉得自己跟她们不是一个 level（层次），一口喝光杯中酒，说了声谢谢，准备就此离开。

"你活得太自我了。"大姐大有些无奈，"见到杰茜卡了？"

"谁是杰茜卡？"韦瑞停住了脚步，"你是说梁琴？她不是在加拿大吗？"

"哦？"大姐大再次有了情绪，"她早回来了，你还不知道她结婚了吧？"

"跟谁？是那个哈里，段叙？"

大姐大点上了香烟，"他们是双喜临门，杰茜卡归巢，哈里荣升CEO，婚礼极尽奢华。"

见韦瑞闷声不语，大姐大喷了口烟气，"杰茜卡太单纯了，嫁给哈里等于葬送了自己。在这点上你也有一份责任。"

韦瑞冷笑了一声，"你无须操心，他们其实很般配。"

出了"红珊瑚酒吧"，韦瑞突然觉得心绞痛，一屁股坐在了马路牙上。强忍许久，疼痛终于过去，他感到了浑身乏力。

天上大朵大朵的乌云使月亮时隐时现，韦瑞怅然若失想起了线静。很长时间没有她的消息了。显然，由于自己的怠慢，她已渐行渐远。韦瑞拨弄着手机，不小心把线静的电话拨了出去，他赶紧又给按掉了。说实话，他现在真有些想她了，对比梁琴之流，线静似乎更值得信赖。

手机响了，韦瑞一看是线静打回来的，心里一阵悸动。

"你通了电话为什么又挂了？"线静兴冲冲的，电话那头极为嘈杂。

"哦——"韦瑞一时不知该如何回答。

"我刚下飞机，我到国外培训去了。"

"哦——"韦瑞突然想哭。

"你怎么了？——快说话呀！"线静似乎感觉到了什么。

韦瑞激情泉涌脱口而出："你等着，我这就飞过来！"

启动、加速、腾空、爬升，速度将他狠狠推向了椅背，模糊的城市在逐渐消音的咆哮中飞出了他的视线……

韦瑞的心情又变得像万米高空中的月光一样晴朗。

在线静陪伴下，韦瑞缠绵悱恻度过了开头几天的幸福时光。显然，线静不是一个称职的家庭主妇，对于一个一年中至少要在天上飞掉大半年的空姐，除了水煮方便面、西红柿炒鸡蛋，其他基本都束手无策。但她无微不至的用心还是营造了一个浓浓的温馨氛围，以至于韦瑞整晚都能踏实下来，呼呼一觉睡到天亮。可线静表达了想结婚的意思后，他又开始失眠了，一种身陷囹圄不再是自由身的恐慌又袭上了心头，他只好不停地纵欲、做爱，想用极度透支的疲倦来抑制自己冲出家门奔上大街的欲望。

线静想带他去一家著名的寺院烧香，以求心愿，说那有释迦牟尼的舍利，十分灵验。韦瑞不为所动，嘴里还叨念着，说自己死后肯定炼不出舍利子来。

最后几天，韦瑞哪儿也不去了，一个人沉默寡言地呆坐在沙发上，脸颊开始急剧地消瘦。可一到晚上形容枯槁的他眼神却炯炯发光，一刻也睡不消停，呼吸粗重得像头蠢蠢欲动的野兽。

线静以为他仍在为辞职的事烦恼，给了他更多的体贴关怀。可韦瑞却在紧要关头变得性无能了，不管他如何努力，委顿下去的身体依旧麻木而抗拒。

太阳升起时，一夜无眠的韦瑞趁线静去公司销假报到之际，快速地逃离了。

〔十二〕

夏天一到，蚊子便多了起来，韦瑞赤裸时蚊子总围着他嗡嗡直叫，这使他奔跑中不时要挥起手臂给自己一个响亮的巴掌，于是常自乱阵脚坏了节奏。哈雷飙车一族见此情景都连轰油门，震耳欲聋中恨不得将翘起的前轮直接顶到他的屁股尖上。韦瑞目不斜视，只顾沉浸在自己的世界中。摩托车围剿盘旋出的废气，构成了战火硝烟，为他旁若无人的裸奔渲染出了悲壮的色彩。

梁琴登门来找过他一次，据她自己说结婚三个月她就跟哈里离了，原因很简单，哈里是在经历她之后腾达的，而她是在经历哈里以后枯萎的。韦瑞一直在冷笑。梁琴以泪洗面，期期艾艾。韦瑞不想再与过去有什么纠葛便下了逐客令。可梁琴说她已经辞职，且无家可归了。韦瑞顿时又心软下来。

当晚梁琴就爬到了他的床上。出乎他意料的是，梁琴竟可以瘦成这样，颧骨、肩胛骨、手肘、大腿骨，处处露骨，处处刻骨。显然她那句在经历哈里以后枯萎的话让韦瑞有了切身体验。他怜香惜玉极尽温存地想多给她一点呵护，谁知梁琴争强好胜当仁不让，以至于他多次产生了性倒错，最后干脆两手枕在脑后任其摆布。

全新体验让韦瑞利令智昏，他将自己已接受一家上市公司聘任（其实是他放下架子主动联系的），不日将去赴任总经理的事和盘托出，并希望她也能跟过去。梁琴闻言并没有他想象的那样兴高采烈，相反，身子迅速瘫软下来。

第二天段叙就找上门来。

段叙并没有虚情假意打哈哈，他拿出了一张支票，以 CEO 名义表达了愿意用丰厚补偿换取他不在公司同一业务领域接受竞争对手的聘请。

韦瑞想着与梁琴的云雨之欢，嘴角挂着一抹嘲笑拒绝了。

段叙临走，抛下一句"公司将保留用法律手段维护自己的权利！"

韦瑞依旧在想，梁琴在床上的表现与她在生活中的表现一样，真是完美啊。

段叙见他面带潮红洋洋得意，低头骂了一句："Fuck you！"

韦瑞的新单位是一家沿海地区的国内发展势头迅猛的民营企业，对韦瑞原先所在的外资公司的确构成了一定威胁。韦瑞很想带领这支新军彻底打败无德无能的段叙。

可第一天上班韦瑞就深感失望。在公司为他举办的欢迎会上，董事长像个粗人，凭空借韦瑞名气来教训自己的高层管理人员，让在座男人一定要有向上的劲头，否则，就不会有名望、有社会地位，就会让人看不起，老婆也会觉得你没出息，到时红杏出墙可别怨天尤人，自认倒霉去吧！满场女士嘻嘻笑，董事长两边都敲打，说你们女人也一样，不好好干就成不了职业妇女，成不了职业妇女就吸引不了老公，老公就随时可能甩掉你，包二奶三奶，别怪男人喜新厌旧。如果你是个女强人他敢吗！他傻×呀！

韦瑞回头看了看欢迎条幅，把头低下了，他觉得这有辱斯文。更令他头痛的是，董事长似乎只对他原先公司的外资名头感兴趣，天天带着他抛头露面广而告之，像是给自己脸上贴金似的。当地媒体跟着漫天炒作，生生造出了一个"韦瑞效应"，让韦瑞成天生活在舞台上，生产经营无须旁顾，全由一个跟董事长一块打江山过来的副总经理主持。而员工看他的眼神也像在欣赏影视明星。这使他倍感彷徨。

当副总又将一份老板的应酬安排递到他手上时，他表达了自己的不满："都是些无聊的事。"

"噢？"副总讪笑了一下。

"我一直在琢磨，"韦瑞觉得有必要通过他把自己的情绪传达给董事长，"你们这家公司已做出了一定规模，可为什么墙内开花墙外香，本地影响这么负面？你去街头听听议论，一句话，全是凭关系，凭炒作。咱们办公司的目的到底是什么？难道不是董事长说的民族产业、世界级企业吗？这些发展前景、产品选择、内部环境需要我们去开展细致的工作，而不是总在电视摄像机前大吹大擂，或者与领导合影留念。"

副总脸拉得很长，韦瑞觉得很难再深谈下去。

线静兴冲冲地来了，她选择了公司在这座城市的基地飞行。见面时她一点也没抱怨韦瑞的不辞而别，静静地，像什么事情也没有发生过。韦瑞内心过意不去，当晚就把她留在了家中，这一住就变成了长住。线静的飞行时间很不规律，常常是凌晨六七点，韦瑞还枕于梦乡的时候，她穿上那套"天使"制服，蹬着小高跟鞋，拖着飞行箱走了，深夜十一二点才回来。强烈的紫外线，干燥的空气和旅客的刁蛮让她十分疲惫，尽管这样，她依然会在韦瑞熬夜的灯光下摆上一杯亲手调制的咖啡。韦瑞也会柔情似水地把她抱进怀里，给她揉搓由于站立过久而浮肿的双脚，在线静娇喘地"老公，还是你最好"的赞美声中，他尽起了一个做丈夫的责任。

不过线静有几次航班延误回来时，发现韦瑞并不在家，她等得哈欠连连东方快要蒙蒙亮时，韦瑞才一脸尽兴地推开了房门。这种时候只要韦瑞不解释她也不会发问，只会拉开为他铺好的被子，说一声"快睡吧，没几个小时了。"韦瑞便一声不吭地钻了进去。通常这种情况，韦瑞都会睡得像死过去一样，除了线静用手指试探出他还有呼吸，其他生命体征几乎全无。

线静也有几次半夜醒来时，发现韦瑞已不在身边，这不免使她疑心大增。终有一天她在强烈好奇心驱使下，在韦瑞着装整齐蹑手蹑脚走出房门后跟了出去。

韦瑞从车库里开出了公司配的那辆7系宝马车，驶出小区后便在大街上游荡起来。线静坐在的士车里远远尾随。绕城几周后，韦瑞依旧显得毫无目的。的士司机尽管乐于赚钱，但还是充满了疑问。

"你的什么人呀？"他问。

"问那么多干吗？"线静两眼直视前方，一刻也不肯放松。

"明白了。"司机故作精明地学着特务跟踪似的，尽量不让前方宝马的驾驶者从后视镜里发现自己。

"他很有钱吧？"司机兴趣盎然，"有钱的老公是得看紧点！"

挡风玻璃上重重打上了几颗雨珠，噼啪的声音与雷鸣闪电混合在了一起，街道上也刮起了一阵一阵的扬尘。司机说要下大雨了，你这位仁兄到底想干什么呀？转来转去，他没病吧？"你才有病呢！"线静很不满地瞪了司机一眼，话音刚落，宝马就在前方拐角处停下了。韦瑞探出头来前后张望。线静屏住了呼吸，定睛看着。

一道闪电过后，炸雷就像在头顶上响起，线静和司机都不由自主地把头低了低，随即他们就看见一条雪白的裸体从宝马车里跳了出来，飞速地向前奔去。

线静惊呆了。她偏过头去看见司机跟她一样，也是一副目瞪口呆的模样。两人你看我我看你，司机就变了腔调。

"这哥们儿，耍流氓啊！"

线静无地自容，可强作镇静，"别瞎说！"

司机忽闪着眼睛，"在拍戏吗？"他四处查看是否有摄影车跟来。"没有啊。你们该不是要捣腾点什么事吧？"

"你不说话行不行！"线静有些恼羞成怒地与他对起了眼。

司机终于把眼避开了。"看不懂了——那你还跟不跟呀，小姐？"

"跟。"线静丝毫没有犹豫，"不过，你得把车灯关掉！"

司机抬头往窗外看了看，"黑灯瞎火的……"

"我多给你一倍的车钱就是了。"线静在雨雾的挡风玻璃前焦急地追视着前方。

"行啊——这年头，新鲜，开宝马车裸奔。"

韦瑞并不知晓身后的事，他在豪雨中跑得有滋有味。抬头挺胸，收腹提臀，前臂弯曲，两臂摆动，脚步张驰平稳，像走在一个人的大路上。线静在后面跟着，起先眼睛发酸，有些想哭。她怎么也没想到韦瑞会干出这种惊世骇俗的事情来。跟踪之初她设想了无数种可能，甚至最坏的结果午夜幽会都已铺垫在她的意料之中。韦瑞这样的社会名流，对声誉本该看得比生命还重，可如此下三烂的裸跑太让人费解，一个活生生的成功人士怎么会有这样的反差之举？

韦瑞突然一个趔趄，四肢险些着地，屁股撅得异常抢眼。

线静跟着往前一扑，抵住了气囊盖板。她看见韦瑞慌乱中又手忙脚乱地控制住了平衡，站稳了脚跟。像重新开始那样，他抬头挺胸，收腹提臀，一丝不苟又恢复了雄赳赳气昂昂的节奏。

司机哈哈直乐。线静侧过脸去，不想让他看出自己的尴尬。

韦瑞继续跑着，严格来说，他的曲线并不优美，相反，像所有在办公室耗时过久应酬过多的人一样，有些臃肿，有些笨拙，可他跑得很豪迈，很专注，步履轻松矫健，臀部甩得无比张扬。

看久了，线静发酸的眼睛就不那么苦涩了，大雨把韦瑞跳跃的身体冲刷得灵光一片，像雨夜精灵在横空飘逸。

雨沙沙作响，地面蹦跳的白花蒸腾出了一股一股的烟岚，弥漫出了如梦如幻、亦真亦实的舞台效果。韦瑞的脑海里一定有一支类似桑巴舞的旋律。线静想着，一直发紧的喉咙松弛下来，两腿轻微跳动，仿佛在追逐韦瑞奔驰的节拍。这种夜啊，她异样地感到，自己体内也有了一种类似破除的冲动。

司机不愿再当跟屁虫，把车开到与韦瑞齐头并进。韦瑞目不斜视，径直冲着一个方向狂奔。司机冲心事重重的线静怪声道："这哥们儿，'我心飞扬'，完全忘我啦。"

见线静默不作声，司机猥亵起来。"就他那身段，也敢出来裸奔？比我可差远了，我就没有小肚腩，你看他，嘿嘿，还吊儿郎当。"

线静收回目光白了他一眼："不跟了，我要回去了。"

司机暧昧地眨眨眼："我还没看够呢。"

"回去！"线静也不知哪儿来的力量，在他方向盘上狠狠砸了一下。

"好好好，回去。"司机慌乱地一打方向盘，车子跨过了双实线。

"我看你们都有问题。"司机很不高兴。线静没再理他，为了不让他知道自己的住处，她提前下车，冒雨冲了回去。一进家门她就虚脱无力地瘫坐在了门后，地上很快积出了一片水汪。她两眼发直陷入了一个巨大的空洞中，怎么也回不过神来。

许久，她拉出了飞行箱，把自己的衣物一点一点塞了进去。然后思维凌乱地在纸条上给韦瑞留下了一段话：

我把世界给你，你把相机给我；

我把容貌给你，你把相片给我。

……

〔十三〕

韦瑞在移植外资企业的组织和管理方式上遇到了这家民营公司水土不服的抵制，而由他招聘的几个核心高管去管理下属公司的想法也被董事长疑心甚重地束之高阁。韦瑞感到难以施展抱负。

一个年轻白领突然的"过劳死"，引起了公司内部和网上的广泛热议，指责最多的是公司"朝九晚九"的工作模式。白领们平均每周加班都在 20 小时以上，一些名目繁多的"会议"也成为沉重的负担。为领导传达信息，沟通工作，以及"头脑风暴"、"激发创意"，还有所谓国际化的"双语办公"，基本不让人消停下来，严重损害了白领的身体健康。

韦瑞找到董事长，商议如何平息社会舆论对公司的不利影响。

董事长刚从华尔街私募回来，浑身上下透着喜悦，显然成果颇丰。面对这扫兴的"过劳死"事件他不以为然，如果不加班，缩短工程周期，公司怎么能在这么短的时间内取得这么大规模？又如何与国际巨头博弈！公司创立之初就提出员工要以公司为家，二十四小时说

我把世界给你，你把相机给我；

我把容貌给你，你把相片给我。

干就干，甚至，公司高管人员必须保证二十四小时通讯畅通——加班文化就是公司精神的象征。

似乎要给新加盟的韦瑞恶补公司的企业文化课，董事长言简意赅地把公司传奇般的奋斗史回顾了一遍。

"要奋斗必然就会有牺牲！我们的事业是为了民族产业的振兴，对此，我不怕别人的非议。"董事长被自己的执着和远大的抱负感动得有些不能自持。

韦瑞无言以对。在如此氛围和残酷的竞争压力下，又有谁能不接受公司更低的薪水和更多的"自愿加班"呢。每天工作十二三个小时，一边承受这种高强度，一边还必须在客户面前强打精神，笑脸相迎，在企业不懂得鞠躬尽瘁真是无法出人头地。

"想想人家西方，"董事长继续旁征博引，"如今发达的局面用了二三百年的时间，而咱们，只用了区区二三十年就接近了他们的水平，不牺牲哪有这样的好事！"

韦瑞睁着眼睛想的却是别处。这些已经做大的老板，个个都觉得自己是个翘楚，自己给自己赋予了天降大任，在资本的原罪下，唯一可遮羞的就是天天唠叨着企业文化，可企业一旦有了"文化"，居心叵测越显厉害。既要索取劳动者的身心，又要统治劳动者的思想，让人心甘情愿地任其宰割。想通这点对已经"出人头地"的韦瑞来说，更觉苦恼与无奈。

在商言商，面对老板利益，韦瑞也不好再说什么，他只能为加班者争取一份更好的超时补贴，算作对自己良心的宽慰。不过，从董事长的眼神中韦瑞还是看见了他对自己据理力争的不满。端别人饭碗，随时就有可能变成一无所有。他感到了一种透彻心扉的凉意。

晚饭后他百无聊赖端坐在办公室里，守着还未下班的员工。线静的字条就揣在西服口袋里，早已被他揉搓得不成样子。线静显然是希望他把心交给她。冥思苦想后，他把纸条捏成一团扔进了废纸篓。

这天晚上韦瑞跑得很不尽兴，总觉得身后有一双熟人的眼睛在追逐着他。

一个月后韦瑞推开家门闻到了扑鼻而来的饭香。线静小鸟般欢唱着，餐桌上摆满了佳肴。线静不会做饭，这些东西显然都是航班上的机供品，就连紫菜蛋花汤都是开水冲出来的。见他呆立着，线静解开围裙抱住了他。

"今天可是咱们那个一周年的日子。"

韦瑞皱眉思索，"哪个'那个'呀？"

"哼，"线静红了脸，把他抱得更紧了，"就是游泳的那次呀。"

"哦。"韦瑞语焉不详地附和了一声。见她依旧不愿撒手，便在她背上拍了拍，"是该纪念纪念。"

"耶！"

线静孩子般地跳跃起来。韦瑞笑了，他总会被她这种天真、纯情所打动。哪怕只是一会儿的陶醉。

碰杯时线静嗯嗯地说："我又想游泳了。"她醉眼迷离，神摇意驰。

韦瑞望着香腮红唇，突然也有些心猿意马按捺不住了。

"走。"他一把抓起了她。

两人火急火燎地下楼，飞身钻进了汽车。

韦瑞把汽车开出了飞机起飞的加速度。

到了郊外一处僻静的河流旁时，线静说："啊，该死，我没带泳衣。"

韦瑞很轻松地说："你完全可以裸泳。"见线静睁大了眼睛，他遮掩道，"我是说天快黑了，没人会看见你。再说，你要是害怕我可以帮你看着。"线静扑上来抱住了他，"不，我要你跟我一块游。"韦瑞也睁大了眼睛，但他丝毫没有迟疑，立刻动手剥光了自己。线静在车门的掩护下，哆哆嗦嗦前后左右看了又看，衣服脱得异常艰难。韦瑞光着身子过来，一把把她抱了起来，浅水中走了几步后，奋力把她抛了出去，线静发出了刺激的尖叫。两人打着水仗，用泥巴互相涂抹，然后再跳回水里，又变回浪里白条追逐起来。一旦撵上便嘴对嘴沉进水里，咕咕的气泡越发让他们兴奋莫名。两人第一次在水中尝试起了做爱，并且乐此不疲没完没了。这世界似乎只剩下了他们两只荒原狼……

终于，透支的体力使他们沉寂下来，两人气喘吁吁赤裸着身体，依偎在小松树下，余兴未了地看着晚霞一点点地消失。

"多好啊！"韦瑞由衷发出了赞叹。

然后一转身四仰八叉摊开了自己，闭上眼睛久久没了动静，似乎在细细体会着这充分暴露的滋味。线静依旧有所顾忌地倦缩着身体，四周的一点风吹草动她都觉得脊背发紧。望着呼吸早已平静下来的韦瑞，她没有惊动他，而是悄悄给自己穿好了衣服。

"瑞哥，瑞哥。"线静听见了韦瑞的鼾声，大声呼唤起来。

韦瑞睁开眼睛看了看她，好像她很遥远。

"咋了？"他有些迷迷糊糊地坐了起来。

线静给他披上外套。"真有你的，这样都能睡踏实。"

"头枕大地才踏实呢，你没觉得地气在一股一股往外冒吗？只有最亲密的接触才能感知大地，才能使我们的身心回到最自然原始的状态。"

"别人才不会这样想，别人只当咱们在耍流氓。"

"别人？为什么要去管别人？"韦瑞颇为不屑地看了她一眼。

回到车上后韦瑞精神抖擞，抱着线静要求"再来一次"。线静半推半就直说够了够了，都吃饱了。韦瑞说那我还没吃饱呢。两人打打闹闹弄得轿车像浪里航行的小船。线静在韦瑞胸膛上擂了一拳，娇嗔道："好久没见你这么厉害了。"

韦瑞沾沾自喜，哼着小调把车开上了公路。线静把头靠在他的肩头，注视着两根光柱的前方。来来往往的车流使她意识到该捅破那张纸了。

"瑞哥，知道我那天给你留下字条的意思吗？"她小心翼翼地问。

韦瑞口中的小曲停住了，肩头抖动了一下。女人多半都把爱情和婚姻合二为一，她该不会又想结婚了吧？

见韦瑞没吱声，线静只好径自往下说了。"其实那天晚上我看见你了，在大街上，下着大雨，一个人——裸跑。"

"裸跑？你开什么玩笑！"

韦瑞一脸茫然。

"你！"线静坐正了身子。"你为什么要否认呢？我又没有责怪你。"

"我否认什么？我怎么可能去大街上裸跑！"韦瑞气咻咻的，"你不会以为我今天裸泳了，就一定会去大街上裸跑吧？联想也太丰富了。"

见他一本正经，并没有做错事后的百般抵赖所流露出的心虚，线静反而迷糊了。她太爱他了，尽管大街上裸奔实在让人难堪，也无法接受，但她从不怀疑韦瑞的心智！——一定是哪里出了问题。

"你真的跑了，我没有瞎说。为什么那天晚上我要离你而去？还有一个的士司机可以作证。"

见她说得言之凿凿，韦瑞手把方向盘沉默了。

许久，他终于问道："你说的都是真的？"

"真的，千真万确。"

轮胎与地面的摩擦声在车内回荡。

突然，车身猛地一甩，发出了离心的失控，线静两眼一黑，感到整个身体要向上飞去。待一切沉寂下来后，她睁开眼睛看见汽车与高速公路的栏杆黏在了一起。显然，碰撞之后有一只远光灯熄灭了。

韦瑞蜷曲的长发垂在了眼前，一脸呆相，显得有点失魂落魄。

〔十四〕

失眠接踵而至。无端的焦虑、莫名的亢奋、晦涩的契合撕扯着韦瑞的身躯。整晚整晚的煎熬，大把大把的脱发，每到他要夺门而出时，线静总是紧紧抱着他，陪伴他直到天明。

眼见着线静也迅速消瘦枯萎下去。

线静请了年假，决心要像戒毒那样把韦瑞从裸奔中连根拔出来。为此她学会了做饭，进而，很自豪地向韦瑞宣布她会煲阿二靓汤也就是小老婆汤了。

韦瑞被天天滋补着，很是感动。望着线静任劳任怨的形销骨立，他于心不忍。他觉得他也该有所表示。左思右想便上街给她买了大把的首饰，买了时尚新潮的服装，接下来他就不知道还有什么更好的表达方式了。

也许，是该结婚了。想到自己有了下意识的裸奔习惯，能否再去过一个世俗的家庭生活，他心里实在没底。结婚念头在他脑海里出现得万分短暂，一闪而过。

不管韦瑞如何努力，这家公司的主营业务始终无法实现飙升。问题出在董事长过于热衷投资、扩大经营规模上，给人感觉这家公司无时无刻不在进军新领域。这跟有俩钱烧得包二奶三奶有什么区别？无奈之下，韦瑞找到董事长恳请他能步步为营稳扎稳打，不要将有限的资金过于用在可能导致产能过剩的扩张或通常会带来灾难性后果的多样化经营上。董事长正处在投资的冲动期；扩张、扩张、再扩张，迅速建成庞大的资产帝国，再以金融作杠杆撬动整个地球，造就他天赋异禀，能力非凡的神话。两人理念南辕北辙，气氛几近摊牌。

韦瑞在这家民营公司策划的最后一场大型营销活动有点像垂死挣扎。他组织了一批当红演艺明星，搞了一场声势浩大的晚会，为他亲自主持开发的产品打造极尽奢华形象。他在电视上的形象代言是，从一辆四百八十万的宾利轿车上下来，以一个成功人士的面孔对着无数的镁光灯说："我，喜欢最好的东西。"

然而，这场活动结束后，市场仅像一个回光返照的心电图，快速而短暂地反弹了几下，并没产生韦瑞希望的那种全线飘红，以此来向董事长证明自己存在价值的预期。韦瑞瘫在大班台前，突然觉得自己已是江郎才尽浑身乏术了。

没过多久，韦瑞又收到了法院的传票。原先服务的那家外资企业以涉及"商业机密"为由正式起诉了他。想到段叙此时落井下石，他越发感到了气馁。

由于线静用一种近乎虐待的方式恪守着对韦瑞的监管，他已经无法在夜晚溜出去裸奔了。为此他不得不尝试在公司里偷偷脱去内裤，在一些庄重场合空装上阵……在一次总经理办公会上，由于董事长哥们级的副总经理几句不恭的话，韦瑞突然一反儒雅的常态，破口大骂起来："你看看你自己分管的营销部，都是些什么东西？像街头小报的广告，成了性病策划部、垃圾印刷品！"副总愣了愣，随即拍案而起。两人在众目睽睽下几乎上演起了拳武行。

这次事件后，韦瑞的注意力开始涣散，记忆力也严重衰退，而且，目光游离神情恍惚……他不再伶牙俐齿，甚至开始语无伦次，逐渐变得沉默寡言闷声不语了……他的服装也不再整洁，经常胡子拉碴、目光呆滞……

公司的人都开始回避他。在公司股票连续下滑三周后，董事长闯进了他的办公室。

这天晚上，韦瑞陪着哈欠连连的线静看了一会儿电视，然后便喝掉线静准备好的牛奶，早早上床睡去了。线静觉得很奇怪，印象里他似乎从没这么早上过床。她赶紧把房间草草收拾了一下，也轻手轻脚上了床。黑暗中她静静地聆听着，她发现韦瑞的呼吸十分急促，这使她紧张起来。又过了许久，在她眼皮快支撑不住的时候，韦瑞直直地坐了起来。她一惊飞身抱住了他，"不行！"她坚决地说。

韦瑞挣开她，跳到床边恶狠狠地说："你是谁！"线静冲到前面挡住了他，灯光下，她看见韦瑞眼睛发直，血红血红，不禁打了一个冷战。

"求你了，都十多天了，再忍忍就过去了，啊？"

她手忙脚乱去抽屉里拿出了安眠药，并将水杯递在了韦瑞的手上。韦瑞手一扬，水杯飞了出去。他推开她又朝大门那儿走去。

线静从身后抱住了他，由于体轻，被韦瑞拖行了好几步。快到大门时，线静的双手从他腰身滑到了腿上，韦瑞再也迈不开步了。

"滚开！"韦瑞奋力拔动着自己的双脚，声音沉闷得像要火山爆发。

"就不！"线静爬起来，披头散发执拗地张开双手把在了门上，"就不、就不！"

韦瑞手臂高高扬了起来，随即线静眼睛一黑，在高八度的尖叫声中脑袋"嗡"了一声，脸颊火辣辣一片。韦瑞怔住了，线静的这声尖叫，把他惊醒过来。他愣愣地看着单手捂脸惊异万分的线静，一时心乱如麻。

"对不起。"他转过身子，回到床上用被子把自己遮盖得严严实实。

线静噙着泪水呆站了一会儿，随即便蛇一样钻进了韦瑞的被窝。她现在一刻也不想让韦瑞安静下来，她要唤醒他，唤醒他生命的本能。她在缺氧的黑暗中顽强地用手用嘴用尽了一切刺激的办法，可韦瑞的身体仍然麻木得像块冰冷的石头，纵有几次反应也很快疲软下来，与他那句叹气过后说出的"我们结婚吧"一样，像应付，像无奈。线静没有放弃，她努力翻新埋头苦干，在丝丝的空调气中把自己折腾得满头大汗气喘连连。

眼见窗帘上透出了白光，线静再也支持不住一头扎在枕头上睡去了。她的手依旧紧紧搭扣在韦瑞的胸前。

临近中午时，一阵铃声大作把线静惊得从床上跳了起来。她看看凌乱的身边，韦瑞早已不知去向。

电话是派出所打来的，问她和韦瑞是什么关系。线静以为查户口，不假思索地答：我是他妻子。派出所说那好，你来一趟吧。线静放下电话就有一种不祥之感。她拨通了韦瑞的手机，铃声却在客厅里响了起来。她又拨了韦瑞办公室的座机，无人接听。她顾不上盥洗，擦了一把脸就往派出所跑，脚底软得厉害。

韦瑞一身邋遢地蹲在派出所的墙角里，对围观警察的提问充耳不闻。

线静赶到时，才从警察嘴里知道他一大早就浑身赤裸地蹿上了大街，要不是警察跑在了人民群众的前面，韦瑞很可能就被乱拳打死了。

"你们肯定吓着他了，"线静拒绝警察要将韦瑞送往精神病院去，"不然他不会变成这个样子！"

"小姐，你不能乱讲话。"警察非常不满，"不是我们吓着了他，而是他吓着了我们！"

正说着，精神病院的救护车呜呜开来了。

"你们不能带走他！"

线静扑到韦瑞身边护住了他。韦瑞此刻安静得像个孩子，只是看线静的目光很遥远，像在看一个陌生人。

"瑞哥！我是线静！我是线静！"线静使劲摇起了他。

韦瑞眼珠子动了动，依旧没有任何响应。线静"哇"的一声号啕大哭起来。

"瑞哥，咱们回家，"她挣脱了医生的手，扑通跪在了韦瑞的面前，"我再也不拦你，我保证不拦你了，我跟你一块儿去——"

　　韦瑞眼睛与她对视着，嘴里终于含混不清地"啊"了一声，线静高兴地一把将他抱进了怀里。

　　"啊，乖！咱们今天晚上就去，今晚就去裸奔，好吗？"

　　几位医生和警察闻言就愣住了，面面相觑后一块儿盯着线静。那眼神分明是，这漂亮女孩的神智是否也一样不正常？

跋

洪治纲

　　每一个生命都是一个传奇。它隐藏在历史的皱褶之中，潜伏在记忆的小径深处，以若有若无的形态，等待着人们的发掘，咀嚼，回味，或重现。而文学，在很多时候，就是为了抖开那些被遗忘的历史皱褶，唤醒各种沉默的记忆，再现生命的种种传奇，并借此检视个人与历史、社会之间的复杂关系，审度人性的丰繁、微妙或吊诡。所以，迈克尔·伍德在谈论小说时，就直言不讳地说："秘密是从历史中拯救出来的，或者是四散在历史各个不起眼的角落中的"，而小说的特殊魅力之一，就是揭示历史深处的各种秘密，激活那些遥远的记忆，展示一个个生命中所蕴藏的传奇。

　　郭潜力或许不会想得这么复杂，但他的小说却明确体现了对生命传奇的高度迷恋。他不是一个专业作家。写作对于他来说，没有任何世俗功利的干扰，也没有任何理论圭臬的制约，仅仅是一种审美表达的快意，是一种回望记忆和质询生命的方式。因此，他的写作，总是显得别样的自由、丰沛和自足，在看似轻松甚至不乏怪诞的叙事中，再现了一个个生命的传奇。通过这些传奇性的生命轨迹，我们可以很好地品味到历史、现实、人性的反复与驳杂。收录在这部小说集里的四部中篇，就是一个很好的例证。这些作品都很好看，可谓妙趣横生，但读着读着，我们又会深切地感受到，它们在叙事上的鲜活、丰盈和从容，它们对历史、现实和人性的叩问，都远超很多专业作家的创作。

这是一种很奇怪的阅读感受，也说明了远离功利的自由心境，对于一个作家的创作是多么的重要。在这部小说集中，《朵朵木》、《豹子湾》和《逃》都是书写成长记忆的，也是一组耐人寻味的作品。它们轻逸，诡异，乖张，幻想与冒险齐飞，自由与逃避共存，呈现出某种少年式的游侠气质。我想，这可能与郭潜力自身的成长经历密切相关，也与那个年代的特殊历史密切相关。换言之，它们是作家童年心结的一次再现和展览。众所周知，童年时期的成长记忆，总会以这样或那样的方式影响着人的一生，舍之不去，召之即来。孙犁先生就曾说过："幼年的感受，故乡的印象，对于一个作家是非常重要的东西，正像母亲的语言对于婴儿的影响。这种影响和作家一同成熟着，可以影响他毕生的作品。它的营养，像母亲的乳汁一样，要长久地在作家的血液里周流，抹也抹不掉。这种影响是生活内容的，也是艺术形式的，我们都不自觉地有个地方的色彩。"正因如此，很多作家总是无法摆脱童年记忆的纠缠，自觉不自觉地迷恋着童年的生活。

但郭潜力的童年并不像一般作家那样，拥有一个稳定的故乡，一圈固定的朋友。父辈们的军旅生涯，在频繁的调防过程中，使他的成长总是处于某种漂泊的状态，让他自幼便体会到"在路上"的人生况味。更重要的是，作为 20 世纪 60 年代出生的人，历史又赋予了郭潜力这一代人极为特殊的精神背景。他们的心灵，几乎从接受启蒙的那一刻起，就承受着一次次尴尬的错位。他们的信念，几乎从接受熏陶的那一刻起，便历经了一次次的自我颠覆。他们不知道什么是理想，也无法获得某种坚定的人生信条。他们常常用羡慕的眼光去仰视那些挥舞着"革命铁拳"的风云人物，却永远也无法真正看懂那些人内心深处的精神操守和人性尊严。

我以为，这也许是他将这部小说集取名为《逃》的缘由。按我的理解，这里的"逃"，不是回避，不是拒绝，更不是逃跑，而是告别，是回望，是祭奠。它试图传达一种"在路上"的成长状态。从某种意义上说，也可以算作是一种"为了告别的纪念"。所以，在这组小说中，始终活跃着一位翩翩少年——他总是带着好奇的心理，探险的姿态，神出鬼没地穿梭在各种特殊的场景中，用懵懂的眼光打量着这个世界，捕捉到各种传奇性的生命景观。像《朵朵木》里那个木讷而孤独的朵朵木，既不受家人待见，又饱受师生们的欺凌。他渴望拥有自身独特的存在价值，于是他开始学习倒立，试图以这种特立独行的方式彰显自己的价值。然而，在一次又一次的倒立游戏中，他并没有收获到任何赞许和尊重，相反却逐渐发现了整个世界的混乱和无序，尤其是见证了女同学孟革革的命运转折。作为市革委会副主任的女儿，孟革革有着不可一世的骄纵与蛮横，权力支撑下的家庭优越感，让她的少年心理产生了空前的膨胀，也使她的性格显得乖张而刁蛮。然而，当父亲的权力被彻底颠覆之后，这个政治强权庇护下的少女虽然改名为孟红，却依然逃脱不了命运的戏弄，终于在绝望中走向自杀。从孟革革到孟红，不只是名字的更替，也不只是身份的更替，而是心灵的更替和异化，是一颗被"革命时代"的政治权力所扭曲了的灵魂的错乱与崩溃，它所隐喻的目标，正是她的父辈人物荒诞而又真实的历史命运。而朵朵木不断地选择倒立方式，来求得自己对世界的真实看法，更是对那个错乱时代的一种生动的反讽。

　　《豹子湾》同样也是一个有关成长的传奇。13岁的少年"我"，一听说"豹子湾"，就以为那里藏着很多野豹，于是兴高采烈地跟随父亲来到了豹子湾。可是，展现在"我"面前的豹子湾，既没有豹子，也没有玩伴，只有一座与外界完全隔绝的、类似于监狱的大院，和一群操着南腔北调的老头。他们曾是一批驰骋沙场、笑傲历史的风云人物，现在却变成了一只只困兽，不得不接受无休无止的洗脑学

跋

265

习。对残酷现实一无所知的"我",只好整天游走在沉重历史的边缘,以一种似懂非懂的眼光注视着这群人的言行,测度他们的内心世界;但同时,"我"又以目击者和见证人的身份,亲历了种种复杂的人性场景。譬如张伯伯为了早日出山而不断地锻炼身体,结果患脑溢血猝死于豹子湾;刚直不阿的易伯伯在所有的生存勇气丧失之后,选择了卧轨自杀;趋炎附势的马伯伯,在失势时与得势时的双重表演,以及最后还落井下石;父亲在绝望之余,却大规模地养起了鸭子,对荒诞现实进行着荒诞的抗争……"我"是无知的,又是敏捷的,他无法理解生命中的那份悲怆与沉重,但他却凭借自己特有的敏感,时时掀动着历史的巨大帷幕——虽然他掀起的只是苦难的一角,但正是这独具意味的"一角",像海明威所说的"冰山原理"那样,含而不露地引带出那个特殊的时代对一群特殊的人们所进行的一种人性摧压。

《逃》中的少年"我",因为一场懵懂无知的初恋,也被命运之手迅速推向失控的轨道。为了摆脱警察的追捕,"我"盲目地跳上火车,开始了冒险式的逃亡。然而,面对一无所知的世界,"我"唯一能够寻找的,只有家族里很少见到却被不断提及的神秘人物大伯。然而,当"我"在绝望中终于找到大伯时,却发现他已成为被管制的对象。"我"寄生在大伯身边,大伯则寄生在劳动改造的小农场里,成为被世界遗忘的人群。小说的精彩之处在于,当"我"与大伯在茫茫的大海上进行绝望的挣扎时,各种自然的、人性的、政治的、异域的威胁不仅频频压向他们,而且彼此之间构成一种鲜明的隐喻关系,将这一老一少不断地推向生存的绝境。小说的最后,大伯之所以放弃了生存的愿望,不是因为自然之力的残酷,而是因为回去后"无法向组织说清楚"自己在海上的经历,为此,他宁愿选择有尊严的死,也不愿求得屈辱的活。这正是小说的审美核心。小说中的"我",始终以"逃"的方式来试图远离和回避成长中的苦难与屈辱,可他所寻求的,所目睹的,所经历的,依然是惊心动魄的苦难与屈辱。

仔细地品味这组小说，我每每感到，其中有太多的东西值得反复咀嚼，也有着丰富的内涵值得不断诠释。它们充满了传奇的特质。这种传奇，不仅关乎成长，触及命运，还明确地指向历史，直击强权伦理的吊诡。或许，这是历史自身的不幸，也是郭潜力这一代人所无法释怀的内心记忆。它使这一代人的成长充满了某种悲悯与无助的仪式感。郭潜力正是以他那独特的生命情怀和伦理观照，将这段渐行渐远的历史再一次进行了艺术的复活。

　　在这本集子里，稍有不同的是《今夜去裸奔》。在这部小说中，曾经天真而又无知的少年，终于成长为当今社会的精英。然而，在各种"成功"的光环笼罩下，他们的内心依然承受着难以缓释的巨大压力。作为职业经理人，主人公韦瑞是一位穿梭于国际大集团核心管理层的显赫人物，个人能力、工作业绩、社会地位以及物质收益，都使他处于现代社会的至高层面，拥有一般人无法企及的光华与荣耀。然而，他的内心却又饱受来自各种世俗秩序中的巨大压力——就像一个蓄满沼气的粪池，它随时等待爆发却又无处爆发。在经历了无数彻夜难眠的夜晚之后，一次午夜偶遇的抢劫，使他不得不赤身裸体地返回家中。而这次意外的"裸奔"，却让他"感受到了空气在皮肤上的摩擦，像汽车的刮雨器在挡风玻璃上的次次划过，曼妙而又清新。"于是，"我跑，我跑，我跑、跑、跑。那种离开束缚后无底下坠的空虚，负重垂吊的疲软都在这自由自在的摇摆中，舒张了麻木，变得生机而苗壮起来。一种轻飘展翅的充盈在丹田里诗意地聚集，像晨曦的烟岚，在周身异样地升腾、弥漫。"这种有违现实伦理的裸奔，最终让他在对自然的亲近中获得了无比的快慰，也让他意外地赢得了灵魂的安宁。

　　在裸奔中释放自己，让身心穿越世俗的目光去寻找自然的慰藉，让精神摆脱所有功利的压迫去享受自由的飞翔，这是韦瑞对抗现代焦虑的唯一手段。在叙事中，郭潜力并没有像一般作家那样极尽奢华之

跋

能事，着力演绎韦瑞在商场或情场中的斗智斗勇，而是以简约的话语，道出了他的压力来源：同事段叙的权力角逐，情人梁琴的情感出卖，新锐公司的围追堵截……围绕着"竞争"所达成的"适者生存"的现实原则，他必须一方面疯狂地工作，另一方面还要向对手们笑脸相迎。生存意味着扭曲，由此他深深地感受到，"在企业不懂得鞠躬尽瘁真是无法出人头地"。正是在这种生存困境中，韦瑞整夜失眠，大把落发。线静的真爱、欲望的宣泄、物质的满足，都无法让他的灵魂重返正常的生活轨道。从此，裸奔，以及对裸奔的痴迷，像鸦片一样成为韦瑞的内心依恋。

郭潜力非常清楚这种精神的本质，就像德国学者孙志文在《现代人的焦虑》中所阐释的那样，它是心灵信仰缺席、精神无法回归自然的必然结果。因此，作者将叙事的着力点始终放在人物的精神层面上，沿着韦瑞的困顿心绪不断地盘旋：线静的爱情拯救不了他，工作环境的更换拯救不了他，物质的刺激更是拯救不了他。他只能以不可遏止的冲动，一次次地享受着种种环境下的裸奔，享受着裸奔时身体飞翔、灵魂出窍的快意，以及裸奔结束后一夜无梦的安稳。这些充满诗意的细节，不仅让叙事完全回到了人物的内心世界，道出了现代人灵魂无依的尖锐之痛，而且凸现了整个小说的灵性气质，使它跃升于现实之上而获得了某种超迈的理想品质。它将现代性所追求的生存理念和它引发的生命境况之间的悖论揭示得触目惊心，可谓现代人心灵焦虑的一个精神范本。

任何一个个体的生命，都是一种历史的存在，文化的存在；即使是最普通、最卑微的个体，也都承载着无限丰富的精神内涵。一个作家，如果对任何个体的存在都保持着足够的好奇心，拥有足够的思想穿透力，同时具备必要的审美感知力和叙事能力，我以为，写出令人回味的作品，并非高不可攀。这个道理很简单，似乎谁都明白，然而真正去身体力行的作家，却始终寥若晨星。令人欣慰的是，郭潜力却一直恪守这一写作原则。他总是带着巨大的好奇心去搜寻记忆、观察现实，并调动所有的艺术智性来讲述故事。所以，他的作品虽然不多，但都充满了意味深长的传奇性特质，就像丽质和涵养兼具的女人，亲近之余，便永难释怀。

2015 年 8 月于北京

跋

图书在版编目（CIP）数据

逃 / 郭潜力 著.—北京：东方出版社，2015.8

ISBN 978-7-5060-8437-6

Ⅰ.①逃…　Ⅱ.①郭…　Ⅲ.①中篇小说—小说集—中
国—当代　Ⅳ.①I247.5

中国版本图书馆CIP数据核字（2015）第218402号

逃

（TAO）

作　　　者：郭潜力

责任编辑：简以宁　杨　灿

出　　版：东方出版社

发　　行：人民东方出版传媒有限公司

地　　址：北京市东城区朝阳门内大街 166 号

邮政编码：100706

印　　刷：三河市金泰源印务有限公司

版　　次：2015 年11月第1版

印　　次：2015 年11月第1次印刷

开　　本：710 毫米×1000 毫米　1/16

印　　张：17.5

字　　数：280千字

书　　号：ISBN 978-7-5060-8437-6

定　　价：38.00 元

发行电话：（010）64258117　64258115　64258112